烈酒一滴

Lawrence Block

勞倫斯・卜洛克 著
易萃雯 譯

A Drop of
the Hard Stuff

馬修‧史卡德系列 17
烈酒一滴 A Drop of the Hard Stuff
作者——勞倫斯‧卜洛克 Lawrence Block
譯者——易萃雯
美術設計—— ONE.10 Society
編輯協力——黃麗玟、劉人鳳
業務——李振東、林佩瑜
行銷企畫——陳彩玉、林詩玟
事業群總經理——謝至平

發行人——何飛鵬

出版——臉譜出版
115台北市南港區昆陽街16號4樓
電話：(02)2500-7696　傳真：(02)2500-1952
臉譜部落格 facesfaces.pixnet.net/blog

發行——英屬蓋曼群島商家庭傳媒股份有限公司城邦分公司
115台北市南港區昆陽街16號8樓
客服服務專線：(02)2500-7718；2500-7719
24小時傳真專線：(02)2500-1990；2500-1991
服務時間：週一至週五上午9:30~12:00；下午13:30~17:00
劃撥帳號：19863813
戶名：書虫股份有限公司
讀者服務信箱：service@readingclub.com.tw

香港發行所——城邦(香港)出版集團有限公司
香港九龍土瓜灣土瓜灣道86號順聯工業大廈6樓A室
電話：(852)2877-8606　傳真：(852)2578-9337　E-mail: hkcite@biznetvigator.com

馬新發行所——城邦(馬新)出版集團 Cite(M)Sdn Bhd (458372U)
41, Jalan Radin Anum, Bandar Baru Sri Petaling, 57000 Kuala Lumpur, Malaysia.
電話：(603)9056-3833　傳真：(603)9057-6622　E-mail: services@cite.com.my

初 版 一 刷　2011年9月
三 版 一 刷　2024年4月
ISBN 978-626-315-489-6

定價450元(本書如有缺頁、破損、倒裝，請寄回本社更換)

國家圖書館出版品預行編目資料

烈酒一滴 / 勞倫斯‧卜洛克(Lawrence Block)著；易萃雯譯. -- 三版. -- 台北市：臉譜出版：家庭傳媒城邦分公司發行, 2024.04
面；公分. --(馬修‧史卡德系列；17)
譯自：A Drop of the Hard Stuff
ISBN 978-626-315-489-6(平裝)
874.57　113003896

〈新版推薦序〉

關於我的朋友馬修・史卡德

臥斧

有很長一段時間，遇上還沒讀過「馬修・史卡德」系列的友人詢問「該從哪一本開始讀？」或「你最喜歡、最推薦哪一本？」之類問題，我都會回答，「先讀《八百萬種死法》，我最喜歡《酒店關門之後》。」

如此答覆有其原因。

「馬修・史卡德」系列幾乎每一本都可以獨立閱讀──作者勞倫斯・卜洛克認為，即使是系列作品，每部作品都仍該是個完整故事，所以倘若故事裡出現已在系列中其他作品登場過的角色，卜洛克就會簡述來歷，沒讀過其他作品或許不會理解角色之間的詳細關係，不過不會對理解手頭這本的情節造成妨礙。事實上，這系列在二十世紀末首度被引介進入國內書市時，出版社選擇出版的第一本書，就不是系列首作《父之罪》，而是第五部作品《八百萬種死法》。

出版順序自然有編輯和行銷的考量，讀者不見得要照章行事，我的答案與當年的出版順序並無關聯，《八百萬種死法》也不是我第一本讀的本系列作品。建議先讀《八百萬種死法》，是因為我認為這本小說最適合用來當成某種測試，確認讀者是否已經到達「人生中適合認識史卡德」的時期；

倘若喜歡這本，約莫也會喜歡這系列的其他故事，倘若不喜歡這本，那大概就是時候未到——生命中的哪個階段會被哪樣的作品觸動，每個讀者狀況都不相同。

這樣的答覆方式使用多年，一直沒聽過負面回饋，直到某回聽到一名友人坦承，自己初讀《八百萬種死法》時，覺得這故事「很難看」。有意思的是，這名友人後來仍然成為卜洛克的書迷，讀完了整個系列。

概略討論之後，我發現友人覺得難看的主因在於情節——這個故事並未完全依循推理小說作者與讀者之間不言自明的默契，結局之前的轉折雖然合理，但拐彎的角度大得讓人有點猝不及防，有部分讀者會覺得自己沒能被說服接受。可是友人同時指出，史卡德這個主角相當吸引人——這系列故事主線均由史卡德的第一人稱主述敘事，所以這也表示整個故事讀來會相當吸引人。能夠吸引讀者、呼應讀者自身的生命經驗、讓讀者打從心底關切的角色，總會讓讀者想要知道：這角色還會面對哪些事件，又會如何看待他所處的世界？

這是讓友人持續讀完整個系列的動力，也是我認為這本小說適合用來測試的原因——《八百萬種死法》是全系列中結局轉折最大的故事，也是完整奠定史卡德特色的故事。從這個故事開始認識史卡德，就像交了個朋友；而交了史卡德這個朋友，會讓人願意聽他訴說生命裡發生的種種故事。

約莫在友人同我說起這事的前後，我按著卜洛克原初的出版順序，重新閱讀「馬修・史卡德」系列，然後發現：倘若當初我建議朋友從首作《父之罪》開始讀，友人應該還是會成為全系列的忠實讀者，只是對情節和主角的感覺可能不大一樣。

史卡德登場

二十世紀的七〇年代，卜洛克讀了李歐納．薛克特的《論收賄》，這是薛克特與一名收賄的紐約警察一起完成的作品，內容講的就是那個警察的經歷。那是一名盡責任、有效率的警察，偵破不少案子，但同時也貪污收賄、經營某些不法生意。

卜洛克十五、六歲起就想當作家，他讀了很多偉大的經典作品，不過一開始並不確定自己該寫什麼；剛入行時他用筆名寫的是女同志和軟調情色長篇，市場反應不錯，六〇年代開始寫「睡不著覺的密探」系列，銷售成績也不差。七〇年代他與出版社商議要寫犯罪小說時，認為《論收賄》裡的警察或許能夠成為一個有趣的角色，只是他覺得自己比較習慣使用局外人的觀點敘事，沒什麼把握能寫好一個在警務體制裡工作的貪污警員。

於是卜洛克開始想像這麼一個角色：這個人是名經驗老到的刑警，和老婆小孩一起住在市郊，有辦案的實績，也沒放過收賄的機會；某天下班，這人為了阻止一樁酒吧搶案而掏槍射擊，但跳彈意外殺死了一個街邊的女孩。誤殺事件讓這人對自己原來的生活模式產生巨大懷疑，加劇了喝酒的習慣、與妻子分居、獨自住在旅館，偶爾依靠自己過往的技能接點委託維持生計，但沒有申請正式的偵探執照，而且習慣損出固定比例的收入給教堂……

真實人物的遭遇加上小說家的虛構技法，馬修．史卡德這個角色如此成形。

一九七六年，《父之罪》出版。

一名女性在紐約市住處遭人殺害，嫌犯渾身浴血、衣衫不整地衝到街上嚷嚷之後被捕，兩天後在獄中上吊身亡。女孩的父親從紐約州北部的故鄉到紐約市辦理後續事宜，聽了事件經過後找上史卡德——就警方的角度來看這起案件已經偵結，這名父親也不大確定自己還想做什麼，他與女兒幾年來鮮少聯絡，甫知女兒死訊，才想搞清楚女兒這幾年如何生活、為什麼會遇上這種事。警方不會處理這類問題，於是把他轉介給曾經當過警察、現已離職獨居的史卡德。

以情節來看，《父之罪》比較像刻板印象中的推理小說：偵探接受委託，找出凶案的真正因由。這個故事同時確立了系列案件的基調——會找上史卡德的案子可能是警方認為不需要處理的，或者是當事人因故無法、或不願交給警方處理的；而史卡德做的不僅是找出真凶，還會在偵辦過程裡挖掘出隱在角色內裡的某些物事，包括被害者、凶手，甚至其他相關人物。

緊接著出版的《在死亡之中》和《謀殺與創造之時》都仍維持類似的推理氛圍，不同的是卜洛克對史卡德的描寫越來越多。史卡德的背景設定在首作就已經完整說明，卜洛克增加的是史卡德處理事件過程的生活細節——他對罪案的執拗、他與酒精的糾纏、他和其他角色的互動，以及他在紐約憑藉公車、地鐵、偶爾駕車或搭車但大多依靠雙腿四處行走查訪當中的所見所聞，這些細節累疊在原先的背景設定上，逐漸讓史卡德越來越立體，越來越真實。

史卡德曾是手腳不算乾淨的警員，他知道這麼做有違規範，但也認為這麼做沒什麼不對——有缺陷的是制度，他只是和所有人一樣，設法在制度底下找到生存的姿態。這使得史卡德成為一個特殊的冷硬派偵探——這類角色常以譏誚批判的眼光注視社會，史卡德也會，但更多時候這類譏誚會轉為自嘲，因為他明白自己並不比其他人更好，這類角色常面不改色地飲用烈酒，史卡德也會，但酒精因而成為一種將他拽開常軌的誘惑，摧折身體與精神的健康；這類角色心中都會具備一套自己的道德判準，史卡德也會，而且雖然嘴上不說，但他堅持的力道絕不遜於任何一個硬漢。

我私心將一九七六年到一九八一年的四部作品劃歸為系列的「第一階段」。這四部作品的情節不只呈現了偵查經過，也替史卡德建立了鮮明的形象——作家替角色設定的個性與特質會決定角色面對衝突時的反應，而讀者會從這些反應推展出現的情節理解角色的個性與特質。史卡德並非完人，沒有超凡的天才，反倒有不少常人的性格缺陷，對善惡的標準似乎難以解釋，但他面對罪惡的態度會讓讀者清楚地感知那個難以解釋的核心價值。

讀者越來越了解史卡德——他不是擁有某些特殊技能、客觀精準的神探，他就是個試著盡力解決問題的凡人。或許卜洛克也越寫越喜歡透過史卡德去觀察世界——因為他寫了《八百萬種死法》。

反正每個人都會死，所以呢？

《八百萬種死法》一九八二年出版。

打算脫離皮肉生涯的妓女透過關係找上史卡德，請史卡德代她向皮條客說明。皮條客的行為模式與眾不同，尋找時花了點工夫，找上後倒沒遇到什麼麻煩；皮條客很乾脆地答應，但幾天之後，史卡德發現那名妓女出了事。史卡德已經完成委託，後續的事理論上與他無關，可是他無法放手，認為這事八成是言而無信的皮條客幹的；他試著再找皮條客，雖然不確定找上後自己要做什麼，不料皮條客先聯絡他，除了聲明自己與此事毫無關聯，並且要雇用史卡德查明真相。

在妓女出現之前，史卡德做的事不大像一般的推理小說；接下皮條客的委託之後，史卡德的工作方式則與前幾部作品一樣，不是推敲手上的線索就看出應該追查的方向，而是透過皮條客手下的其他妓女以及史卡德過往在黑白兩道建立的人脈，扎扎實實地四處查訪。因此之故，《八百萬種死法》有不少篇幅耗在史卡德從紐約市的這裡到那裡，敲門按電鈴，問問這個問問那個；其他篇幅一部分用來講述史卡德的生活狀況——主要是他日益嚴重的酗酒問題，酒精已經明顯影響他的神智和健康，但他對戒酒無名會那種似乎大家聚在一起取暖的進行方式嗤之以鼻，另一部分則記述了史卡德從媒體或對話裡聽聞的死亡新聞。

《八百萬種死法》的書名源於當時紐約市有八百萬人口，每個人可能都有不同的死亡方式；這些死亡事件與史卡德接受的委託沒有關係，史卡德也沒必要細究每樁死亡背後是否藏有什麼祕密。如此安排容易讓讀者覺得莫名其妙——我要看史卡德怎麼查線索破案子，卜洛克你講這些無關緊要的東西做什麼？不過讀者也會慢慢發現：這些插播進來的死亡新聞，讀起來會勾出某些古怪的反應，有時是深沉的慨嘆，有時是苦澀的笑意。它們大多不是自然死亡，有的根本不該牽扯死亡——例如有人扛回被丟棄的電視機想修好了自己用，結果因電視機爆炸而亡，這幾乎有種荒謬的喜感——讀者認為它們「無關緊要」，是因它們與故事主線互不相涉，但對它們的當事人而言，那是生命的瞬間消逝，可一點都不「無關緊要」。

是故，這些死亡準確地提出一個意在言外的問題：反正每個人都會死，所以呢？每個人如何迎來生命終點都無法預料，甚至不可理喻，沒有善惡終報的定理，只有無以名狀的機運；在這樣的世界裡，執著地追究某個人的死亡，有沒有意義？或者，以史卡德的處境來說，遠離酒精，讓自己清醒地面對痛苦，有沒有意義？

推理故事大多與死亡有關。古典和本格派將死亡案件視為智力遊戲，是偵探與凶手、讀者與作者之間鬥智的謎題；冷硬和社會派利用死亡案件反映社會與人的關係，什麼樣的環境會讓人做出什麼樣的掙扎，什麼樣的時代會讓人犯下什麼樣的罪行。其實，推理故事一直是最適合用來揭示人性的故事，因為要查明一個或數個角色的死因，調查會以死者為圓心向外輻射，觸及與死者有關的其他角色，釐清他們與死者的關係、死亡對他們的影響、拼湊死者與他們的過往，這些調查會顯露角色們的個性，死因與行凶動機往往就埋在這些人性糾葛之中。

《八百萬種死法》不只是推理小說，還是一部討論「人該怎麼活著」的小說。

「馬修．史卡德」是個從建立角色開始的系列，而《八百萬種死法》確立了這個系列的特色，這些故事不僅要破解死亡謎團、查出凶手，也要從罪案去談人性。

我們終將孤獨

在《八百萬種死法》之後，卜洛克有幾年沒寫史卡德。

據聞《八百萬種死法》本來可能是系列的最後一個故事，從故事的結尾也讀得出這種味道——史卡德解決了事件，也終於直視自己的問題，讓系列在劇末那個悸動人心的橋段結束，是個合理的選擇，也是個漂亮的收場——不過從隔了四年、一九八六年出版的《酒店關門之後》來看，卜洛克還想繼續以史卡德的視角看世界，沒有馬上寫他的故事，可能是自己的好奇還沒尋得答案。

因為大家都知道，故事會有該停止的段落，角色做完了該做的事、有了該有的領悟；但在現實生活裡，時間不會停在「全書完」三個字出現的那一頁，就算人生因為某些事件而轉往新方向，等在眼前的也不會是一帆風順「從此幸福快樂」的日子。卜洛克的好奇或許是：在史卡德直視自身問題、做了重要決定之後，他還是原來設定的那個史卡德嗎？那個決定會讓史卡德的生活出現什麼變化？那些變化是否會影響史卡德面對世界的態度？

倘若沒把這些事情想清楚就動手寫續作，大約會出現兩種可能：一是動搖前五部作品建立的系列基調——既然卜洛克喜歡這個角色，那麼就會避免這種情況發生；二是保持了系列基調但破壞了《八百萬種死法》那個完美結局的力道——真是如此的話，不如乾脆結束系列，換另一個主角講故事。

《酒店關門之後》是卜洛克思考之後的第一個答案。

這個故事裡出現三樁不同案件，發生在《八百萬種死法》之前。案件之間乍看並不相干（不過後來發現其中兩起有點關聯），史卡德甚至不算真的在調查案件——第一樁案件是酒吧常客妻子被殺，史卡德被委任去找出兩名落網嫌犯的過往記錄，讓他們看起來更有殺人嫌疑；第二樁事件是另一家起酒吧帳本失竊，史卡德負責的是與竊賊交涉、贖回帳本，而非查出竊賊身分。至於第三樁事件，史卡德完全沒被指派工作，那是一樁搶案，史卡德只是倒楣地身處事發當時的酒吧裡頭，而且也沒被搶。

三樁案件各自包裹了不同題目，這些題目可以用「愛情」、「友誼」之類名詞簡單描述，但真要說明白它們內裡的複雜層次，卻常讓人找不著最合適的語彙。卜洛克擅長用對話表現角色個性和推進情節，因此故事讀來一向流暢直白；流暢直白不表示作家缺乏所謂的文學技法，因為《酒店關門之後》完全展現出這類文字的力量——倘若作家運用得宜，這類看似毫不花巧的文字其實能夠帶領讀者無限貼近這些題目的核心，將難以描述的不同面向透過情節精準展演。

同時，卜洛克也在《酒店關門之後》為自己和讀者重新回顧了史卡德的完整形象，他的私人生活，他的道德判準，以及酒精。《酒店關門之後》的案件都與酒吧有關，故事裡也出現了非常多酒吧——高檔的酒吧、簡陋的酒吧、給觀光客拍照留念的酒吧、熟人才知道的酒吧、正派經營的酒吧、非法營業的酒吧、具有異國風情的酒吧、屬於邊緣族群的酒吧。每個人都找得到自己應該歸屬、宛如個人聖殿的酒吧，每個人也都將在這樣的所在，發現自己的孤獨。

史卡德並非沒有朋友，但每個人都只能依靠自己孤獨地面對人生，不是沒有伴侶或好友的孤獨，而是有了伴侶和好友之後才會發現的孤獨，在酒店關門之後、喧囂靜寂之後，隔著酒精製造出來的矇矓迷霧，看見它切切實實地存在。事實上，喝酒與否，那個孤獨都在那裡，只是少了酒精，有時就會缺乏直視的勇氣；可是理解孤獨，便是理解自己面對人生的樣貌，有沒有酒精，這都是必要的人生課題。

同時，《酒店關門之後》確立了這系列的另一個特色。假若從首作讀起，讀者會知道系列故事按著時序發生，不過與現實時空的連結並不明顯──那是二十世紀七、八〇年代發生的事，至於確切是哪一年則不大要緊。不過《酒店關門之後》開場不久，史卡德便提及事件發生在很久之前、一九七五年，是過去的回憶，而結尾則說到時間已經過了十年，也就是故事裡「現在」的時空應當是一九八五年，約莫就是《酒店關門之後》寫作的時間。史卡德不像某些系列作品的主角那樣，似乎固定停留在某段時空當中，他和作者、讀者一起活在同一個現實裡頭。

再過三年，《刀鋒之先》在一九八九年出版，緊接著是一九九〇年的《到墳場的車票》。卜洛克準備答案所花的數年時間沒有白費，結束了在《酒店關門之後》的回顧，史卡德的時間繼續前進，他用一種與過去不大一樣的方式面對人生，但也維持了原先那些吸引人的個性特質。

從《八百萬種死法》至《到墳場的車票》是我私心分類的「第二階段」，卜洛克在這個階段重新整理了對角色的想法，讓史卡德成為一個更有血有肉、會隨著現實一起慢慢老去、仿若與讀者一同生活在現實的真實人物。而系列當中的重要配角在前兩階段作品中也已全數登場，史卡德的人生即將邁入新的篇章。

我認定的「馬修．史卡德」系列「第三階段」從一九九一年的《屠宰場之舞》開始，到一九九八年的《每個人都死了》為止，卜洛克在八年裡出版了六本系列作品，寫作速度很快，而且每個故事都很精采，人性描寫深刻厚實，情節絞揉著溫柔與殘虐。

雖說先前談到前兩階段共八部作品時一直強調角色塑造，但不表示卜洛克沒有好好安排情節。卜洛克的確認為角色很重要——他在講述小說創作的《小說的八百萬種寫法》中明確寫道：「幾乎所有讀者持續翻閱任何小說的主要原因，就是想知道接下來發生的事，讀者之所以在乎接下來發生的事，則是因為作者描寫人物性格的技巧。小說中的人物若有充分描繪，具有引起讀者共鳴與認同的力量，讀者就會想知道他們下場如何，並深深擔心他們的未來會不會好轉，」「馬修．史卡德」系列可以視為這番言論的實際作業成績。不過，同一本書裡，他也提及寫作之前應該重新閱讀，不是以讀者的眼光閱讀，而是以作者的洞察力閱讀。卜洛克認為這樣的閱讀不是可以學到某種公式，而是能夠培養出一些類似「直覺」的東西，知道創作某類小說時可以用什麼方式。

說得具體一點，「以作者的洞察力閱讀」指的不單是享受故事，而是進一步拆解故事，找出該故事的作者用什麼方法鋪排情節，如何埋設伏筆、讓氣氛懸疑，如何製造轉折、讓發展爆出意外。

開始寫「馬修．史卡德」系列時，卜洛克已經是很有經驗的寫作者；要寫犯罪小說之前，他已經拆解了不少相關類型的作品。史卡德接受的是檢調體制不想處理、或當事人不願交給體制處理的案件，這些案件不大可能牽涉某種國際機密或驚世陰謀，但往往蘊含隱在社會暗角、體制照料不到之處的幽微人性——而史卡德的角色設定，正適合挖掘這樣的內裡。

從《父之罪》開始，「馬修．史卡德」系列就是角色與情節的適恰結合，而在寫完前兩個階段、史卡德的形象穩固完熟之後，卜洛克從《屠宰場之舞》開始加重了情節的黑暗層面。《屠宰場之舞》出現性虐待受害者之後將其殺害、並且錄影自娛的殺人者，《行過死蔭之地》出現綁架、性侵，並以切割被害者肢體為樂的凶手，《一長串的死者》裡一個祕密俱樂部驚覺成員有超過正常狀況的死亡機率，《向邪惡追索》中的預告殺人魔似乎永遠都有辦法狙殺目標。

這些故事都有緊張、刺激、驚悚、駭人的橋段，而在經營更重口味情節的同時，卜洛克持續讓史卡德面對自己的人生課題——前女友罹癌、要求史卡德協助她結束生命；原來已經穩固的感情關係，忽然出現了意想不到變化；調查案子的時候，自己也被捲入事件當中，更糟的是，自己的朋友也被捲入事件當中、甚至因此送命——諸如此類從系列首作就存在的麻煩，在第三階段一個都沒少。

史卡德在一九七六年的《父之罪》裡已經是離職警察，可以合理推測年紀可能在三十到四十之間，因此到一九九八年的《每個人都死了》為止，史卡德處於從三十多歲到接近六十歲的中壯年時期。在人生的這段時期當中，大多數人已經成熟、自立，有能力處理生活當中的大小物事，但也必須承受最多生活壓力——年長者的需求、年幼者的照料、日常經濟來源的提供、人際關係的維繫——而總也在這類時刻，一個人會發現自己並沒有因為年紀到了就變得足夠成熟或擁有足夠能力，毋需面對罪案，人生本身就會讓人不斷思索生存的目的，以及生活的意義。

「馬修．史卡德」系列的每一個故事，都在人間與黑暗共舞，用罪案反映人性，都用角色思考生命。

新世紀之後

進入二十一世紀，卜洛克放緩了書寫史卡德的速度。

原因之一不難明白：史卡德年紀大了，卜洛克也是。

卜洛克出生於一九三八年，推算起來史卡德可能比他年輕一點，或者同樣年紀。在歷經種種人生關卡、頻繁與黑暗對峙的九〇年代之後，史卡德的生活狀態終於進入相對穩定的時期，體力與行動力也逐漸不比以往。

原因之二也很明顯：九〇年代中期之後，網際網路日漸普及，犯罪事件利用網路及相關科技的比例也慢慢提高。卜洛克有自己的部落格、發行電子報，會用電腦製作獨立出版的電子書，也有臉書帳號，這表示他是個與時俱進的科技使用者，但不表示他熟悉網路犯罪的背後運作。要讓史卡德接觸這類罪案並無不可——早在一九九二年的《行過死蔭之地》裡，史卡德就結識了兩名年輕駭客，真要寫這類罪案，卜洛克想來也不會吝惜預做研究的功夫；但倘若不讓史卡德四處走動、觀察人間，那就少了這個系列原有的氛圍。

另一個原因則相對沒那麼醒目：卜洛克長年居住在紐約，世貿雙塔就是史卡德獨居的旅店房間窗景，二〇〇一年九月十一日發生在紐約的恐怖攻擊事件，對卜洛克和史卡德這兩個紐約客而言都是巨大的衝擊。卜洛克在二〇〇三年寫了獨立作品《小城》，描述不同紐約人對九一一的反應與後續生活；史卡德沒在系列故事裡特別強調這事，但更深切地思考了死亡——史卡德這角色是因為死亡才成形的，那樁跳彈誤殺街邊女孩的意外，把史卡德從體制內的警職拉扯出來，變成一個體制外孤獨抵抗人性黑暗的存在。過了二十多年，人生似乎步入安穩境地之際，世界的陡然巨變與個人的生理狀態，則提醒每個人：死亡非但從未遠去，還越來越近。而這也符合史卡德與許多系列配角的狀況，他們和史卡德一樣，都隨著時間無可違逆地老去。

「馬修．史卡德」系列的「第四階段」每部作品間隔都較「第三階段」長了許多。第一本是二〇〇一年《死亡的渴望》，這書與二〇〇五年的《繁花將盡》是本系列僅有「應該按順序閱讀」的作品。下一部作品是二〇一一年出版的《烈酒一滴》，不過談的不是二十一世紀的史卡德，而是《八百萬種死法》之後、《刀鋒之先》之前的史卡德——這兩本作品之間的《酒店關門之後》談的是一九七五年發生的往事，以時序來看，讀者並不知道史卡德在那段時間裡的狀況，那是卜洛克正在思索這個角色、史卡德正在經歷人生轉變的時點，《烈酒一滴》補上了這塊空白。

餘下的兩本都不是長篇作品。《蝙蝠俠的幫手》是短篇合集，可以讀到不同時期史卡德遭遇的事件，讀者會發現即使沒有夠長的篇幅，卜洛克一樣能夠巧妙地運用豐富立體的角色說出有趣的故事。二〇一九年的《聚散有時》則是中篇，也是「馬修・史卡德」系列迄今為止的最後一個故事，事件本身相對單純，但對系列讀者、或者卜洛克自己而言，這故事的重點是交代了史卡德以及系列當中重要配角的生活，他們有的長大了，有的離開了，有的年老了，但仍然在死亡尚未到訪之前，在生命裡碰撞出新的火花，發現新的意義。

最美好的閱讀體驗

「馬修・史卡德」系列的起始是犯罪故事，屬於廣義的推理小說類型，每個故事裡也都能讀出推理小說的趣味，縱使主角史卡德並非智力過人的神探，但他踏實地行走尋訪，反倒看到了更多人間光景、接觸了更多人性內裡。同時因為史卡德並不是個完美的人，所以他的頹唐、自毀、困惑，以及堅持良善時迸出的小小光亮，才會顯得格外真實溫暖。

是故，「馬修・史卡德」系列不只是好看的推理小說，還是好看的小說，不只是好看的小說，還是好的小說——不僅有引發好奇、讓人想探究真相的案件，不僅有流暢又充滿轉折的情節，還有深刻描繪的人性。

讀這個系列會讓讀者感覺真的認識了史卡德，甚至和他變成朋友，一起相互扶持著走過人生低谷、看透人心樣貌。這個朋友會讓人用不同視角理解世界、理解人，或者反過來理解自己。

我依然會建議初識這個系列的讀者，從《八百萬種死法》開始試試自己和史卡德合不合拍，不過或許除了《聚散有時》之外，任何一本都會是很好的選擇——不同時期的史卡德作品會有些不同的質地，但都保持了動人的核心。

這些年來我反覆閱讀其中幾本，尤其是《酒店關門之後》，電子書出版之後，我又從《父之罪》開始依序閱讀，每次閱讀，都會獲得一些新的體悟。史卡德觀看世界的視角未曾過時，卜洛克對人性的描寫深入透澈，身為讀者，這是最美好的閱讀體驗。

〈導讀〉

祭神如神在

唐諾

《烈酒一滴》，是日後才想起來說的故事。故事中的女伴當時仍是雕刻家珍而不是妓女伊蓮·馬岱，這是它的碳十四同位素，告訴我們此事發生在《八百萬種死法》稍後，因為我們也已經知道了，珍後來會死於癌症，死得很清醒但疼痛不堪（這兩件事為什麼總是連在一起？）。而珍正是把馬修·史卡德一把拉進去戒酒聚會的人，用米基·巴魯一開始的話來說，史卡德的生命在這兒曾拐了個彎。

《烈酒一滴》也順便幫我們補了一小塊記憶碎片，之前我們並不知道史卡德和珍的分手過程。當時，史卡德和我們的心思嚴重集中在那些接踵而來的謀殺案件上頭，那同時也是紐約最殘酷的時日。

「在這一杯酒與下一杯酒之間，橫亙著綿長的時間。」——卜洛克說這段引言道中了這本書的要義，我們還不完全知道他的意思，但我們起碼先看出來一種時間的特殊形狀，只有通過記憶，時間才會變成這個奇特的模樣。我們知道，回想的時間和生活中正向進行的時間不同，回想的時間比較馴服，它可依我們意思重組，可以一眨眼五年十年呼嘯而過（所以就別再隨便眨眼了，我們短暫的人生禁不起這樣），也可以幾乎凝結成形一樣，讓你拿在手上慢慢看、反覆看、翻過來倒過去挑自己想要的看。就像這次的謀殺故事，死者傑克．艾勒里是史卡德失落的童年玩伴，要講述清楚他何以死亡，得從幾十年前回想起，用卜洛克喜歡的說法是，傑克．艾勒里花了幾十年時間，才讓他有理由在那一天額頭一槍、嘴巴一槍的死掉。但這一切不過是葛洛根酒店的一個晚上，也許還不足以裝滿一整個晚上，史卡德和米基．巴魯談的顯然不止這個謀殺，他們至少還談到米基．巴魯的年輕妻子，他的屠夫父親和三個兄弟。這個晚上，傑克．艾勒里的戛然而止一生，也許真的只活在米基．巴魯這一杯到下一杯的十二年陳年詹森牌威士忌之間。

均勻而行的現實時間，形狀上乃至於實質上都像一道鐵鍊，我們隸屬於它聽命於它行動，破壞它因此意味著解放；也就是說，我們通過回想，翻轉我們和時間的主從關係，我們一次得回一部分的自己。

但我們今天較特殊的困難是，我們似乎活在一個人類歷史最不合適回想事情的時代，好像總有什麼會跳出來打斷我們的回想，說不大清楚究竟是我們自己或是整個世界，還是說共謀一樣，不知不覺中世界已成功說服了我們，把它講成是一件不急乃至於不宜不當壯夫不該做的事，以至於我們好像漸漸失去了回想事情的能力了。我的意思是，回憶的啟動也許是自然發生的，但要認真想下去還是得有依據有方法才行，人的記憶不是一張鉅細靡遺整張攤開的大圖，它比較像一座密林一個洞窟，你得找到路才能進去，我們生活裡的記憶觸動，只負責把人帶到密林之前洞窟之前而已。

《烈酒一滴》這個謀殺故事，幾乎只穿行於昔日一次次的戒酒聚會之間，事實上，就連傑克．艾勒里之死，也幾乎一開始就可確定是他努力戒酒且過度忠誠遵循戒酒協會的宗教性規章所導致（對此，史卡德一直保持他極其文雅的懷疑和嘲諷），我們幾乎可以說，這樁老謀殺的真正主體是戒酒協會，從起因到每一處關鍵，沒戒酒協會，傑克・艾勒里也不會死（或以其他方式、在其他時間其他地點不干史卡德事的死）；而這個葛洛根不眠之夜的史卡德，他回憶的真正主體也是戒酒協會，那些日子，那些事那些相關的人，畢竟再怎麼說，戒酒協會（而非艾勒里）才真正是史卡德生命中無可替代的豐碩東西。艾勒里案的真正重要性在於，它是一把特殊的記憶之鑰，某一扇特殊的記憶之門只能由它打開；同時，它還是一道特殊的記憶回溯之路，故事（尤其是謀殺故事）要求被有頭有尾的講述出來，需要有足夠的相關細節來裝填它，因此，史卡德說給米基・巴魯聽的同時，也是自己回憶的熾烈進行，記憶被重新翻尋、發現、確認並補滿，包括那些沒事不會想的、那些原本以為想不起來的、以及那些不願再自虐去想的。

不是這樣嗎？否則我們怎麼會多知道珍離開的這段經過？怎麼還會再次聽到史卡德講小女孩的誤殺（史卡德已經很久不想此事了）？怎麼又補充了一堆已故老好人吉姆・法柏的諄諄叮囑？

但艾勒里案不是《往事追憶錄》，沒辦法一次打開全部往事，在人難以窮盡碎片凌亂堆放的記憶密林裡，它只想起、吸附、整理戒酒協會相關的這一小部分；一個故事只進行一次回憶，這樣才能深入、才可望完整，其他的記憶得等下一個不同故事來喚醒它們。所以到這裡，我們得換一種較正確的說法，一個故事不是一條路，而是一條記憶甬道。

前頭我們所說，回憶要進行下去得有依據有方法，指的正是，你得試著找出這樣一條一條的甬道來。

提前出現的時間甬道

《烈酒一滴》很容易眼熟的讓人想起多年前的《酒店關門之後》，如果說這回是戒酒協會的謀殺，那次則必定是酒店酒吧的謀殺——人喝酒也死，不喝酒也死，我們何去何從？《酒店關門之後》，當時，彷彿某種深怕講錯、吞吞吐吐的預言，我一直相信這不僅是馬修．史卡德故事一次極特殊的書寫而已。我以為，這還是一次洩露，遲早史卡德得以這樣的回想方式說故事給我們聽，等他自己也真正老了時，屆時不這樣還有其他辦法嗎？

當然，任誰都看得出《酒店關門之後》外表的異樣，最明顯是時間的不連續，一直跟著正常時間作息、以穩定節奏累積年歲和閱歷的史卡德，忽然像坐上時光機器般站在很久很久以後的「未來」，回頭來看當下發生的謀殺；或者說，他好像做了一個夢，夢中的自己是個年老很多、兒子早已長成獨立的史卡德，裡頭的人，裡頭的酒店和整個世界，也跟著是年老很多的模樣，在時間的加速飛逝中老的老，死的死，逃的逃。

仔細想，做夢的說法好像比時光機器的說法要對，因為夢只能依據當下猜想未來，執迷而且一廂情願，當下的夢隻身探進未來，其實那一刻它並不完全知道未來的事；它夢不到還沒出現的人，夢不到還沒發生的重大意外、謀殺以及死亡，也不確知日後吉姆．法柏的死法或陪同米基．巴魯彷彿去了一趟地獄歸來，夢裡更不會有九一一，這些，否則史卡德怎麼會不講呢？

也就是說，當時的史卡德連同已存在的所有人並不真的年老，唯一確知老去死去的是這一間間酒店（現實裡的紐約市領先小說時間一步，「提前」揭示了這些酒店的命運），酒店的未來結果和酒店的此時此刻兩點連成一直線，出現了一條標標準準的時光甬道，我說，這才是《酒店關門之後》真正特殊而且最富啟示性的地方。

其實每一個故事都是一次回想

我們都不確知未來真的會發生何事，所以很多人明智的不信未來如不再相信有神，把握當下，做你自己云云。但米蘭・昆德拉狠狠的把我們僅有的當下也挖掉，他指出來，由於當下並未完成，當下每一件事仍在發展之中，它們的得失、它們的結果、它們的意義，全蜿蜒伸入到濃霧般的未來，如果我們不知道未來，我們如何能說自己知道當下，有能力掌握當下呢？

這也是難以駁斥的沉重一擊。是啊，所以波赫士不信每天即時報導的大眾媒體，他說真正影響深遠的大事情都開始於不起眼的角落和樣子，即使你當時在場親眼目睹它發生都認不出來，包括就發生在你身上的事，認得某個人或接受了某件工作云云。波赫士選用的實例是耶穌的誕生，誰會曉得，在兩千年前人類文明邊陲又邊陲的某一個貧窮木匠人家的某一個晚上，例行也似的生了個小男嬰，這會是歷史驚天動地的開始？日後房龍在《人類的故事》這一章告訴我們，以下他要講的是一個馬槽和一個帝國的故事，「奇怪的是，馬槽居然打敗了帝國」。但房龍說得太客氣了，其實這個馬槽還差一點占領了全世界，還一直統治著日月星辰整個宇宙。

虔信的宗教人士會駁斥這個實例，因為依《聖經》乃至於日後教會的說法，幾乎所有人都知道的，包括當晚的諸天頌讚，三位東方來的博士智者還算準時間不早不遲的抵達云云；也包括惡人那邊，希律王儘管不確定是這一晚，但他起碼知道就是這一年，所以他下令把這一年境內出生的嬰兒全殺了，寧殺錯不放過——

但這個駁斥其實恰恰好證實我們所說的，因為這全是日後回想的成果，是通過回憶重新裝填起來的故事；也就是說，這是基督教會最重要的一條時間甬道，而且還是交通最繁忙的時間甬道，兩千年來絡繹不絕，都發展成捷運了。

回到史卡德故事來。我要說的是，我們再仔細點看，史卡德的每一樁案件，乍看像是時間順向的、摸索前進的，但其實都是結案之後才回頭一次完整的說出來。我們可以把《烈酒一滴》的當晚場景變一下，不是在葛洛根面向米基．巴魯，而是在某個無何有時空的酒店裡講給你我聽，差不多就像這樣子。這當然不是服膺調查中不洩露的官方守則那一套，而是因為，故事只有通過回想才能編纂起來，事情得告一段落我們才知道該選哪些看以及該怎麼想怎麼說，所有的故事都是回想，每一部小說都是一條時間甬道。

福克納曾經這麼描述過人的時間處境，他說，我們就像背著身坐在一輛疾駛的汽車上，未來看不見，現在一閃即逝如一抹影子，我們真正能看清楚的只有過去。

問題便在於怎麼樣才算過去、才算事情告一段落——一般而言，手起刀落，從生到死只一瞬，一部推理小說一次殺人總是幾天內完成，甚至就一個度假、一頓晚餐；但馬修．史卡德（或卜洛克）

喜歡帶著調侃指出來，有些謀殺是很緩慢很耐心的，一次殺死你一點點，所以我們知道幾乎所有的夫妻都用一輩子時間謀殺彼此，所以，在這回《烈酒一滴》裡，史卡德他們還多扯一種殺人方法，每隔幾天寄瓶上好美酒給某人，持續十幾二十年，他不死於酗酒，也必定死於戒酒如傑克·艾勒里，他在接到第一瓶酒那一刻已被惡魔抓住了，無可遁逃。

每天，發生於我們當下的所有事，其實時間尺度都不等長，有幾天的，有幾年的，也有很多長過我們一生的，我們根本等不到結局，也有根本就不附帶結局的，像一朵沒開就萎去的花，凡此種種。史卡德（或卜洛克）一次一次開這樣的玩笑，一次一次重複指向那些更長時間尺度的東西，我們差不多可確定了，他知道自己順利講出來的有頭有尾故事也就那麼幾個，更多的，他仍在等仍在想，等某個結局的來臨，或想辦法發明出某種結局，好把故事說出來，是這樣子吧。

遠遠的火車汽笛聲音

我自己小時候家住宜蘭火車站不遠，在那燒煤的蒸汽火車頭時代，火車進站出站，那種尖利的汽笛聲音是很可怕的，還曾經穿透入睡眠化為噩夢；但我那個愛看美國西部拓荒電影的二哥告訴我，很奇怪，如果把火車置放在空曠的大地之上，從很遠的地方來聽，同樣的汽笛聲音就好聽了，有某種遼闊的悲涼感覺——快五十年了，我一直記得這事，當時我二哥是高中文藝青年的年紀，我覺得他好聰明。

一樁靠得很近、可以很快講出來的謀殺故事，我們對其結局通常有很嚴格的認知限定，它必須破案，而且凶手必須被懲罰。懲罰的極致當然是死亡，但我們對死亡仍有挑剔，凶手可以在負隅拒捕被打死（有時我們更喜歡這樣，因為對司法有信心的人並不多），也可以自知無所遁逃自殺云云，但我們假設，如果凶手搶在破案之前，忽然不管是撞車、是急病死掉了，這就尷尬了，我們對這樣的結果總有某種說不出的不踏實之感，我們甚至會把這種方式的死亡想成是成功的遁逃，媽的算他狗運好！

但現實人生會不會這樣？機率上當然絕對有的，比方說，英國最有名的開膛手傑克案、美國的黃道帶連續殺人案大概都是如此，上帝搶在人的司法系統之前破案逮捕不是嗎？

但這樣的不成故事，這樣的結局，如果把它置放在一個極其空曠的大時間裡，我們遠遠的聽它，很奇怪，它好像自動就成立了，善惡禍福得失蒸汽般上升，彷彿由天地接管此事，命運吸納了謀殺，也吸納了死亡——

這不是古老斯多噶學派的自我療癒技倆，這是自自然然的時間奇妙力量，斯多噶學派不過是模仿了它，人工的複製了它而已。這是什麼？這是時間給我們啼笑皆非的贈禮，有時候你幾乎要相信它是故意的——你苦苦等待這個結局、這條甬道的完成，但它卻給你另一條甬道，也許還不止一條，連同那些你原來以為長過你一生不見盡頭的、以及那些花一樣根本沒所謂結局的。

讓我沒有痛苦的死去，但不是現在

很多系列性的故事是沒老年的，故事中的時間像咬自己尾巴的狗原地打轉。我女兒告訴我，像日本的小學生偵探柯南，算算時間也應該長回高中生工藤新一的模樣了，但現實的壞消息是，據說作者本人才離了婚，得付大筆贍養費，因此時間得繼續被攔著，保持它聚寶盆的樣式。

史卡德的系列故事，一開始就不智的啟動了時間之流，如同我們現實人生一樣青春難駐回不了頭，這原是令人擔心的，因為流速不難估算，時間的終點立等可取——可不是嗎？現在不就全到了？妓女從良了，把人生弄得無可損失如馬克思說無產階級的惡漢娶了損失不起的年輕妻子，偵探自己幸福了或至少生命的重大關口全闖過來了，更糟糕是其他人一個個死掉，在《每個人都死了》那一案尤其像出清存貨一般。這些，現實人生正常無比，但卻一直是系列故事天條也似的大忌。系列故事最忌諱固定班底的死亡，你寧可讓他搬家，讓他出國，讓他傷心走開，或讓他掉入河中墜落懸崖，但切記不要被找到屍體（腐爛不可辨識的屍體可以），得讓他維持於可死可不死的靈動狀態。

紐約也變好了，不是從此路不拾遺夜不閉戶，不是罪犯殺人犯一夕間全失去想像力和實踐能力，而是曾經滄海。

時間即將抵達盡頭會怎樣？兩種，一是很快這一切都結束，互道珍重；另一種則是好整以暇，可以穿越多條而且多樣的時間甬道，通往過去通不到的記憶，說出那些時間不流動、老年不來臨的人講不出來的故事。這裡，告訴大家一件神奇但不致洩露案情的事，《烈酒一滴》裡，一瓶打開來的上好波本威士忌（不摻毒藥和任何添加物）、一房間的酒香，居然可以是兇手的謀殺兇器，這怎麼可能成立？但還真的可成立。

我們當然希望史卡德故事是後者，《烈酒一滴》是好整以暇的開始，只因為能一路走到這裡的偵探絕無僅有，就連昔日的菲力普．馬羅也戛然止於中年的結束，我們可以想像一個《一千零一夜》模樣的畫面，死亡就近在曙光的那一頭，當故事講完它就來了，所以珊佐魯德一個接一個故事講下去，記得的，然後殘缺不全的，然後遺忘的依稀彷彿的，再然後未曾發生但理應有的……史卡德和米基．巴魯也可以這樣。

《奧德賽》故事中，迷航的尤利西斯曾航入冥府，見到了母親和一干特洛伊戰友的亡靈，在那裡，先知提瑞西阿斯給了他最慷慨的贈禮，告訴他可以毫無痛苦的死去，這個禮物，人愈到老年才愈知其珍貴。在每一回探案過程中，史卡德總會有一兩句縈繞不去的話語，用於自省，用於感傷，也反覆變形用於練嘴皮子的玩笑，《烈酒一滴》這回是：「神啊，請賜我貞潔之心，但不是現在。」

神啊，請讓我保持清醒，但不是現在；請讓我不起偷盜之心，但不是現在；請讓我慷慨、勤奮、無私無我，但不是現在；請讓我別打人，但不是現在；請讓我拒吃零食，但不是現在……

是的，請讓我們毫無痛苦的死去，但不是現在。

北卡州長對南卡州長所說的這句話確實是道中本書要義：

「在這一杯酒與下一杯之間，橫亙著綿長的時間。」

某天深夜……

「我常在想，」米基．巴魯說：「如果生命拐個彎的話，我會是什麼樣的景況。」

此時我們坐在葛洛根開放屋，亦即他經營多年的店面。這一帶整體生活的高級化對葛洛根起了不可忽視的影響。酒館本身其實裡裡外外都沒有多大變化，不過當地的老顧客泰半不是死了便是已經遷徙他方，如今來訪的客層顯然比較溫文且較紳士風。這裡提供健力士黑啤和生啤酒，還有多種高品質的單一麥芽蘇格蘭威士忌以及其他高檔威士忌。登門造訪的顧客得以指著牆面上的彈孔相互訝嘆，也可以一來一往交換酒吧老闆過去光榮與不光榮的事蹟。有些事蹟確實是真的。

此時顧客都已散盡，酒保也拉上了鐵門。椅子都架到桌上了，好方便隔天一大早過來的小男生打掃拖地。門已上了鎖，所有的燈也都熄了——只除了我倆頭頂上那盞鉛罩的玻璃燈。我們隔著桌子對坐，手裡捧著沃特福酒杯，他喝威士忌，我喝蘇打水。

近幾年來，我們已經不像以往那樣常常聊到深夜。我們雖然年事已高，但並無意願移居到佛羅里達，每天一早便趕到附近的家庭式餐廳，點一客清晨特餐消磨時光；但我們也沒有興致進行深夜的漫漫長聊，搞到隔早天光出來時還睜著眼睛不睡覺。我們已經過了那種年齡。

近來他喝得比較少了。約莫一年前，他娶了個比他年輕許多的老婆，她名叫克莉絲汀．賀蘭德。這樁婚姻嚇到了所有人——不過我的妻子伊蓮除外，她指著天發誓說她早就看出端倪來了。婚姻當然改變了他——至少每天到了日頭下山以後，他就有個理由得回家了。他喝的還是十二年的陳年詹森牌威士忌，也絕對喝乾，只是減了量，而且某些時日裡，他甚至是滴酒不沾。「我仍然有慾望要喝，」他說過，「不過不像以前那樣不喝會死。那種飢渴已經離開我了，不過我可不知道它跑哪兒去了。」

早些年前，我們習慣各自喝著自己喜愛的飲料，通宵熬夜漫漫長談，也能共享偶爾出現的沉默時光；然後破曉時分一到，他便會套上他父親留給他的血跡斑斑的屠夫圍裙準備上工。週日他則照慣例到肉品包裝區的聖本納德天主堂去望彌撒，偶爾我會與他同行。

世事難免改變。肉品包裝區現在變時髦了，成了雅痞的大本營，而往常生意興隆的肉品包裝公司則大半都倒閉了，一家家改裝成餐館或者公寓樓房。聖本納德區原本是愛爾蘭天主教的牧區，如今則成了瓜達魯佩聖母會的所在地。

我想不起最後一次看到米基套上那條圍裙是多少年前的事了。

今晚是我們難得一次的把杯夜談，想來是因為我們都覺得有這需要吧，要不我們應該早就回到家了。這麼談著談著，米基現出若有所思的表情。

「生命拐個彎，」我說。「你這話是什麼意思？」

「但有時候，」他說：「我覺得生命不可能拐彎，我覺得我注定了就是要走這條路。之所以這樣想，是因為我做的生意就跟獵狗的牙齒一樣乾淨——俗話都說獵狗的牙齒，你說到底原因何在（譯註：原文是clean as a hound's tooth）？」

「不知道。」

「待我回家問克莉絲汀吧，」他說，「她會馬上往電腦前一坐，三十秒就把答案從網路上叫出來。重點是我得記得問她才行。」他對著一個私密的念頭笑起來。「這一路走來，我是不知不覺成了職業罪犯，」他道，「說來這方面我可不是披荊斬棘的開路先鋒，因為在我住的街區，犯罪根本就是家常便飯，方圓好幾里的範圍等於就是個職業學校。」

「而你則是榮譽畢業生。」

「沒錯。而且我搞不好還會代表畢業生致詞呢——如果小小偷跟小流氓們也能得著這種機會的話。不過你曉得，我們那一帶不是每個男孩都注定了要過一輩子的犯罪生活。我父親就頗受敬重。他是——噯，為了尊重他的在天之靈，我就別提他是做什麼的好了，何況其實我已經跟你講過了。」

「的確。」

「總之呢，他頗受尊敬，每天都是早晨起床，然後上工。而我三個兄弟選擇的路也都比我要高尚。一個當了神父——嗯，只是沒撐多久，因為他失去了信念。而約翰呢，他做生意還真發了，是他那一行的頂尖人物。至於丹尼斯嘛，說來也真可憐，卻是死在越戰。記得我跟你提過，有一回我就是專程搭機到華盛頓去看紀念碑上刻的他的名字。」

「是。」

「神父我鐵定做不來，把性侵輔祭男孩當成沉悶工作裡的娛樂，對我來說可是難上加難。而且我也無法想像自己跟約翰一樣，到處鞠躬哈腰點數鈔票。不過你猜不猜得出我起過什麼念頭？我哪，我曾經想過要走你那條路呢。」

「你是說當警察？」

「有這麼難以置信嗎？」

「不會啊。」

「記得小時候，」他說，「我覺得當警察是男人最大的榮耀。穿一身筆挺帥氣的制服站在街頭指揮交通，還能幫忙小孩安全過馬路，外加保護大家不被壞人欺負，」他咧嘴一笑。「壞人啊壞人。我那時哪知道壞人是怎麼個壞法啊。不過我們那個街區還真有幾個孩子最後穿上了藍色制服喲。其中一個，叫提摩太．路尼的，其實跟我們大家都沒啥不同。後來聽說他搶銀行，或者幫吸血鬼追討高利貸的時候，其實大家都不驚訝。」

我們繼續談起人生的路有可能如何發展，而人的選擇又有多少。最後這個問題頗為引人深思，於是我倆便花了幾分鐘想了想，並讓沉默蔓延開來。之後他說：「那你呢？」

「我？」

「你小時候可不知道你會當上警察吧。」

「嗳，完全沒想到。我從來沒有立志要戴警徽。總之後來我參加了一個入學考，古早時代的那種考試只有智障才會被刷掉，所以我就進了警校，然後我就成了警察。」

「當初你有可能走上另外一條路嗎？」

「你是說不知不覺混進黑道嗎？」這我想了想。「應該沒有什麼天生的高貴品格擋掉這種可能吧，」我說，「不過我得承認我從來沒有把自己染黑的慾望。」

「喔。」

「小時候我住布朗克斯時有個好友（譯註：Bronx是紐約的五區之一，住民大半為南美洲人以及黑人），」我回憶道，「後來我們搬家了，兩人就沒再聯絡。不過多年後我又碰到他兩次。」

「而他已經走上另外那條路。」

「沒錯。」我說。「他沒有爬到大哥的等級，不過他是混進了黑道沒錯。有一回我是在警分局透過雙面鏡牆看到他的（譯註：雙面鏡牆隔開兩個房間，只有其中一間的人看得到另一間的人），之後又失聯了。幾年後，我們再次碰了面，不過這是你我認識以前的事了。」

「當時你還喝酒嗎？」

「沒有，不過那時我才戒沒多久，不到一年吧。說來還挺好玩的，發生在他身上的事。」

「哦，」他說，「願聞其詳。」

——

我想不起第一回看到傑克·艾勒里是什麼時候，不過應該是我在布朗克斯住過的那幾年總沒錯。我們念同一所小學，我低他一屆，所以下課時偶爾會在教室外的走廊或者操場看到他，有時則在放學後瞧見他跟一夥人在打棍球或牆球〔譯註：stickball or stoopball，這兩種遊戲都是棒球的變種玩法〕。後來我們逐漸熟識到可以相互用對方的姓而非名字打招呼——這是小男生之間很奇怪的默契。如果當時有人問我對傑克·艾勒里有什麼感覺，我大概會說他還好，而且想來他對我的感覺應該也一樣。總之，我們當時的交情差不多就是那樣，所以能說的也僅止於此。

之後我父親的事業逐漸衰落，所以他就關了店，帶著我們遷徙他方，而我和傑克·艾勒里也就有整整二十年不見。再次見到他時，我覺得這人頗為眼熟，但卻想不起名字。我不知道當時他能否認出我來，因為其實他並沒有機會看見我。我是透過雙面鏡牆看著他的。

那是一九七〇或者七一年的事了。當時的我已經做了好幾年警探，駐紮在格林威治村的第六分局，那時查爾斯街上的戰前建築還沒拆掉，舊分局便設在該處。但之後不久，上級把我們遷到西十街新蓋的樓房，然後就竄出一個頭腦靈光的傢伙買下我們的舊樓，把它改裝成合作公寓，還給建築取了個名字叫「警方」，想來是要對歷史致敬吧。

幾年後紐約警局大樓（One Police Plaza）蓋成之後，中央大街老舊的警察總局基本上也是遭到同樣的命運。

不過我講的事是發生在查爾斯街舊分局的二樓，當時傑克・艾勒里是排成一列的五名白種男性之一，他們的年齡約莫是三十八、九，四十出頭，他排在四號。這五人身高介於五呎九與六呎一之間，清一色穿著牛仔褲以及開襟運動衫，他們就那麼排排站好，等著一名他們看不見的女人指認是誰拿了槍抵住她，要搶她收銀機裡的錢。

她體格魁梧，年約五十，看來完全不適合扮演家庭用品店的老闆娘。如果她當老師的話，所有的學生大概天天都會飽受驚嚇。我當時在場的身分只是旁觀者，因為這個案子不歸我管。主管此案的是個叫羅尼根的便衣警，我就站在他旁邊。房裡有個助理檢察官，他站在女人旁邊，另外還有個瘦瘦高高的男孩，西裝邋裡邋遢，看來是官派的義務律師。

早年我在布魯克林當警員時，和我搭檔的老鳥名叫文森・馬哈菲，他教了我不下幾百件事情，其中之一就是要偷空到指認罪犯的現場旁觀。他告訴我，如果想熟識當地的黑道，這麼做可比一本本翻看罪犯的大頭照有用多了。如此一來，不但可以仔細研究他們的表情和肢體語言，也比較容易抓住他們的特色登入腦袋存檔。更何況，他說，這是免費的秀場，何樂而不飽眼福呢？

於是我在第六分局時，就開始養成到指認現場觀看嫌犯的習慣。而在我講的故事裡的這個下午，我就是在觀察這五名男子，助理檢察官則在一旁跟女人說慢慢想不用急。「連想都不用想了，我知道是誰。」她說。羅尼根登時面露喜色。「是三號。」

助理檢察官問她是否確定，語氣是在暗示她要重新回想整個過程，而律師男孩則清清喉嚨，好像是準備打回票。

根本沒這個必要。「我是百分之百肯定。」她說。「就是那個婊子養的搶了我，這話我可以在你，在上帝以及所有人的面前大聲宣告。」

她宣告是三號後，羅尼根臉上的喜色立刻遁形。其他人魚貫走出房間時，他和我還留著沒走。我問他，他有三號的什麼資料。

「他是哈德遜街那家市場的副理，」他說，「人好到不行，每次都很樂於幫忙，不過看來我們已經不能再用他充當嫌犯了。這已經是第三次有人相中他了。其實啊，他是那種連在公共電話投幣孔瞧見一毛錢都會擺回去的人。」

「他的長相有點邪門倒是真的，」我說。

「我覺得是因為他的嘴唇歪了些。其實肉眼看不太出來，不過整張臉就會因此顯得有那麼一點點不對稱，所以很難讓人信任。總之，這是他最後一次出這種任務了。」

「除非是他自己惹上麻煩，」我表示。「說來，你本來屬意的到底是誰？」

「還是你先講吧，你相中了哪一個？」

「四號。」

「英雄所見略同。我應該找你當見證人的，馬修。這到底是你的警察直覺在發聲呢，還是你認出此人？」

「應該說是她宣告答案時，他臉上的表情露了餡。我知道他們啥也聽不見，不過他應該是感知到了什麼，曉得自己已經脫險。」

「這我倒沒發現。」

「不過不論有無發現這點，我應該還是會選中他的。他看來很眼熟，只是我想不出原因。」

「噯，他有前科記錄啊。也許你是在哪一本大頭照裡看到他俊俏的臉。高低傑克，這是他的綽號。有印象了嗎？」

沒有。我問到他的姓，然後重複唸著：「傑克・艾勒里，傑克・艾勒里，」霎時我的腦子喀嚓一下。

「我們是兒時玩伴，」我說。「天老爺，打從小學分開以後，我就沒再見過他呢。」

「嗯，」羅尼根說：「看來兩位是走上了天差地遠的人生路啦。」

∞

再下一次看到他，已是多年後了。在那段期間，我離開了紐約警局，從西歐榭的家搬到哥倫布圓環西邊的一個旅館房間。我沒有另找工作，不過工作都會自動找上我，然後我就會以無照私探的身分開始辦案。我從不記錄自己的開銷，也不提供書面報告，雇我的人都是以現金酬報。現金中，有幾些可以支付我的旅館錢，還有更大一筆則是供我在鄰近一家酒吧喝酒，我的三餐幾乎都是在那兒吃的，我大半的客戶都是約在那裡碰頭，我泰半的光陰是在那裡打發掉的。而扣掉這些還剩下的錢，我會用來買匯票，寄到西歐榭去。之後，經歷過太多太多的意識空白和太多的宿醉，外加幾趟戒毒中心之旅，和至少一次的中風經驗，我終於在某一天醒悟過來：我擱著吧台上的一杯酒沒碰，一步步走到戒酒無名會的某個會場。以前我就參加過這種聚會，也試圖要保持清醒不醉，不過想來當時我並沒有準備好，但這次我應該是準備好了。「我名叫馬修，」我告訴滿滿一屋子的人，「我是酒鬼。」

這話我從來沒有說過——沒有整句說出來過，而說了以後也無法保證我就一定可以不醉。我永遠無法保證自己清醒不醉，清醒不醉的境界永遠存在著未知數；不過當天我離開會場時，倒真覺得自己的裡頭有了改變。那天我沒喝酒，隔天也沒有，再隔一天也一樣，之後我持續參加聚會，清醒的日子便那樣一個個串連起來。說起來，我再次碰到傑克．艾勒里時，應該是我保持不醉的兩個半月之後吧。我於十一月十三號喝下最後一杯，所以那天應該是一月的最後一週或者二月的頭一週吧，我想。

我知道不可能滿了三個月，因為我還記得那天我舉起手來，告知眾人我戒了幾天酒，而這個儀式是只有未滿九十天的人才需要執行的。「我名叫馬修，」你要這樣說，「我是酒鬼，今天是我的第七十七天。」然後大家會說：「嗨，馬修。」然後便輪到下一個發言。

那天的會場在東十九街，預定有三個人演講。第二個人講完後，是中場交誼時間，會有竹籃傳遞在眾人之間請大家自由奉獻，滿了戒酒期的人則會在此時起立宣告，以博得眾人掌聲，而眾位新人則會宣布他們是戒酒第幾天做為回報。接著第三名講者便會說出他的故事並準時於十點結束，好讓大家都可以回家休息。

我正往外走時，有人叫起我名字，我一回頭，便瞧見了傑克．艾勒里。我的座椅在前排，所以早先一直沒注意到他。不過我一眼瞥去，便認出他來。他看來比上次站在雙面鏡牆的另一頭要老，他的臉露出的絕對不只是歲月的痕跡而已。聚會場所的座椅當天沒收費，是因為費用已經預繳過了。

「你認不出我了吧，」他說。

「當然認得。你是傑克．艾勒里。」

「天老爺，你的記憶真是一流。當年我們幾歲啊，十二、三吧？」

「記得我是十二，你十三。」

「你父親開鞋店，我記得。」他說。「你好像比我低一屆，然後某一天我發現好像有一陣子沒看到你了，而且沒人知道你去了哪裡。後來我路過鞋店時，才發現店子已經收了。」

「他有很多事業都是不了了之。」

「不過他倒真是個大好人，這我還記得。你的父親史卡德先生。有一回，我媽還真給他嚇到了呢。你爸店裡有那麼台機器，只要站在機器的開口處，就會有張X光片秀出我們腳的影像。原本她已經打定主意要幫我買新鞋的，可你爸說我的腳很快還會長大，不用急著買。『好個誠實的人哪，小傑，』回家的路上她跟我說。『他其實大可以撈我一筆錢，可是他沒有。』」

「那是他事業成功的祕訣之一。」

「嗯，總之我媽印象深刻。布朗克斯的早年時光還真是叫人回味。說來這會兒咱倆都是清醒的，有時間喝杯咖啡嗎，馬修？」

2

我們面對面坐在二十三街一家餐館的雅座。他的咖啡加了一堆鮮奶和糖，我點的則是黑咖啡。以前我會在裡頭摻些波本，不過我已經不再如此。

他再次訝嘆我認得出他，我說彼此彼此，因為他也認出我了。「噢，那是因為你宣布你的戒酒天數時，」他說，「講了名字。不消多久，你就會滿九十天的。」

九十天算是所謂的觀望期吧。等你滴酒不沾九十天後，你就可以上台講述自己的人生經歷，並擔任戒酒分會的職務或者提供慈善服務。而且你也可以豁免舉手向全世界宣告你已戒酒幾天的義務。

他已經戒了十六個月。「很難想像，」他說，「我是去年九月的最後一天滿一年的。打死都沒想過我能戒滿一年。」

「有人說快滿一年的時日最是難捱。」

「唉，其實天天都難捱啦。不過，你曉得，我原本認定了一整年不沾酒根本就是天方夜譚。我覺得根本沒人辦得到。可這會兒我的輔導員已經戒滿六年，而且我的小組裡多的是戒滿十年、十五年、二十年的人呢——我可沒一口咬定他們全在撒謊喔。我只是覺得我的基因不一樣，我絕對沒那能耐。你爸喝酒嗎？」

「他成功的另一祕訣便是喝酒。」

「我老爸也喝，而且是喝到死。他才過世兩年，而我最最難過的就是他走時旁邊沒人。他的肝搗的鬼。我媽早走了，是癌症，所以當時他孤伶伶的沒人照看，照說至少我這做兒子的應該陪在床邊，可我那時偏巧跑到紐約州北去。所以他是好孤單的在床上嚥下最後一口氣的。天哪，這種罪過有法兒彌補嗎，你倒說說看？」

我並不願意思想起我得彌補的罪過。先把這道程序擱在架子上涼快，吉姆．法柏不只一次叮嚀過我。今兒個你只要辦到兩件事即可：一是參加戒酒聚會，二是不要喝酒。兩件都圓滿達成的話，其他該做的事自然會一一到位。

「你後來當上警察對吧，馬修。或者我是把你跟誰搞混了？」

「沒，你說的對。不過我幾年前就不幹了。」

他抬起手，做了個乾杯的動作。我點點頭。他說：「不知道你聽說了沒，不過我跟你是反向而行。」

「好像聽過一點風聲吧。」

「剛我說我人在紐約州北，意思是我當上了州長的貴賓。我給關進了綠天監獄（譯註：Green Haven，紐約州一座專收重刑犯的監獄）。倒也不是因為幹了什麼驚天動地的壞事上了頭條。我只是拿了把槍，走進一家酒鋪而已。而且那也不是我的第一次。」

這話我沒接腔，而他好像也沒要我接的意思。「我找了個挺像樣的律師，」他說，「他要我認罪協商，所以我就認了一尾小的，然後他們就免了我其他大尾的。你知道最難的是啥嗎？你得當眾正式認罪。你知道是怎麼回事吧？」

「你得站在法庭上，宣告你的罪行。」

「我真想吐，我恨透了這個要求。所以就想盡辦法要轉個彎繞過。『可不可以說聲我有罪然後坐下呢？』可我那位說不行，你得照著規定走，你得當眾宣告細節。嗯，不照辦，認罪協商就沒得談，我又不是瘋了，所以我就乖乖照辦。結果你知道怎麼著？話才說出口，我就輕鬆得要飄起來哩。」

「因為事情解決了。」

他搖搖頭。「因為我坦承犯行。因為我說出口，我當眾認罪了。這就是戒酒計畫第五步的濃縮版，馬修。你在上帝以及眾人面前認罪，然後心裡的石頭就啪個落地。噢，當然不是最後一顆啦，那只是小小的前奏曲而已，不過後來有人跟我提到戒酒計畫，說我得怎麼一步步往前挪的時候，我馬上明白了。我心裡雪亮，完全清楚這套方法行得通。」

吉姆．法柏告訴我，戒酒協會規定的十二步，並不是要幫助我們保持清醒不醉。不喝酒是保持清醒的唯一方法。設立步驟純粹是要讓我們能夠舒舒服服的保持不醉，以便我們可以無需求助酒精捱過不醉的狀態，他說時機成熟時，我自然能夠通過一道道步驟的考驗。截至目前為止，我只是承認了我對酒精毫無招架之力，承認黃湯搞得我日子無法好好過，承認這點就是踏出第一步。

而且如果我想要，我其實大可以一直待在這關不往前。

老實說，我並沒有急巴巴的想要快速通關。每次我去聚會時，他們都會唸一遍步驟的內容，而且就算沒唸，牆上也貼了大字報提醒各位酒友注意。第四步是要將個人的身家細節交代清楚，所以你得好好坐下慢慢寫。第五步是懺悔篇：你要跟另外一名人類共享發生在你身上的所有垃圾，而這人通常就是你的輔導員。

吉姆說，有些人連一關都沒過，卻也好幾十年沒碰酒。

步驟的內容我想了想，所以傑克說什麼我漏聽了好幾拍，等我調回恰當頻率時，他正好在講綠天監獄，他說關在那裡應該是他這輩子最大的福氣，因為他就是在那兒得知戒酒計畫的。

「我去參加聚會，是因為只有那時候我才能在椅子整整坐上一個鐘頭神遊內太空，」他說，「而且待在那裡也比較容易保持清醒，畢竟誰想去喝那些犯人私釀的爛酒，或去嗑那些獄卒走私進牢的毒品？而且，你曉得，我其實並沒有把我走上歪路怪到酒精上頭，因為那是我自己的選擇，不過去了幾次聚會以後，我才開始想到，每回我闖大禍都是我在嗨的時候。我是說，媽的還真屢試不爽：是我決定要觸犯法律，也是我決定要灌下黃湯或者嗑藥，不過這兩樣決定永遠分不開，你曉得，而我卻是跑去聚會以後才突然領悟到。」

所以在牢裡他一直沒碰酒。然後他給放了出來，回到紐約的老家，在離賓州火車站幾個街口的一家單人套房旅館租下一間房，然後到了第三個晚上，他就跑到轉角一家名叫終極酒吧的地方喝起綜合威士忌來了。

「店名跟它的地點有關吧——是地鐵最後一站。」他說：「不過就算這店開在傑克森高級住宅區，叫這名字也很搭。媽的走進這家店就出不來啦。」

不過他當然是出來了，只除了他整整兩年都沒逃過酒的魔咒。這段期間，他雖然避開了法律的追捕，但卻躲不過酒吧的誘惑。他會去參加戒酒聚會，給自己一小段神遊的時間，可接著他又會來個媽的老子不管啦的念頭，然後沒兩下他便又置身酒館，或者摻著個酒瓶猛灌黃湯。他去過幾次戒酒中心，然後他昏天黑地的時間便開始拉長，於是他知道自己的前景大不看好，但又看不出他要如何扭轉命運。

「你知道，馬修，」他說，「從小我就立定偉大的志向了。你猜我是想幹嘛？不猜？當警察啊，我打算當警察。穿上藍色制服，保護眾人不受罪犯侵害。」他拿起咖啡杯，不過杯子已經空了。

「看來你跟我做了同樣的夢，不過你是真的辦到了。」

我搖搖頭。「我是誤打誤撞，」我說，「原本我是想當狄馬喬第二（譯註：Joe DiMaggio，是美國職棒大聯盟的中外野手，與瑪麗蓮夢露有過短暫姻緣）。其實，如果不是沒有半點運動細胞的話，搞不好我可以美夢成真。」

「嗯，說來我的障礙就出在沒有道德細胞，所以你知道我是誤打誤撞上了什麼。」

他酒喝個不停，因為他實在無法自制，不過他還是一再回到戒酒聚會神遊，因為媽的他還有哪裡可去呢？然後有一天散會之後，有個很不搭調的人卻把他拉到一旁，啪啪講起大道理。

「一名同性戀，馬修，而且是一看即知的那種。特意要擺出本人是又怎樣的德性，你曉得。生在富豪之家，念的是長春藤名校，目前呢他是珠寶設計師。而且比我年輕十歲還不只，看來好像每小時二十哩的風速就可以把他吹到鳥不拉屎的地方去。恰恰就是最適合開導我的鳥廝，對吧？

「總之呢，他要我乖乖坐下聽他講，他說我是把戒酒計畫當成旋轉門兒在使用，說我只會不斷的進進出出繞圈子，而且每轉一回，我就又要流失一點『我自己』。他說唯一可以打破這個模式的辦法就是每天早上讀《戒酒大書》，然後每天晚上讀《十二階段與十二傳統》（譯註：Twelve & Twelve是美國戒酒無名會出的小冊子，完整收錄戒酒的十二道步驟以及會員須知的十二條法規），並要慎重看待十二步驟的考驗。聽完以後，我瞄瞄他，這個瘦不拉嘰的小皇后（譯註：皇后意指帶有強烈女人味的男同性戀），這個比他媽火星人離我還要遙遠的鳥廝，然後問了他一個我從來沒問過人的問題。我問他願不願意當我的輔導員。你知道他是怎麼說的嗎？」

「我猜他是說願意。」

「我很樂意輔導你，」他說，「不過我不曉得你受不受得了我。」

「省省吧，老哥。說穿了，媽的我還有別的路可走嗎？」

∞

所以他就開始天天聚會，而且一天去個兩三回的日子也不是沒有。並且並且，他還每天早晚各打一通電話給輔導員。他起床的第一件事是雙膝跪地，懇請上帝再賜給他清醒的一天；每晚臨上床前，他則再次兩膝落地，感謝上帝保佑他一天不醉。另外他還念《戒酒大書》以及《十二階段與十二傳統》，並孜孜矻矻的跟著輔導員走過一道道步驟。之後他便成功的連戒九十天，而且還搞了好幾次——他以前可從沒有連著半年不沾酒。接著是戒滿九個月，然後非常不可思議的，竟然可以一年不碰酒。

面對第四步時，他的輔導員要他寫下這輩子做過的所有不對，如果哪件事他不想列入清單的話，那就媽的表示他非列不可。「就跟當庭宣告我做的所有鳥事一樣嘛。」他說。

然後他倆便一起坐下來，由他大聲誦讀惡行內容，而他的輔導員則偶爾提出評論，或者要他多加發揮。「完事以後他問我有何感覺，我的回答可登不了大雅之堂，我跟他說，我覺得我是拉出了一大坨人類有史以來最臭的大便。」

這會兒他已戒滿十六個月，可以開始進行贖罪。第八步是列出所有自己傷害過的人的名字，表示願意彌補過犯，不過這會兒他已經行進到第九步，意思是他得扛著真槍實彈贖罪去。而這當然不是說做就能做到的差事。

「可我還有別的選擇嗎？」他說。他搖搖頭說：「老天在上，瞧現在都幾點了。我稀哩呼嚕把我的戒酒史全都塞給你聽。你才聽完三場演講，這會兒又得聽我叨唸，而且我花的時間差不多跟他們三個人加起來的一樣長。可統統吐出來對我還真有些好處呢——小時候的玩伴真是萬靈丹。噢，對了，咱們的老家已經消失囉，你知道。我是說以前那個老社區——市政府派了大隊人馬，挖了他媽一條高速公路碾過去。」

「我曉得。」

「對我的意義或許比對你更大。我是說咱們的老社區。你在那兒才住多久，兩年嗎？」

「差不多吧。」

「對我來說，那是我整個童年。以前我還真能為了失去童年的場景，狠狠把自己灌得爛醉呢。『可憐的我喲，小時候住的房子給拆了，玩棍球的大街給挖了，滴答滴答滴。』其實我的童年跟房子和大街根本沒關係。而且那個童年沒有消失。我還扛著它四處走，我還是得處理它，消化它。」

他伸手拿起帳單。「好啦，我說夠多了。這錢我付，就算是嗡嗡嗡講到你耳朵長繭的補償金吧。」

∞

我回到家時，打了通電話給吉姆．法柏。我倆達成共識說，傑克的輔導員擺明了就是個腦筋打鐵的步驟魔人，不過他跟傑克好像真是絕配。

我們分道揚鑣以前，傑克給了我他的電話號碼，我覺得不給我的也說不過去。只是我這人不愛通話，吉姆是我唯一定期聯絡的人。另外還有個住在翠貝卡的女雕塑家叫珍．肯恩，我們通常週末會共度一宵，每個禮拜會互打兩三通電話問問好。除此以外，我是不撥電話的，而我接到的電話大半也都是別人撥錯號碼過來的。

我抄下傑克．艾勒里的電話，心想或許哪天又會撞上他，或許再也不會。這種事很難說。

3

我再次碰到傑克．艾勒里是幾個月以後的事了，我們剛好參加了同一個聚會。那之前我們通過兩次電話。頭一回是我戒酒滿九十天之後的幾天。當晚我在聖保羅教堂的地下室跟我的小組成員發表演講。教堂在第九大道和六十街的交口，離我的旅館只有短短幾個路口的距離，以往我還喝酒的時日偶爾會來這裡為亡靈點上蠟燭，並享受片刻的寧靜。當時我根本不知道教堂的地下室有戒酒聚會。

總之那一回我就是坐在講桌前，講述起我的故事——足足說了二十分鐘之久。會後大家圍過來跟我道喜，我和幾個人相偕去火焰餐廳續攤。回到旅館後，我打電話給珍，她也跟我賀了喜，並提醒我滿了九十天後迎接我的會是什麼。是的，第九十一天。

想來傑克．艾勒里打電話給我表明恭賀之意時，應該是第九十三或九十四天吧。「打之前我還真有點遲疑，」他說，「雖然我覺得你應該沒問題，不過這種事很難講，你知道？萬一你有個閃失，可又來了這麼頭笨驢恭喜你滿了你其實沒滿的九十天，請問你會做何感想？總之我跟我的輔導員就是這麼說，於是他老兄就提醒我地球可沒繞著我在轉——怪怪這話我每回聽到都會給驚到。他說，如果你果真不幸打破戒律喝黃湯的話，其實心裡會幹到根本不在乎電話另一頭哪個張三李四說了啥。」

他約莫一個禮拜左右以後又叩我一次，不過當天是週六，我去了下城珍．肯恩位在利斯本納德街的統樓。隔天一早我倆相偕參加蘇活區她最愛的聚會。之後我們共進了早午餐，然後穿梭於西百老匯大道的幾家畫廊之間，之後我則是照多年來的慣例和吉姆共進週日晚餐。我們通常都吃中菜，不過不一定在同一家館子，之後我們會找個聚會參加。所以等我回到旅館聽取電話留言時，時間已經相當晚了，我是隔天才回傑克的電話。他出門了，而且我無法留言。

我們就這樣一來一往打了幾次電話，然後才聯絡上對方，不過電話上，兩人卻是有一搭沒一搭的頗尷尬。

我還記得他再次提到彌補往日過犯的難題。「比方說吧，」他道，「有這麼個和我合作的混混。我們曾經一起搶過幾家店，事後還各自捧著一瓶約翰走路猛灌，互誇自己是英雄好漢。還有這麼一回，我們在東村一家小店幹了一票，不過就是拿些鍋碗瓢盆之類的垃圾？天知道我們的腦子在想啥，店裡能有多少現金啊你說？」

我想起那名指認嫌犯的女人。

「然後他又喝得爛醉，找錯了人亂講話——搞不好是我不是他，因為這種狗屁事誰有本事記得啊？總之我給警方逮去排排站，女人選中了站我旁邊的倒楣鬼，一口咬定是他犯的案。後來他們去逮阿尼的時候，老天他竟然一把掏出槍來，發神經嘛那婊子養的，結果警察在他身上打滿了洞，他給送到伯利恆醫院時就死了。說來我並沒有害他走上黑道，打小報告的也不是我，可他最後還是翹了，而我卻連牢都不用坐，連搶來的錢都不用還，那我欠他的該怎麼辦？我要怎麼彌補才算公道呢？」

∞

後來他又來通電話，給了留言。他說他會在上西城的聚會演講，如果我有意願參加的話，也許會後我們可以去喝杯咖啡。這話我想了想，不過晃著晃著那一天就過了。我還算喜歡他，也希望他一切順利，不過我可沒想跟他變成莫逆之交。布朗克斯是久遠以前的記憶，而之後我們又走上天差地遠的行業——雖然到頭來我們還是碰到一塊。我不太可能再戴上警徽（雖然偶爾我是會起心動念），不過傑克的將來我就不敢說了。老天保佑他能保持不醉，不過如果他破戒的話，什麼壞事都有可能發生，那時我可不想跟他太親。

∞

再下一次碰到他時，是在第二大道和八十七街交口的今日清醒聚會。我沒去過那裡，那天會去是因為珍受邀發表演講。我從沒聽她講過喝酒史——只在某些聚會裡聽到零星片段——所以我們就約好到那裡碰頭，之後可以共進晚餐。我找到了地方，為自己倒杯咖啡，然後一轉身，便瞧見傑克．艾勒里在房間的另一頭跟個約莫二十幾歲的殷切男子在講話。

我得再瞥一眼，才能確定那人的確是傑克，因為他看來形容甚慘。他的穿著還過得去，卡其褲燙得筆挺，套了件長袖運動衫，可是他的臉卻有一邊是腫的，外加一個黑眼圈。有個結論很明顯，我二話不說便攬來用。保持滴酒不沾的人除非是打擂台落敗，否則不會把自己搞成那副德行；我心想，這人全心全意要通過十二道關口，結果還是難免回頭又栽在第一關底下。

如果他果真又喝起酒來那就可惜了，不過這種事其實也時有所聞；值得慶幸的是，目前他又身在聚會裡。話雖如此，我可沒想急巴巴的跑去跟他講話，並特意挑了張他不會瞧見我的椅子坐下來。不久聚會就開始了。

這次他們只請了一個人演講，之後則由眾人隨性發言討論。不過開場時還是行禮如儀，先唸了「戒酒原則」以及戒酒的步驟和法規，外加歷代集結的人類智慧之精華，之後我便神遊太虛起來，直到有人舉手說出自己的戒酒天數或年數。這麼聽著聽著，我不由側了頭看看傑克的反應，果不其然，他也舉了手。

意料之中，我想著，並等著他給點名報出這回他是戒了幾天。不過報天數的流程已經走完，這會兒是在報年數——因為我聽見他開口說：「我名叫傑克，仰仗上帝以及協會的恩典，前天是我慶祝戒酒兩年的大日子。」

掌聲四起，當然，我跟著鼓掌時腦子才喀嚓一亮。兩手鼓得劈啪響的同時，一邊暗罵自己是白癡。

我怎麼會愣獃到看著個神智清楚的男人，卻假設他喝了酒？

之後主席介紹珍上台演講。她講述起她的故事時，我往後靠坐仔細聆聽。不過有一兩次，我忍不住往前挪了挪，再瞥一眼傑克。他沒醉，這當然很棒，然而他為什麼一副慘遭毒打的模樣呢？

∞

中場休息時我過去找他。「我就說應該是你嘛，」他說，「你離家好遠，是吧？好像從來沒在這裡碰過你。」

「今天的演講人是我朋友，」我說，「我這是頭一回有機會聽她正式講述自己完整的戒酒資歷。」

「值得大老遠跑一趟，對吧？講得真精采，而我只消走過幾個路口就可以享受到了。」

「我們約好會後要去吃晚餐，」我說，一邊想著我幹嘛非得跟他共享這個資訊不可呢。往座椅走去時，我了悟到原因：我是想免除後患，讓他知道會後我們無法和他共享咖啡時光。

我沒問及他的臉，因為我沒有權利問，何況他也沒主動提。不過我還真納悶原因何在，後來瞧見他舉起手時，我還以為我的好奇心終於可以得到滿足了。可是珍好像沒注意到那隻手，我雖然集中意念想要影響她，但她還是過了好一會兒才點名叫他。他先是謝謝她和大家分享經驗，並說他很能認同她提及的好些事，她的宿醉和酒後昏迷都是他切身體會過的痛，相信很多人都有同感云云。完全沒提為什麼他戒酒滿了兩年，身上卻是青一塊紫一塊。

之後我們一如往常以平靜祈禱文作結（譯註：Serenity Prayer為美國二十世紀神學家Reinhold Niebuhr所寫的一篇禱詞，原本並無標題，其內容為：「主啊，請賜我平靜，能接納我無法改變的事，請賜我勇氣，能改變我可以改變的事，並請賜我智慧，讓我能分辨這兩者的不同。」），然後他便和坐在他旁邊的朋友以及另外十來個人一起上前和珍握手致謝。我沒採取行動，只是幫著收椅子。他和朋友一起往門外走時，我還在收。

不過他到了門邊又停下腳，回頭朝我走來。「這裡不方便講話，」他說，「可我還真有些話非跟你談不可。什麼時間打給你比較好？」

珍和我要去吃晚餐，也許會去一家她聽說不錯的德國小館。然後我會送她回家，而且我應該會留宿在利斯本納德街。她一早要去上班，所以早餐過後我會走人，之後我要幹嘛呢？搭地鐵回旅館吧——除非我臨時決定要好整以暇的散步回家，搞不好可以順路參加一場中午的聚會。派瑞街的工作坊就有一場，或者我有可能繼續漫步下去，到三十街聖法蘭西斯教堂辦的書展晃晃。

說著說著我想到了一件事，也許我的臉上寫了字，因為傑克馬上問我什麼事那麼好笑。

「我才剛想到，」我說，「有人說的一句話。《戒酒大書》老跟我們耳提面命說，滴酒不沾是走向重生的橋梁，不過有時候不沾酒只是通往另一場聚會的隧道而已。」

「是葛瑞講的，」他說，他的朋友一聽到自己的名字便湊過來，於是傑克便介紹我倆認識。得知他是傑克的輔導員，我並不驚訝。他戴著一只耳環，而我也已下了結論那是他自己設計的。

「啊，是來自老家的馬修哪。」葛瑞說。「可老家早就給夷為平地鋪上柏油，這會兒只留存在大家的回憶裡，比現實中的它要美麗多了。我還真希望有人可以蓋條高速公路，碾過我自個兒的老家呢。要不就引條河淹過也行。」

「是有人幹過這事，」我模糊有個記憶，於是他便接口說此人名叫赫丘力士（譯註：Hercules是羅馬神話裡半人半神的大力士，因爛醉如泥誤殺妻兒，被罰做十二項苦役贖罪，其中之一便是要清洗其臭無比的奧集牛廄），他是為了清洗奧集牛廄才出此上策的。

「他要做十二項苦役，咱們則有十二道步驟跟他媲美，」他說，「誰說保持清醒是件輕鬆的差事呢？」

此時珍走過來，而我也正想抓了她逃離現場。我跟傑克表示，也許由我打給他會比較方便，不過他說隔天他也許全天都要在外奔波。我說我大概中午前會回到旅館，如果他找不到我的話，可以下午兩點左右再撥撥看。

8

紐約的小德國區原本在下東城，但一九〇四年發生了一場災難，有艘名叫史絡將軍號的船在東河燃燒下沉，一千三百名該區的居民原本是興高采烈的搭船參加一年一度的遊河之旅的，結果有一千多人死於船難，小德國區陷入一片愁雲慘霧當中，從此一蹶不振。這就跟開條高速公路碾去是一樣的意思。或者引條河淹過。

小德國區的居民紛紛搬遷，大部分都移居到約克村，亦即環繞著八十七街和第三大道交口的那幾條街。進駐約克村的不只是德國人，另外還有捷克以及匈牙利人，不過這些年來他們又開始外移了。由於近來房租日益看漲，新移民根本住不起，約克村已經逐漸失去了它的種族特色。

不過坐在馬克索餐廳裡頭，你不會有這種感覺。珍拿著菜單看了好久，決定要點醋醃肉、紫高麗以及馬鈴薯餃子，而且這些她全是用德文說的。我們的服務生穿著吊帶皮短褲（譯註：這是德國南部巴伐利亞男子的傳統服飾），看來還真驢，他點頭讚賞的不知是她的品味還是發音，或者兩者皆是，然後等我說了我也一樣時，他笑開臉來。不過當他問及我們要點哪種啤酒，而我說我們喝咖啡就好時，他霎時露出驚愕與喪氣的表情。我們可以晚點再喝咖啡，他提議道，不過享用德國美食的時候，我們應該要點優質的德國啤酒搭配才好。

我的味蕾突然想起某些優質德啤的特色——濃洌香醇、酒體飽滿，譬如貝克、聖寶力女孩，或者羅漚珀。我不打算點酒，連喝的慾望都沒有，不過記憶仍在。我眨個眼把記憶趕跑，珍則斬釘截鐵的跟服務生聲明，他今晚別想賣我們半瓶啤酒。餐廳的氣氛有點商業化，不過美食當前也就不在意了，之後我們喝了咖啡，並共享一份黏膩的甜點。「真想天天來這兒呢，」珍說：「不過我很擔心體重會暴增到三百磅。那個看來好像慘遭痛扁的傢伙，他好像說了他叫傑克是吧？」

「怎麼？」

「我看到你跟他講話。」

「我以前就提過他。」

「你說過他是你布朗克斯的玩伴，不過多年後，你卻把他關進牢裡。」

「雖不中亦不遠矣。」我說。「我沒給他上手銬，我只是到了指認現場旁觀而已，後來他坐牢其實是為了別的犯行。而且，我從來沒跟他提起我旁觀的事。」

「我問到他的臉。本來我是不會開口的，但他自己要講，他說他從來沒這麼傻過。你也曉得——刻意自嘲，免得大夥兒尷尬。」

「我有回碰到喬治・席林，」我回想道。

「彈爵士鋼琴那位嗎？」

我點點頭。「有人引見我們認識，忘了是什麼場合。當時他馬上連珠砲的丟了三四個盲笑話逗大家開心。其實不很好笑，不過重點不在那兒。我們被引介給盲人，心裡難免疙瘩著他看不見，所以他已經學會了要先點出自己的盲，好化解尷尬。」

「沒錯，傑克正是沿用這模式，所以我就放膽問他出了什麼事。」

「他怎麼說？」

「他說全要怪戒酒十二步。他踩上其中一步，結果跌了個狗吃屎。想來他朋友也參了一腳，因為他在旁邊一直滾眼球。我本來要問他是哪一步出的差池，可是還沒來得及開口，他卻又謝了我一次，然後側身讓下一個排隊的人跟我握手。」

「第九，」我說。

「你是說第九步？或者你是在說德文的『不』〔譯註：德文的不nein發音跟英文的九nine類似〕？」

「他已經開始在為自己贖罪了，總之他是想要踏出這一步。」

「當初我想贖罪時，」她說，「對方不是猛摟住我，就是說沒關係。還有些人是愣愣看著我，因為搞不懂我幹嘛道歉。」

「嗯，」我說，「你和傑克活動的圈子，應該是八竿子打不到一起，而且你們要彌補的過犯也是天差地遠。」

「有一回我往某人身上大吐特吐。」

「他沒有賞你幾記老拳？」

「他根本想不起來了。他是這麼說的啦，不過我看他只是不好意思講而已。老天在上，誰有本事把那款事給忘得精光啊？」

∞

我一如往常伸手要付帳，但她卻堅持對半分。到了外頭，她說她累垮了，如果她自個兒回家的話，我會很傷心嗎？我說或許這樣也好，因為我也有點乏。那天是週四，所以我們就說兩天後再碰頭了。我招手叫來計程車，幫她拉著車門等她入座時，她說她可以先送我回旅館，因為順路。我說我想散個步，消化那塊甜點。

我看著她的計程車往南開在第二大道上，試圖回想我最後一次喝的德國啤酒。吉米．阿姆斯壯酒吧供應 Prior Dark 生啤，我發現我竟然想起了它的滋味。

我強迫自己走過兩個路口，然後才為自己叫來計程車。

∞

我回到旅館房間後，脫下衣物，沖了個澡，然後打電話給吉姆．法柏說：「我他媽的是怎麼搞的？她說她累了，說我可以禮拜六再去找她。」

「你本以為今晚可以跟她回去，多少覺得這是理所當然的吧。」

「然後她問我OK不OK時，我說當然可以，沒問題。」

「違心之論。」

「我很想回說既然如此，乾脆禮拜六的約也一起取消算了。這樣她就可以好好休息。媽的休個足足足吧。」

「說得好。」

「另外我還說謝了小姐，不用，我可以自己搭計程車回去。可我給的理由卻是我想散步回家。」

「嗯哼。所以這會兒你有何感覺？」

「好乏。而且覺得自己有點驢。」

「依我說，這兩種感覺都很合理。你喝了酒嗎？」

「當然沒有。」

「當時想喝嗎？」

「不想，」我說，然後又想了想。「意識層面並不想。不過心底也許想要吧，在某種層面上。」

「不過你沒喝。」

「沒有。」

「這就沒事了，」他說，「上床睡去吧。」

∞

布朗克斯的童年往事不算的話，那天是我第三次看到傑克．艾勒里——一次是透過雙面鏡牆，兩次是在戒酒聚會。

下一回我看到他時，他已經死了。

4

禮拜五早上，我到晨星小館吃早點，然後從那兒直接走到西五十三街的唐諾爾圖書館。前一晚我們用餐時，約略談了史絡將軍號的船難事件，不過我並不知道確切的死亡人數以及發生日期。我在書架上找到了一本萬靈丹，這書甚至還提供了一些我開始閱讀後才想到的問題的答案。差不多所有該負責的人都犯了令人訝嘆的疏失——從船東到管理階層到水手，不過被關進大牢的只有船長一人，而且以他犯下的滔天大錯來看，他判的刑實在輕得不可思議。

這起災難好像沒半個人想到要提出民事訴訟，我感嘆起這四分之三世紀以來，世界真的改變太多了。當今世上，只要有人敢動誰一根寒毛，恐怕就難逃法律訴訟——就算那根寒毛根本不是當事人的，就算那是發生在一百公尺以外的事。這種沒完沒了大大小小的訴訟到底對國家是好是壞呢，我仔細思量起來，不過我決定還是延緩我的思量，因為我讀的書這會兒又把我引到另一本書的另一個主題去了。

早上就這麼打發掉了，之後我直接從唐諾爾的閱讀室走向六十三街的青年會，我抵達時十二點半的聚會剛好開始。一點半散會後，我漫步到小吃攤買了片披薩和一杯可樂——我的午餐這樣吃剛剛好，不過拿到合格證書的營養師看了應該是笑不出來。我回到家時是兩點一刻，我的信箱有兩張字條。第一通電話是十點四十五打來的，第二通我只差十分鐘就可以接到。兩通都是來自傑克，而兩次他都說了他稍後會再撥來。

我上樓撥了他的電話，心想搞不好他也許在家，要不或許他已經裝了答錄機。他不在，而且他沒裝。

我在房裡待到該出門吃晚餐的時間。我沒有外務，手頭又有本書要讀，所以我待在房裡並不是特意要等他來電，不過這或許也是原因之一。電話唯一響起的一次是珍打來的，她要確定我們週六的約。然後她就問我前晚我是否真的一路走回家，我吸了口氣才做答。「走了兩條街以後，」我說，「我就說了聲他媽的，招手攬來一輛計程車。」

我們約好碰面的時間和地點後，我便掛上電話，思量起我剛才的頭一個衝動其實是飆聲說，嗳沒錯，我是一路從約克村走回家的。還有呢？說我的腳發疼我的小腿抽痛嗎？說我遇上攔路搶劫，被人用槍K了一頓，而這一切全是她的錯？

我沒那麼說，當然。我先是吸口氣讓自己回過神，然後把平淡無奇的真相跟她報告一遍，而她也沒逮著機會叨唸說，我其實可以搭她的便車省掉幾塊錢。看來我倆都有在進步吧。

∞

週五晚上我到聖保羅教堂。我在那兒看到吉姆，不過他連聲抱怨頭疼，中場休息時就先回家了。之後我湊向幾個人一道喝咖啡，我們聊天的主題是一位新近宣布自己是蕾絲邊的會員。「我早知道佩金是同性戀，」一個叫馬帝的人說，「我和她碰面才十分鐘，就神機妙算出來了。我只是希望可以在她自己算出來以前，得個機會打砲。」

「滿腦子三人舞的影像是吧，」有人接腔道。

「沒，我這人最單純了，我只想在她變成大南瓜以前，能跟她同樂幾次。」

「可是你的指導靈另有想法。」

「我的指導靈，」馬帝說，「根本就一頭霧水。我的指導靈在他媽的開關旁邊盹著了。」

旅館櫃檯有個口信等著我，是同樣的留言：傑克打過電話，而且晚點會再打來。他沒要我打過去，我決定不打是因為時間已晚。然後我又改變主意，還是打給他，不過沒人接聽。

∞

禮拜六一早又冷又濕。我略過早餐，結果早早就從街口的小吃店叫了份外賣午餐。送餐的小夥子看來好像一隻快淹死的老鼠，所以我給他的小費比往常多很多。

下午我耗在電視機前面，在幾台大學足球賽之間轉來轉去。內容其實我沒怎麼注意，不過這總比到外頭淋雨好些，而且我想如果我能待久點的話，傑克找到我的機率也會高些。

只是電話一直沒響。我好幾次拿起話筒撥他的號，但是沒人接。沮喪的感覺真叫人納悶，因為其實我並沒有急巴巴的想跟他講話，但我也不想老是被電話留言給纏住了。

我在房裡坐著。不看電視時，我轉頭看著窗外的雨。

8

珍和我約好要在小義大利區莫百瑞街和海思特街交口的一家餐廳碰頭。我們去過那裡幾次，滿喜歡他們的食物和氣氛。我早到了幾分鐘，他們找不到我的預約單，不過倒是有張空桌給我們。珍遲到了十分鐘。餐點不錯，服務態度還可以，而我原本其實也可以為我們的談話增色，指出吧台那位壯碩的男子十幾年前曾是我手銬下的犯人。

餐後我們本打算在附近散個步，不過天還下著毛毛雨，空氣也冷冽了些，所以我們便直接回到利斯本納德街。她泡了壺咖啡，放了幾張唱片聽——莎拉・沃恩、艾拉，還有愛蒂・高梅。這是個陰雨的十月夜晚，溫馨、羅曼蒂克的情調飄盪在空氣裡，正適合你儂我儂，然而用餐時盤旋不去的冷淡和距離感卻一直沒有散去。

我們於午夜後不久上床，收音機調在全天候播放爵士樂的頻道上，我倆躺在黑暗裡溫存了一會兒。之後，我察覺到我思慮邊沿的黑影裡潛伏了個什麼。我不想看它，然後睡眠便如同舞台的布幕般急速落下。

∞

幾個月前，我開始在珍的住處留下一些衣物。她已經騰出幾個五斗櫃的抽屜給我使用，也給了我衣櫥裡的幾個衣架。所以早上沖完澡後，我就有了乾淨的襪子和內衣褲可以換上——還有乾淨襯衫。通常我會把換下的衣物留給她幫忙洗。

「你就快滿一年了，」早餐時她開口道，「還有多久？一個月嗎？」

「五六個禮拜吧，應該。」

我覺得她好像還想說些什麼，但她什麼也沒說。

∞

當晚我在第九大道的一家中餐廳和吉姆・法柏碰頭。我倆都是頭一次去那裡，兩人都覺得餐點尚可，但不會特意向人推薦。我跟他說了前一晚與珍的互動，他仔細聆聽，細細想了一想，然後提醒我說，我快戒滿一年的酒了。

「她也是這麼說的，」我回道，「可這又跟啥扯上關係啦？」

他聳聳肩，等著我回答自己的問題。

「『頭一年不要做任何重大決定。』我曉得這句金玉良言。」

「賓果。」

「換句話說，我還有五六個禮拜來決定我和珍的關係要往哪個方向走。」

「錯？」

「你還有五六個禮拜，」他說，「不用做決定。」

「噢。」

「分得清其中差別嗎？」

「大概吧。」

「滿一年的時候，你無需改變現狀。你無需做任何決定。你沒有義務採取任何行動。重點是，期滿之前，要按兵不動。」

「了解。」

「不過話說回來，」他道，「我們這會兒談的是你的規畫。她也許有她自己的規畫。你滿了一年沒碰酒，再下來你得決定要拉坨屎還是離開糞坑。懂吧？」

「也許。」

「你知道，」他說，「說什麼要等一年才能怎樣云云，這只是個大略方向。對有些人來說，其實前五年都按兵不動比較好。」

「你在開玩笑對吧？」

「或者前十年。」他說。

∞

我們在聖克萊爾醫院聚會。參加的人大半都是戒毒所的病人，這是他們的必修課。要他們保持清醒還真難，而要他們吐出半個字更是天方夜譚。吉姆和我去過那兒幾次；難得聽到什麼珠璣之言，不過倒是挺好的觀察機會。

會後我陪他回家，走著走著他說：「有句話記著挺好。是佛陀說的，你知道。『人類不快樂的源頭，都是來自不滿現狀。』」

我說：「佛陀說了這話？」

「聽說啦，不過我得承認我沒在現場親耳諦聽。咦，你好像很驚訝的樣子。」

「噯，」我說，「他看起來好像沒什麼深度。」

「佛陀嗎？」

「大家都這麼叫他。而且說起來，他也自稱佛陀呢。應該有六呎六吧，大塊頭大肚腩，頭髮剃得精光。這人定期參加莫拉維亞教堂的午夜聚會，不過偶爾也會到其他的點。我覺得他以前應該是反體制機車俱樂部的成員，而且我看他八成坐過牢——」

他臉上的表情堵住了我的嘴。他搖搖頭說：「我講的是天下地上唯我獨尊的佛陀，在菩提樹下打坐，等著修成正果的那位好嗎？」

「我以為是蘋果樹呢，而且我以為就是他發現了地心引力。」

「那是以薩．牛頓吧。」

「如果是牛頓的話，應該是無花果樹才對。總之你說的是另一個佛陀囉，人非聖賢，孰能不搞錯。我認識的唯一一個佛陀就是莫拉維亞教堂那位。此人在西街某家名聲堪議的酒館把守大門——如果我沒搞錯的話。要不要再跟我複習一遍呢？你剛說人類不快樂的源頭是什麼？」

∞

陪他回家以後，我回到自己的家。先前我曾回過旅館，沒有留言叫我頗為納悶，而現在信箱裡也是空空如也。問起櫃檯後頭的人，他說是有個人打過幾次電話，但沒講名字，也沒留話。他只能告訴我說，來電的是個男人。

是傑克，我想，他不再留話，是因為留話根本沒用。我上了樓。電話鈴響時，我正要掛上外套。

一個陌生的聲音在說：「馬修嗎？我是葛瑞．史帝曼。」

「我好像不——」

「我們前幾天在今日清醒聚會裡打過照面。傑克．艾勒里介紹我們認識。」

「噢，是。」傑克的輔導員，珠寶設計師，耳朵晃著一只他自己設計的耳環。「當時你好像只說了名字，沒講姓。」

「是，」他說，然後大聲吸了口氣。「馬修，我有個壞消息要告訴你。」

5

約翰．約瑟夫．艾勒里〔譯註：傑克Jack是約翰John的暱稱〕的葬禮於禮拜一下午舉行，地點就在週四晚間珍受邀演講的那家教堂的地下室。當天教堂並沒有排定戒酒聚會，不過葛瑞已經跟教會安排好可以使用平常聚會的房間。放眼看去，到場的約莫三十個人都是傑克在戒酒無名會的熟人。只除了其中兩個。他們西裝筆挺並排站著，滿眼戒心一副機靈的模樣。想當然耳是警察，這是警界行之有年的慣例——參加葬禮，捕捉訊息。我自個兒也曾幹過幾次，好像從來沒有捕到什麼魚。不過這可不表示此路不通。

儀式沒有宗教色彩，現場也沒有神職人員出現。我抵達時，錄音帶正在播放安靜的背景音樂。是耳熟的古典樂，但我想不起曲名，樂音淡去後，葛瑞．史帝曼起身走到講台。他穿了身暗色西裝，耳環留在家裡沒戴來。

他自我介紹，說他是傑克的友人兼輔導員，然後又花了約莫五分鐘說了兩個故事。有那麼一會兒，他好像瀕臨情緒潰堤狀態，不過他立刻閉嘴靜候，等危機時刻一過，他又滔滔講了下去。

然後眾人便輪流起立，分享和傑克相處的經驗。這個流程和戒酒聚會其實頗像，不過你不用等主席點名，只消輪流發言即可。此時眾人共同的話題是傑克，除了他的軼聞趣事以外，大家也談及傑克坎坷的過去以及酗酒史，並說老天有眼，他終究還是在戒酒無名會裡找到了生命的希望與慰藉，且經由十二步的帶領得著重生的機會。感謝上帝恩典，他是帶著清醒的頭腦走向天家的。

還真令人欣慰啊。

∞

告別式以一首歌作結。一名曼妙的年輕女子——大眼靈活，皮膚吹彈可破——於台前起身，她說她名叫伊莉莎白，是個酒鬼。她和傑克不熟，她說，但至少他們共同抵達了「清醒」的目標。葛瑞邀她獻唱，她也樂於接受。她唱了〈奇異恩典〉，其中有句歌詞印象中我好像從沒聽過。我於戒酒前不久，曾在一名神女的葬禮聽到黑膠唱片放送的茱蒂・考琳絲版本，她的唱腔恐怕很難有人能夠超越，不過伊莉莎白的詮釋倒是頗為貼近。

房裡擺了一台咖啡機——說穿了，這終究是個戒酒聚會——所以會後大家都湊攏過去。我扭頭要找警察，心想我可以看出他們渴不渴，因為我知道他們不會主動過來。不過他們已經閃人了，於是我便比照辦理往前門走去——直到有人喊住了我。

是葛瑞。他拉著我的手臂，問我能否撥點時間給他。「幾分鐘就好，」他說，「有些話我非跟你講不可，我得請你幫個小忙。」

「下一回我看到傑克．艾勒里的時候，他已經死了。」

我是在停屍間看到的。我們俯看這名我倆認識很久的人的屍身，呆立許久。然後他說：「沒錯，是他。他就是傑克．艾勒里。」我也點了頭表示認可，然後警察便領著我們走出那裡。

∞

∞

外頭寒風凜冽，他翻起了衣領，一邊說著不知道會否下雨。我說我沒聽到氣象報告，他說他根本聽不懂氣象報告。「以前他們至少還會預測天氣，」他說，「就算常講錯，至少答案清楚明瞭。可現在他們講的全是百分比。媽的請問什麼叫做百分之五十下雨的機率啊？你要怎麼因應呢？攜帶半支雨傘出門嗎？」

「這樣措辭的話，他們絕對不會出錯。」

「是喲。『我們說了有百分之十的下雨機率，結果整天都是傾盆大雨，這就證明了天有不測風雲這句話不是沒有道理啊。』總之呢，就算是氣象學家，也有需要為自己找個爛台階下。」

他吸了一口氣，然後說：「馬修，警方幹嘛堅持要我們認屍呢？他坐過黑牢，有一堆前科記錄，他們也已藉由指紋確定了他的身分。要是找不到他半個親朋好友怎麼辦？這個程序根本就不會走，對吧？」

「當然。」

「我真的很不想看到他那副模樣。我爸的葬禮就是開放給大家瞻仰遺容，他躺在棺材裡，如同杜莎夫人蠟像館巡迴展的展示品，根本就是毫無生命力的蠟製人模，那個影像卡在我腦子裡一直甩不掉。我跟他相處一直有問題，你知道。我達不到他的標準，這點他表達得再明白不過。好在他最後一次發病時，我們和解了，我們之間有愛，有對彼此的了解和尊敬，然而我看到他的最後那一眼卻是那麼恐怖，完全抹煞了我想要保存在記憶裡的那個生龍活虎的男人。我明知道會有那種結果，而且全心抗拒，可是終究還是忍不住要看。你懂我意思吧？」

「這是多久以前的事呢？」

「一年多前。怎麼？」

「因為時間會改變我們，」我說，「早先的記憶會取代後來的。」

「其實我已經開始感覺到改變了。但我信心不夠，覺得也許那只是一時的幻象，搞不好我是一廂情願。」

「一廂情願多少也有點關係，」我說，「不過那絕不是幻象。最終，我們留在記憶裡的還是已故親友早年的模樣——至少是印象中他們早年的模樣。我有個阿姨得了阿茲海默症，她生命中的最後十年都住在療養院裡——她的腦子、她的個性，以及所有讓她保有人性的東西，都被這個病魔慢慢腐蝕掉了。那是當時我看到的她，也是我記憶裡的她。」

「天哪。」

「不過她過世以後，那些全都煙消雲散了。真正的佩姬阿姨回來了。」

∞

他邊喝咖啡邊說：「剛才我幾乎不敢看他，其實我只看到了傷口。」子彈打進他的嘴巴以及前額。認屍時，他的屍體從脖子以下都覆上了白被單，所以就算有其他傷口，我們也看不到。

「希望你講的沒錯，」他說。「希望那個影像會煙消雲散，愈快愈好——很感謝你的洞見。另外，也要謝謝你陪我認屍。」

我其實不是很想陪他，不過那種要求很難開口拒絕。

「我其實根本不想去，」他說，「尤其不想單獨去。要找別人陪也是可以——傑克幾個ＡＡ的朋友；不過感覺上你最適合。謝謝。」

我們離開太平間後，走上第一大道往北直行，過了四十二街後，在一家叫做米克諾斯的咖啡館停腳。他點了份燒烤起司三明治時，我才發現自己已經空腹很久，便也叫來一份。

「另外，」他說，「我還有件事想跟你談。」

「噢？」

「那兩個站在房間後頭的男人。他們是警官。」

「我也感覺到了。」

「我不像你，身上裝了雷達。我之所以知道，是因為他們找我面談的時候，我看到了警徽。其實要我去認屍的，就是那兩人。我想知道案子是不是快要破了，他們只是含糊其詞一語帶過。」

「標準反應。」

「你覺得警方有可能破案嗎？」

「搞不好已經破了，」我說，「我是說他們有可能知道凶手是誰。當然這並不表示，他們已經掌握足夠證據可以提請上訴。」

「你查得出來嗎？」

「你是說查出他們知不知道凶手身分嗎？」他點點頭。「我是可以四處問問。一般老百姓當然問不出所以然來，不過警界我還有幾個熟人。為什麼要查呢？」

「我有我的理由。」

顯然是個他不想透露的理由。我沒逼問。

我說：「我會四處探探口風。不過其實我現在就可以推斷出是誰殺的。」

「真的假的？」

「也許該換個說法，」我表示，「我不知道凶手身分，不過我猜得出傑克遭害的原因。有人想要封他嘴。」

「有顆子彈打進他嘴裡。」

「而且是近距離發射。總之，是有人把槍塞進他嘴裡扣下扳機，不過在這之前，他前額中的那槍已經足以致命。把這跟傑克念念不忘的第九步一加，答案已經很明顯了。」

「我就是怕你這麼說。」他說。

「噢？」

他看看自己的手，然後抬眼直勾勾的看著我。「是我害死他的。」

6

丹尼斯・瑞蒙是東六十七街十九分局的警員。我打電話過去時，他正在辦公，我請他決定我們碰面的時間和地點。

「我還有幾通電話要打，」他說，「然後就是自由時間了。你知道吟遊男孩吧？」

「我知道有這麼條歌。」

「是萊辛頓街一家店，」他說，「就在我們分局附近。兩點碰面如何？」

∞

吟遊男孩上了戰場喲
死人堆裡可以找著他……

果不其然，是一家愛爾蘭酒館（譯註：〈吟遊男孩〉（The Minstrel Boy）是一首愛爾蘭愛國歌曲，為十九世紀愛爾蘭詩人湯瑪斯・摩爾寫的歌），我早到了幾分鐘，在靠牆處找到一方雅座，坐上可以看到他進門的位子。

等著服務生送上我的蘇打水時，我走到點唱機。點唱單列出許多愛爾蘭歌曲，其中自然少不了湯瑪斯．摩爾的〈吟遊男孩〉，唱片背面則是〈璀麗的玫瑰〉，兩首都是約翰．麥高梅唱的（譯註：John McCormack，是聞名全球的愛爾蘭跨界歌手，歌劇與流行歌都唱）。我丟了枚兩毛五銅板，聽著他那已逝的美聲男高音誦唱著一個遠在我或他的時代前發生的戰爭。

唱片放完了，我啜啜蘇打水，時不時瞥眼看錶，心想麥高梅不知會如何詮釋〈璀麗的玫瑰〉，或許我該再投一枚銅板找出答案，接著瑞蒙便於兩點十二分穿門而入。我根據傑克告別式上得的印象，馬上認出他來，看來他搞不好連西裝都是穿著同一套。他花了點時間掃射全場——客人其實不多——然後便直接朝我走來。

「丹尼斯．瑞蒙，」他說，「你是馬修．史卡德，你沒提昨天你也去參加了葬禮。」

「我在那兒看到你，」我說，「還有——」

「另外那位是雷奇．畢卡斯基。」

「不過我不曉得我約來的是你，你剛進門我才知道。」

「那當然，」他點點頭。「忙了一整天囉，得狠狠喝個什麼犒賞自己。你這杯是啥，伏特加通寧水嗎？」

「蘇打水。」

他直起腰。「我可不打算跟進。」他說，然後走向吧台。他捧了混合著冰塊的琥珀色液體回來。看樣子是威士忌加水，我心想不知是哪種威士忌，哪個品牌。

他坐下來，舉杯敬我，然後啜了一口。這人塊頭挺大，滿臉橫肉，氣色紅潤是長期飲用威士忌的結果，不過他的眼神透露出他的腦袋還算管用。「喬．德肯打電話說了你不少好話，」他說。「他說他信得過你。你在警界待過，還當上了警探。你們是在局裡認識的吧？」

我搖搖頭。「我們是一年多前認識的。當時我已經離開警界幾年了。」

「改當私家偵探。」

「沒錯。」

「想來你倆處得還不錯囉。你現在就是以私探的身分在辦案吧？」

「機會來的時候我會接。」我說。「不過艾勒里的案子我是以朋友的身分在查。」

「噢？」他皺眉沉思。「你待過第六分局，記得他好像給抓到那裡一次。結果雖然沒事，不過那次是你接的案吧？好多年前囉，我想。」

我告訴他，他的推理能力甚佳，並說那不是我的案子，不過證人指證時，我曾在現場旁觀。

「我和他的交情比那稍微要早，」我說，並解釋我和傑克在布朗克斯曾有過短暫交集。

「童年玩伴，」他說。「一個走上歧路，一個走上警察路。多年後，他們在一條暗巷硬碰硬，然後槍聲響起。我想我應該看過這部電影。」

「嗯，巴瑞．費茲傑羅在裡頭飾演神父。」

他猛灌一口酒，味道衝鼻，聞得出是蘇格蘭威士忌。他說：「然後你們失去聯絡，之後他為旁的事蹲了苦牢，最後他得了自由，卻惹來殺身之禍，接著便有二、三十名戒酒無名會的朋友為他辦了場告別式，所以這會兒你才會坐在這兒喝蘇打水。他們升我當警探不是沒道理的吧？」

「我只是奇怪你怎麼還沒當上局長。」

「遲早的事。」他說。「說來電影應該是同一部，只是這會兒警察跟壞蛋是在同一個戒酒聚會對上了，而主持人也從巴瑞·費茲傑羅變成了紐約皇后（譯註：皇后意指女人味重的男同性戀）。他叫什麼名字？史畢曼嗎？不，老天，人家可是堂堂的樞機主教哪，可咱們這位卻是偏愛健身房的小皇后！史帝曼對吧。」

「他說你跟他談過。」

「談了兩回。悲憤填膺，在那閃閃俗亮的打扮底下，看得出這人很強悍。他是艾勒里的輔導員——天曉得那是啥玩意，類似局裡有個猶太律法師對吧？」

「差不多。」

「有人幫你拉拉外套下襬，領你走上正路。」

「就這意思。」

「你有輔導員嗎？」我點點頭。「該不會是史帝曼吧？」

「不是。」

「而且你也不是史帝曼的輔導員？」

「我戒酒的資歷還沒久到可以輔導別人。」

「多久的資歷呢？或許我沒資格問？」

「我可不曉得誰有資格做啥或不做啥。下個月中我就戒滿一年了。」

「而艾勒里──」

「才剛慶祝滿兩年。」

「剛好夠格可以中槍。你知道是誰開的槍嗎？」

「想封他口的人。」

「是啊，英雄所見略同。『送你這張大嘴巴一樣小玩意兒。砰！』至於那人是誰，我倆的猜測應該是半斤八兩誰也別想贏，只是我希望你贏我。有頭緒嗎？」

「沒有。」

「我想問的是，你打算怎麼追下去呢？你當過警探，據我所知，你是一流的。你會朝哪個方向看？」

「跟他一起幹壞事、一起吃牢飯的人。」

「嗯哼。如果此路不通呢？」

「我會靜候某個知道某些內情的人，出面跟我們交換條件。」

「換一張出獄保證書。」

「沒錯。」

「換句話說，就是等著案子自己破。這可不妙。若是上得了頭條的案子，受害者名號響亮，家財萬貫，那就好辦。因為你得裝出一副在辦案的模樣，所以就算沒啥線索，你也只能出動警力大幹一場。可以問個問題嗎，馬修？眼下這名受害者，你不知道是幾百年前認識他的，然後這一年來你跟他重逢後，兩人都是滴酒不沾？」

「請問有何見教？」

「我只是納悶起你倆到底有多熟。」

「熟到我會跑去他的告別式。」

「到此為止，沒再更熟？」

「沒錯。我人在這裡，是因為有人希望我幫忙追查。」

「戴了個耳環的人，我猜。我問的原因是，我不想說出冒犯你的話。總之咱們心照不宣，誰也不會為這案子通宵熬夜賣老命。俗話曰，說死人壞話是會怎樣？」

「俗話曰，不要說死人壞話。」

「唉，有時也是情非得已。眼下這名罪犯不學好，一輩子就那麼兩年突然決定棄掉黃湯尋找神。事情經過是這樣對吧？尋找並且找到神？」

「有些人好像找到了。」

這點他想了想，然後把酒喝完，放下空杯子。「祝他們健康快樂。」他說。「我想破這案子嗎？當然。我想破我手頭所有的案子，看著所有壞蛋全都定罪蹲苦牢。可是機會有多大呢？簡單一句話：你的朋友是人渣，請問等他的滴酒不沾期過了以後，他會不會把酒一乾，然後舉槍指向哪個人呢？模式一再重演不是嗎？」

沒有一再重演，我想著。不過常發生就是。這點我不否認。總之沒有不斷重演。

「所以囉，我是想破案沒錯，」他說，「因為案子擺在我的盤裡，而我老媽從小就教我一定要把東西都吃光。」他拍拍肚子。「這門課我拿到了一百分。不過老哥啊，在犯罪的餐盤上，傑克・艾勒里就像球芽甘藍一樣不討喜。」

7

「大部分人都把甘藍煮太爛了，」葛瑞說，「如果不犯這種錯誤，球芽甘藍可是一點問題也沒有。」

「下回我碰到瑞蒙時，」我說，「一定記得提醒他。」

「先用椰子油炸過，拿捏好時間確定熟了但還是脆的，只要再加一點咖哩粉就是超完美傑作了。」

「受教。」

「不過如果你把這玩意兒煮到糊，當然會嚇死人。所有甘藍家族的成員皆如此。青花椰、高麗菜、花椰菜等等，煮太久的味道真不是蓋的——噢，你在做鬼臉。我猜你不是甘藍家族迷囉？」

「貧民區特有的味道，」我說，「就是老鼠味加甘藍菜。如果窮困有種味道的話，非此莫屬。」

「說來又是哪種人會煮甘藍菜——而且煮到又糊又爛呢？」

「窮人。」

「愛爾蘭窮人，」他說，「以及波蘭窮人。北歐和東歐來的窮人。不過世代推移，他們現在全都七手八腳的爬上了中產階級。所以時下窮困的味道又是啥呢，你說？」這話他想了想。「有大蒜味的濕答答的狗，」他決定道。

8

那是禮拜四晚上，我又回到了第二大道的今日清醒聚會，當晚的演講人來自皇后區的瑞奇伍德，頭殼半禿，在銀行擔任出納已經三十多年。這人從來沒搬出他從小長大的房子，而且這房子離他的上班地點只有三個路口，非常近便。房子兩層樓，樓上一直租給別人，直到他結婚後他的父母才收歸己有，由他和新婚妻子進駐樓上。

「娶的是鄰家女孩，」葛瑞耳語道，「他還能娶誰啊？」

這種故事不管是不是在戒酒聚會裡頭傳述，都可稱得上是無聊透頂，而他講述的語調也是單調平板不帶感情：先是他的父親過世，幾年後他的母親過世，然後他和愛妻以及他們的獨子便搬到樓下，並將一對年輕夫妻收納為樓上住客。

「生活如此多彩多姿，」葛瑞細聲道，「他怎麼會發展出喝酒的慾望哩？」

故事進行到他開始進出醫院以及戒毒所以後，總算變得比較有趣——不過真的活在裡面就很難說了。有這麼家酒吧，位於他從銀行返家的路上，於是他便逐漸養成每天進門叫杯啤酒的習慣，偶爾難免也會來個兩杯。此外每個禮拜總有幾晚他會特意再去一趟，以便收看大銀幕播放的運動賽事，而且當然也免不了要再點個幾杯啤酒解饞。他從沒有醉到跌跌撞撞，亦不曾醉到茫，而他偶然的宿醉也只是帶來灼燒感和輕微的頭痛；他只消喝下一大杯水，吞顆阿斯匹靈就沒事了。

他的酒精上癮過程進行得緩之又緩，不過這人反正時間多到不行，所以也無大礙。搞到後來是銀行炒他魷魚，妻子要他打包離開，他沒有一天不是痛苦難捱。一家戒毒所的顧問找上門去，說服了他報名參加戒毒課程，再加上他又去了許多許多的聚會，所以最終他總算想通了自己的問題，於是他和太太破鏡重圓，銀行也請他重返舊職。

「好個戒酒成功的故事啊，」掌聲稀落下來以後，葛瑞說。「我擬了兩個標題，只可惜都給米爾頓用過了。」

「米爾頓？」

「失樂園和重返伊甸園（譯註：這是英國十七世紀詩人Milton寫的兩首長詩）。你知道約翰生博士（譯註：英國十八世紀的文壇祭酒）是怎麼形容失樂園的嗎？」

「願聞其詳。」

「他說這首詩最大的缺點就是太長，用這話來形容剛才那席演講還滿貼切的對吧？」

散會後，我們才發現其實中場休息時間我們都曾希望對方能提議離開，只是我倆都沒採取主動；所幸下半場稍有轉機，我們聽到了一些有料的東西。我們待到終場朗讀平靜禱告詞之後，並幫忙收椅子以及清理菸灰缸。之後我們起步走上第二大道，討論著某人所說的某些話。這個話題聊完後，我們默默且適意的走過一兩條街。

先前通電話時，我已經把我和瑞蒙之間談話的精華告訴他了，這會兒想必我倆都在想著這事。他打破沉默說：「看來他們是打算撒手不管他了，」話裡的他們和他指的是誰，不言自明。

我解釋說，他們還是會辦案，會放話出去說在辦，如同漁夫划槳一般划啊划。案子辦得再勤快，我說，有時候也只等同於賣力在把河水往前推罷了。到頭來就算案子偵破，說穿了恐怕也和你的努力無關——只是有個心懷怨恨的傢伙丟了條線索給警方。

「怨氣發揮的偉大力量，」他說，「所以怨氣也有正向功能啊。總之你還是會辦這案子對吧？」

「有線索可循的話。」

「聽起來還真有第三步的味道，對吧？付諸行動，等著採收。有個我輔導的人，一直找不到工作，他的履歷就跟貨真價實的瑞士乳酪一樣，坑坑洞洞大到都可以開輛卡車穿行而過。我要他以一天寄一份履歷的方式來找工作，他乖乖照辦長達三個禮拜。結果是石沉大海，連一封回音也沒收到。」

「然後呢？」

「然後你猜他得著了個啥？就在第四個禮拜，有家他根本沒應徵的公司竟然莫名其妙的賞了個他根本沒聽過的工作，而且還是個挺不賴的工作。如果他原先沒有接二連三寄出應徵函的話，好事會上門嗎？答案無從知曉，不過我個人是堅決相信，唯有行動才能帶來收穫。」

「你輔導很多人嗎？」

「沒幾個。找我輔導的人不少，不過在我開金口決定以前，我會先花一小時和當事人喝咖啡。通常哪，我們都是達成共識，確定此事不可行；要不就是共同決定要試試看，但一兩個月過後，總有一個把另一個給炒魷魚。人稱我為十二步驟魔人不是沒道理的，就算有人覺得我跟他是天作之合，碰上了現實問題，他還是會知難而退。咦，我們才走過了好多家咖啡館哪。」

「就是啊。」

「我倒是不餓，你呢？」

「聚會時我塞了好多餅乾。」

「在下我也因同樣原因不餓。不曉得是哪個鳥廝帶去那麼多盒安摩巧克力餅乾，真希望他別再出手了。因為我硬是無法不碰，說來我可能得把安摩列在第一步驟的清單裡忌口不吃。瞧我這會兒，光是想到就抖個不停，由此可證我得把安摩戒掉。」他臉孔一亮，咧嘴笑笑。「不過今天不行。」他說。

「就跟聖奧古斯丁一樣。」

「沒錯！『主啊！請賜給我貞潔的心，但不是現在。』不知道他是否真的說了這話。馬修，既然我們已有共識兩人都不餓，想不想到我家小坐一下？有樣東西我想請你過目，而且我以人格擔保，我泡咖啡的功力絕對勝過希臘人。」

∞

這不是我頭一回聽到葛瑞自稱十二步魔人了。葬禮結束後，他告訴我是他害死傑克時，我就聽他提起這個綽號。他一步步領著他上路，亦步亦趨盯得死緊，而傑克也是全力以赴趕進度，急速衝向第九步所要求的贖罪歷程。十二步手冊提及，我們要把握機會，彌補我們犯下的過錯——除非彌補過程有可能傷害到對方或者其他人。

或者我們自己，我想著。但就我記憶所及，手冊裡好像沒有提出類似的警告。

∞

葛瑞的公寓位在第一和第二大道之間的東九十九街，距離約克村與東哈林的非官方界線只有三個街區之遙。哈林曾是愛爾蘭和義大利移民的大本營，但愛爾蘭和義大利人其實早已攀爬到比較接近美國夢的區塊。此處如今尚留有一家義大利餐館（顧客覺得長途跋涉到此一吃，還算值回票價），另外，第二大道上也殘存了幾家愛爾蘭酒吧——至少名字是愛爾蘭的。客戶群看樣子大半都是西班牙裔，或者西印度群島的移民，而翡翠星辰櫥窗裡閃爍的霓虹燈打的啤酒廣告其實並非健力士而是來自牙買加的紅條紋。

我已經多年沒來此地了，看得出這一帶又起了新的變化。在九十七和九十八街之間，我們走過了幾棟正在整修的五層樓紅磚建築，路沿的巨形公設垃圾桶裡堆滿了灰泥、板條和木板塊；而對街則是興建中的摩天高樓——原先的貧民區已給取代為二十層樓高的玻璃帷幕鋼骨建築。

我說真沒想到哈林會有這種景觀出現，葛瑞則提醒我說，此地已改名為卡內基山，這是房地產經紀人的最新發明，他們還曾把我目前居住的區域重新命名為柯林頓呢。在彼時之前，我們都還快快樂樂的把它稱做地獄廚房哩。

他提醒我說：「梭羅有句名言曰『小心需要穿上新衣的企業。』另外，也得小心需要改換名稱的地段。」

紐約不斷的在重塑新的自我，為它富裕的公民們不斷推出日益增添的地盤——此乃老掉牙的故事了，因為這過程已經推演了不止一百年，不過當我看著一棟棟建築被挖得肚破腸流準備翻新時，免不了要納悶原先的住戶在他們的牆壁和地板被拖走以後，到底下場如何。

我告訴自己我需要轉念。是的，有個內在聲音在說。忘了那些苦哈哈的狗雜種吧。紐約自會照顧他們，幫他們找到絕佳的垃圾桶進駐過活。

吉姆跟我說過什麼呢倒是？「人類不快樂的源頭，都是來自不滿現狀。」這是佛陀的智慧——獨一無二的那位，而非參加午夜聚會的鳥廝。這話值得深思——在我走向葛瑞・史帝曼的公寓的路上時。

8

「是有老鼠，」他說，一邊抽動鼻子。「不過沒有高麗菜，也沒帶著大蒜味的濕答答的狗兒。無法判斷是啥的烹煮味。總之，還不算太糟。」

沒有樓梯間來得糟就是。根據建築法規定，七層樓以上的建築必須配有電梯，所以紐約便充斥了許多六層樓高的建築。這便是其中之一，而他則住在頂樓。

「樓梯我倒不在意，」他說。「我已經住得久到覺得這是天經地義。當初我來紐約的時候，跟人在八十五街和第三大道的交口附近合租過，不過因為我需要隱私，才沒幾個月我就搬來這裡。我是在這間公寓裡戒酒的——亦即在這裡酗酒多年以後。每次回想起我是怎麼個嗑了藥又醉茫茫的攀爬這些樓梯的時候，我就會想起他們說『上帝保護酒鬼和笨蛋。』我兩個條件都符合。」

他的公寓雖小，但五臟齊全，原先應該是個三房直線相連的公寓，而他則打通了薄板牆，營造出一間長形大房。外牆他磨到露出紅磚，然後敷上亮漆做出光面效果。他將細縫間的灰泥染黑，並於眾多紅磚中隨興挑出幾塊塗上白、藍或黃。數量不多，只是要營造出醒目的感覺。

桌桌椅椅的風格各異，不過倒頗為搭調。他語帶驕傲的說，除了幾件二手鋪買來的便宜貨以外，所有的物件都是從街頭搬回來的。他說，紐約就算躺在路邊給人當成破爛丟掉的傢俬物品，都要比其他城市展示於商店的東西來得精緻耐看。

有面牆掛了幅抽象畫，顏色鮮艷活潑，滿是銳角線條。那是一名早已失聯的藝術家朋友送的禮物。另外有幅油畫，雕工繁複的木框鑲著田園景致以及裸腳的林中仙女和半人半羊的怪獸（譯註：satyr是希臘神話中的怪獸，喜歡喝酒，且痴戀林中仙女，常常追逐她們，與其共舞）。這是他以自己設計的珠寶交換來的。

等他述說完所有物件的故事以後，咖啡也煮好了——和他的公寓一樣做工完美，甚至比珍在利斯本納德街泡的美味咖啡要棒。他說豆子是他自己磨的，這我並不驚訝。

他說：「馬修，眼下我身處道德困境。可以請教目前你是在十二步的哪一步嗎？」

「我正在專心對付第一步，」我說，「並撥出部分腦力思考第二以及第三步。」

「說來你還沒正式踏上第四步囉。」

「我的輔導員說我不宜趕路。他說通常的做法是一年完成一步，我還在戒酒的第一年，所以應該把焦點放在第一步就好。」

「這是某派說法沒錯，」他說。「一年一步的原則是有它的好處，因為徹底消化一個步驟確實需要一年時間。不過三〇、四〇年代戒酒無名會的創始人可沒這麼客氣，他們會衝到醫院把酒鬼從會員拉下病床，要他們跪在地上，還宣稱他們無法自力克服酒精控制，一定要把信心放在至高者身上才能脫離困境。可憐那些人都還在打擺子呢，他們就是不肯放過。那批人是十二步魔人的老祖宗，早在後人發明這個詞的十幾年前就身體力行了。」

「所以你不是頭一個。」

「恐怕不是。而且如我所說，我不是人人嚮往的輔導員。但話說回來，當初要不是我的輔導員跟現在的我一樣強悍嚴格的話，我也不會有今天的『成就』。他要我白紙黑字什麼都寫——這點我最恨；還要我跪地禱告——這點我覺得很失顏面，而且搞不好還會把我希望能跟上帝之間建立起來的友誼毀掉呢。我覺得我們應該是平起平坐的兩個理性個體，可以共同解決問題。天老爺，我以前還真是個不知天高地厚的大混球。」

他對著這段回憶直搖頭。

「要不是傑克死了，」他繼續說，「我就會告訴你，我是輔導傑克的不二人選。我倆沒半個共通點：他比我大了將近二十歲，生命歷程比我坎坷許多，而且他是異性戀——搞不好還有恐同症。不過他羨慕我的成就，也喜歡我傳遞的訊息。所以我馬上斷定，他要保持不醉的唯一辦法就是嚴格的照表操課，每天早晚各禱告一次，每天至少參加一次聚會，十二步的每一步都要寫下報告緊盯進度。你聽出我是怎麼會陷入困境了吧？」

「他什麼都寫。」

「所有他跟我講的，所有他寫下的，其實都是我倆之間的祕密。我不是神父，告解法在法庭裡並不適用（譯註：神父受告解法保護，在法庭上無需透露受審者告解過的祕密），不過我很尊重他對我的告解，那是神聖不可洩漏的。然而現在……」

「現在他死了。」

「現在他死了，而他寫的東西有可能幫助警方破案。如此一來，我該向誰負責呢？他過世是否就表示我無需為他隱瞞實情了？我知道指認死者為戒酒無名會的成員是OK的。某本通俗小說改編的電影裡，有這麼句台詞：死亡就表示永遠不必再隱姓埋名了。不過眼下的情況卻不太一樣，對吧？」

「就某些方面來說，沒錯。」

「就別的方面來說則否嗎？」他嘆口氣。「你知道我最想念喝酒的哪種好處嗎？喝了酒啊，我們就可以老著臉皮，碰到什麼難題都說一句：『媽啊，管他去死！』凡事都要想得透徹明白可真累。」

「我懂你意思。」

「傑克在他的第八步清單列出很多名字。他不只寫下醉酒時期傷害過的人的名字，他還為每個人寫了小故事，說明他是怎麼得罪對方，對方又受到什麼影響，而他又該如何彌補過犯。清單上的人有的已經過世，無法彌補過犯他很悵然。」

「他說了他父親的事。」

「是啊，老頭走的時候，他不在身邊。我提出了幾個建議。比方他可以找個安靜的所在，如教堂，或者公園，布朗克斯的老家其實也是不錯的選擇——只可惜現在已成了高速公路。地點其實無所謂，重點是他得找個地方緬懷父親，跟他講講話。」

「跟他講講話？」

「把所有他希望在父親臨終前能講的話全說出來，讓老頭知道他現在已經滴酒不沾，改頭換面，而且——噯，你也曉得嘛，我不可能幫他擬演講稿。他自己就可以想出很多話講的。」

「而且搞不好老爸真能接收到呢。」

「就我所知，」他說，「老傢伙目前是在天上的一朵雲裡頭，而且他的耳朵還可以聽到狗哨聲。」他皺起眉頭。「我是說那種只有狗狗才能聽到的哨子聲啦（譯註：有種哨子是專門用來訓練狗的，超高的音頻只有狗才聽得到，人耳無法接收）。」

「我有聽懂。」

「我剛那話語意不清，也有可能是說聽得到狗吹口哨的聲音。其實就連死人也聽不到那種聲音的。」

「誰曉得。」

他瞪我一眼。「還有咖啡哪，」他說。「再來一杯？」

8

「傑克踏上第五步的時候，就坐在你現在坐的椅子上。他已經寫好第四步的筆記，花了好幾個禮拜呢，為的是要確定沒漏掉什麼。當時他人坐那裡，我呢就坐這裡，然後他就開始大聲唸出來。他哽咽了好幾次，坑坑疤疤搞好久。」

我完全可以想像。

「偶爾我會打斷他，你知道。要他解釋或者補充。不過大半時候就是讓他唸下去，我一邊兒吸收——盡量啦。那活兒不好幹。」

「大石壓頂？」

「就這句話，馬修。當初我搞第四步的時候，報了不知多少讓我羞愧的事蹟。依協會的立場來說，重點是你的良心為以往的過犯譴責自己多少，而不是你的罪行在公定的道德尺度上排在哪個等級。不過我覺得自己只是輕量級罪犯，小奸小惡純屬業餘，因為犯法的事我只做過兩種：闖紅燈跟逃漏稅。噢，還有就是偷鑽地鐵柵欄省票錢。你該不會打我的小報告吧？」

「這回我可以放你一馬。」

「別擔心，本人不會再犯。我犯的錯沒啥了不起，只是違反道德戒律，我覺得沒必要再提。不過你曉得，我從來沒搶過錢，也沒拎起棍棒K人。老天在上，我也從來沒有殺過人。」

「但傑克殺過？」

他的沉默就是答案。

許久之後他說：「把他跟我分享的話講出來，我會覺得內疚。他之所以被殺，跟他的個性缺陷、心裡的怨懟或者犯下的罪行，統統無關，所以我的結論是：他的過去可以跟著他一起躺進棺材不見天日。」

「聽來合理。」

「只除了他沒棺材可躺。我都安排好了，一等他們釋出屍體，我就要將他火化帶去海葬。可以雇條船出海，把骨灰撒到海上。」他滾動起眼球來。「如果我有他第四步清單的拷貝，我準定也會把它丟進火爐，讓紙灰跟著他下海然後——」

他一路講來語調聽似輕鬆，不過此時卻克制不住，哽咽起來。我看著他咬緊牙關，眨回眼淚；等他重拾話頭時，他又回復了原本沉穩有力的聲音。

「我的困境是，」他說，「如何處理他的第八步。剛我說了，清單內容非常詳盡。」

「每個人都附了段小故事。」

「而且有幾段還滿長的。依我判斷，殺他的凶手八成就在名單上。」

「而且你有份拷貝。」

「我剛有說嗎？」

「沒說，不過如果你手頭沒有資料的話，就不會卡在困境裡了。你握有他的第八步清單，所以你得決定如何處理。」

「如果警方握有線索——如果他們知道凶手身分的話，我就了無牽掛。我大可毀了清單，拍拍屁股走人。問題是他們兩手空空，而且也沒打算努力辦案，所以我手上的料就變得舉足輕重。身為美國公民，我有義務提供協助。」

「那就協助吧。」

「可是清單開列了二十幾個名字啊，馬修！倒也不是說嫌犯有這麼多，因為名單囊括了他死去的父親，還有幾個歸天的老友，外加被他騙上床的高中女友；另有幾個人應該不會以開槍的方式回報他的歉意。不過就算剔除了他們，還是有三分之一左右是登記在案的黑道人士。問題是凶手只有一個，我哪好意思把人家全拖下水啊？」

「更何況，他的原意是要跟這些人一一道歉，並且彌補過犯——」

「就這句話！他那廂才剛登門道歉，口裡說著全是酒精害他犯的錯，打翻了你桌上那盞燈我可以賠你一百塊，要不就是另外幫你買盞新的來代替。沒想到一乎溜他就蹬腿死了，警察這會兒已經找上門來要討教。」

「而且名單上那些人最最怕的就是穿藍制服的人類。」

「或穿羅柏霍爾裝（譯註：Robert Hall是美國五、六〇年代很受歡迎的平價服裝連鎖店）。不過瑞蒙先生的衣著倒是挺高檔的，說起來。」

「他是警探。」

「噢，警探打扮比較入時嗎？這我倒不曉得。」

∞

想當年我得了金質警徽之後，艾迪．柯勒馬上帶我到第五大道一家叫芬曲儷的店子裡。該店的門面仿若諾曼古堡，我踏出店門時，走路虎虎生風頗有城堡主人的架勢，因為我才買的西裝是我平常消費金額的三倍以上。

我買這套西裝為的是讓小老百姓印象深刻，因為上級才將我升為警探，我有個形象得維護。何況還有其他利多跟著來，比方說我的老婆就頗表讚許，而我的女友也是。

當然，我還買過其他高檔西裝，不過我只記得這一套——翻領雙釦，深藍色蘇格蘭細格紋毛料，觸感輕柔。（「手工很細，」店員說。）褲腳沒有翻褶。（「應該是不要翻褶的那種，對吧？」）

不知那套西裝下場如何。而更進一步其實應該是問，不知芬曲儷下場如何。上回我剛巧路過時，它已然不在現場。城垛式的建築已有新任租戶進駐，櫥窗裡擺滿了針對遊客販售的贗品牙雕以及東方工藝品。

眼看他樓起了，眼看他樓塌了。

葛瑞的難題再清楚不過。假如他把傑克的第八步清單送交精心打扮的瑞蒙警探的話，和命案扯不上絲毫關係的清白人士便要一一受害。但如果不呈報的話，正義就不得伸張。

我問他有否和他的輔導員討論過。

「真希望他還在，」他說。「聽過同性戀癌症吧？大名叫卡波西氏肉瘤，不過我有可能發錯音了。是罕見病症，至少曾經很罕見，總之當今世上每個男同性戀每天起床的第一件事，便是檢查身上有否紫色斑塊。亞德安出現這種症狀以後，病情嚴重，大家都擔心他會死於卡波西，因為這病沒得醫。不過到頭來害死他的卻是肺炎。一種非常罕見的肺炎，但它現在也已不再罕見——設若你是男同性戀的話。」

這我略有所聞。我在聖保羅教堂的戒酒小組就有一名成員死於肺炎，另一位則是不斷的莫名其妙發高燒而住院好幾次。

「病因完全不明，」他說，「我有個朋友覺得應該是皮革加上海鮮蛋餅的共生結果。我們也許會全都死於此病，馬修，不過大夥兒一路上應該還是會歡笑無限。」

他的輔導員亞德安約莫一個多月前過世，但他還沒有找到替代人選。「我一直都有在默默試鏡，」他說，「暗中觀察，審慎篩選。年紀得比我大，且有更悠久的戒酒年資，但這人還是得天天參加聚會才行。我不找同性戀男子，乃因我不想再受同樣折磨，我不找異性戀男子乃因我壓根兒不想。最近我又想到也許該找個女性輔導員，然而到底是異性戀還是蕾絲邊比較對味呢？」

「又一個難題。」我說。

他點點頭。「時候到了，自有解答。不過另外那道難題就不一樣了，另外那題需得採取行動解決。馬修，你當過警察，你有可能走回老路子嗎？」

「重操舊業嗎？」以前我是考慮過，還跟吉姆．法柏談過。「不會，」我說，「絕無可能。」

「這會兒你只做私家偵探。」

「也不盡然。私探領有執照，但我沒有。離開警局以後，我開始私下幫人查案，但並非登記有案的官方做法。算是幫朋友的忙，而他們則會以現金酬報表示感謝。」

「現在呢？」

「還是一樣。我找工作的方式應該跟你找輔導員差不多吧，」我表示。「聽說有個免費就業方案叫EPRA，忘了意思是什麼。」

「意思是『酒精上癮者恢復期之就業計畫』（Employment Program for Recovering Alcoholics）。傑克參加過，可是撐不下去。起先他是幫一家小吃店送便當，還談不上是事業，不過總是個可以幫他戒酒的正當工作。」

「幫我戒酒的工作應該就是查案。這十一個月來，一直都有活兒找上門，所以我的房租皆能準時繳交，三餐也都沒有少。」

「你幫朋友忙，然後他們表示感謝。」

「對。」

「很好，」他說，「這會兒我有個忙想請你幫。」

9

我回到家時，已是午夜過後。沒有半通電話留言，只有慣常收到的一大坨垃圾信。回房以後，我把信扔掉，但留下了先前接收的九乘十二牛皮紙袋，收信人是葛瑞．史帝曼，油印的回郵地址則是堪薩斯州威齊塔的一家公司。紙袋裝過珠寶商的貨品目錄，不過現在的內容物已代換為傑克．艾勒里的第八步清單，裡頭列出了據稱他傷害過的人的名字，殺他的凶手有可能名列其中。

先前我瞥過名單的第一頁，確認我讀得懂傑克的筆跡，然後我便看著葛瑞將清單插入信封，並以金屬夾子封好袋口。我將紙袋原封不動放在五斗櫃上，然後脫下衣服，走到蓮蓬頭下。

我沖完澡後，信封還在原處。我打開封口，抽出一疊以迴紋針夾住的未畫線紙張。每張紙都標了頁碼，總共九張，上頭覆滿了傑克細小但還不致潦草的筆跡——白紙上的墨藍。

名單第一頁列出的名字是雷蒙．艾勒里，亦即傑克的亡父。我又看了幾行，突然一陣疲累如海浪襲來。不要急，慢慢來。我將紙張收進信封，重新夾好封口，上床睡覺。

我想起我並沒有禱告。我看不出禱告有何必要，禱告不是我的風格，不過我已經花了近一年的時間盡做一些非我風格的事，而且只能偶爾體會到其中必要。所以我就把事情簡化：早上起床後，祈求整天可以滴酒不沾，晚上就寢前感謝老天我又一天滴酒不沾。

不過只有在我記得的時候。這會兒我想起來了，但我人已在床上也熄了燈，我可不想跋涉下床，跪在地上——這其實也不是我的風格。

「謝謝，」我說，不管是誰在聽我說話，這便算是禱告了吧。

∞

「他給了我一千塊，」我告訴吉姆，「十張百元大鈔。他直接從皮夾抽出來，沒有清點，所以找我辦案應該不是臨時起意。」

「希望你還記得你的警察訓練。」

「錢已入袋為安了。」

多年前我在布魯克林當菜鳥時，老鳥文森·馬哈菲便已教過我：有人散財時，務必笑納。

「口袋內含千元大鈔，」吉姆說，「但語氣聽來不甚快樂。」

「因為大半都已經飛了。我付了下個月的房租，還寄張匯票給安妮塔。我存了些錢在銀行，剩下的才塞進皮夾裡。」

「全塞進去嗎？還是你把收成的十分之一當燔祭獻給了神？」

「欸，」我說。

幾年前我開始養成十一奉獻的習慣，把收入的十分之一投入我走進的第一家教堂的奉獻箱。吉姆覺得這個癖好挺有趣，他判定我戒酒以後這個習慣自會淡去。總之，我的錢大半都是給了天主教堂，因為它們開放的時間較長，而且通常我在回家的路上，總會拐個彎到使徒聖保羅教堂的濟貧箱奉獻我的一己之力。人在那裡的時候，我總不忘點上幾支蠟燭，其中之一是點給傑克・艾勒里的。

「再怎麼說你還是比昨天多了幾文錢，」吉姆指出，「可你怎麼就高興不起來呢？」

「我收了錢，」我說，「這會兒我得開始付出勞力了。」

「亦即找出殺你朋友的凶手。」

「亦即找出名單上有否哪個名字我可以心安理得的交給瑞蒙。說來這兩件事應該是同一件事。」

「難道你就不能把絕不可能犯下命案的人剔除掉，直接把剩下的名字交給他就算完事嗎？」

「這點史帝曼自力便可辦到，」我說。「重點是要避免傷及和傑克命案無干的無辜人士——就算那人也許辜負了其他很多人。」

「清單上有惡棍嗎？」

「我不知道上頭有誰，」我說，「我只認出傑克的父親，而他已經過世好幾年了。」

「這就洗清他的嫌疑了，對吧？你還沒看名單嗎？」

「昨晚累得要死，今早又給其他事情絆住了。說來是得開始看了。」

「好主意。」我的輔導員說。

不過這事我不甚熱中，所以回房時我一路幻想著那個牛皮紙袋也許於我不在時不見了。旅館女僕——她一週來一次，下一次應是三天後——有可能提早到達現場，換下我的床單，清掉我的字紙簍，順道把傑克的第八步請進了焚化爐。或者某名偷兒也許神鬼不覺的闖進門，發現無物可偷時甚為惱火，便將清單帶走洩恨。要不也許紙袋自體燃燒成了灰燼，也有可能房間淹水，或者——

名單還好端端的躺在原處。我坐下來，開始展卷閱讀。

∞

等我讀完以後，午餐時間早已過去，太陽也下山了。我走出門，胡亂吃了點東西，然後邁步到聖保羅參加我每週五固定會去的十二步聚會。中場時間我亟欲離開，但還是勉強留到散會。

「今晚我要捨棄咖啡，」我告訴吉姆，「我打算上酒吧。」

「你曉得，在下我也曾多次動過這種念頭。」

「我唸了那張該死的名單，」我說，「耗掉沒完沒了的時間——因為我老溜開眼，瞪著窗外。」

「是對街那家酒鋪嗎？」

「世貿雙子星大樓吧，我想，不過其實我什麼也沒在看。只是發呆。這活兒不好幹，吉姆。我瞥見這人心底和靈魂的深處，負擔之重我還真無法承受。」
「所以啦，你才會痛下決心上酒吧。」
我丟了個衛生眼給他。「我抄下五個名字，想找個人一一打聽清楚。」
「酒吧正是你跟這位人士碰面的好地方。」
「這人肯定會在酒吧。頂尖小店或者普根酒吧，他在這兩家之間遊走。」
「明智之舉，人就怕卡在一個地方出不來，」他說。「帶個人跟去也許會好點吧？」
「我又沒打算喝酒。」
「了解，」他說，「不過有個不沾酒的朋友作陪，也許你會自在些。」
這我想了想，並想了想與陌生人同坐一桌的不適；兩相比較之後我回說：「這次應該沒問題，」我說，「我對付得來。」
「不管你上的是哪家酒館，一定少不了公用電話。而你又有一堆兩毛五的銅板，對吧？」
「兩毛五銅板和地鐵車票皆備，不過車票我用不上。酒館在七十二街，我來回都要用走的。」
「成，」他說，「走路於你有益。」

8

我走到七十二街和哥倫布圓環的交口。普根約莫有半條街之遠，而頂尖則在另一方向的等距之處，我覺得自己就像一頭站在兩捆稻草中間的驢〔譯註：a donkey standing between two bales of hay，這句英文俗諺是用來形容人選擇太多，反倒陷入兩難〕。你得隨機選取一捆，要不就只能餓死。我在腦袋瓜裡丟了個銅板做決定，然後邁步走向頂尖，果不其然，他是在普根——坐在桌旁，有個盛裝著一瓶蘇托力伏特加的木紋塑膠桶陪侍一旁。

桌旁男子手握魔術方塊，但並不是在扭玩，而是蹙著眉頭瞪眼在看。我走過去，說道：「哈囉，丹尼男孩。」他沒抬眼，只是說：「馬修啊，你可見過這種玩意兒？」

「見是見過，但從來沒跟它們玩過。」

「有人把這給了我，」他說，「得撥弄到六面全是同一色才行哪，搞不懂怎麼有人會想費事完成這檔子事。送你如何？」

「不了，謝謝。」

他把東西放上桌，露出燦爛的笑容抬眼看我。「坐嘛，」他說。「看到你真好。也許我該把這玩具送給服務生。我覺得她那人很容易討好。你氣色挺不錯喔，馬修。要喝點什麼嗎？」

「可樂好了，」我說，「不過不急。我們可以等她過來接收魯比克方塊〔譯註：Rubik's Cube，也就是魔術方塊，發明者是魯比克教授，所以又叫魯比克方塊〕的時候再點飲料。」

「對對，就叫這名字沒錯。我本以為是古比克（Kubek）呢，不過我曉得一定不對。還記得東尼．古比克吧？」

洋基隊的內野手，我當然記得，我們就這麼聊起棒球。幾分鐘後服務生來了。我點了杯可樂，丹尼男孩灌下伏特加，然後請她添滿。

丹尼男孩姓比爾，是個矮瘦的黑人，永遠穿著Saks或者Paul Stuart高檔服裝店推出的男性童裝。他得了白化症，所以只能在夜晚出沒，不過我覺得就算他的皮膚無感於陽光，他還是會保有吸血鬼的習性。我曾聽他說起，這世界需要兩樣東西：一是可以調整光線的開關，一是控制音量的按鈕，而且兩者都得調到最低才行。暗色房間以及輕柔的音樂是他的最愛，若再加上伏特加的洗滌，以及幾位不會施加腦壓的美貌嫩女偶爾陪伴，一切就都再完美不過。

當年我在第六分局服務時，丹尼男孩是我的最佳報信人，他是少數幾個我接觸後不會立刻想要沖澡的線民之一。他提供線索的目的不在躲過刑責，或者報復某人，或者抬高身價。說他是線民，倒不如稱他為資訊交易員；每天晚上他在普根或者頂尖上班時，黑白兩道的各路人馬都會在他的桌邊拉張椅子坐下：或是討教，或是提供資訊，或者兩者皆來。他住的地方離這兩家辦公喝酒處都只有幾個路口，而且除了偶爾到麥迪遜廣場觀賞拳賽，或到某家爵士樂俱樂部聆賞某樂團的演出外，他絕少出現在別的場所。丹尼男孩大半時間就是坐在他固定的座椅喝他的伏特加，而且喝酒如喝水，面不改色。

可樂送上來後，我啜了一口，暗想不知我的臉面有否改色。

我說：「一個禮拜前，有人遭害。他住在東九十幾街某個裝潢齊全的房間，為附近一家小店打工送便當，以達收支平衡。」

「想來他的支出一定不太大方，」他說，「因為那款收入能夠平衡的數額甚是有限。請問他的大名是？」

「約翰．約瑟夫．艾勒里，不過大家都叫他傑克。」

他搖搖頭。「沒聽過這樁命案，名字也沒印象。他在決定跟快遞公司競爭以前，是幹啥營生的？」

「東撈一筆，西撈一票吧。」

「嗯，挺靈活的營生。借問他於送便當之餘，是否還有在東搞西弄呢？」

「沒有，而且後來他還走上正途，」我說，一邊晃晃我的可樂杯。「找到了新生命。」

「亦即少了酒氣的生命。我看你也是走在這條路上喔，馬修。已經有一陣子了，是吧？」

「下個月就滿一年。」

「棒透了，」他說，顯然這是真心話，我感到一股暖意流過。我以前的酒友並非個個都贊同我選擇的路；吉姆說，他們的反應映照出來的其實是他們自己的心虛，所以我大可不必理會。有些人認定我在炫耀，他說，有些人則是擔心我打算跟他們說教，所以才會先發制人數落我。

這會兒的主題是喝酒，丹尼男孩從中得到的唯一啟示便是他眼前還有一整杯酒待喝，於是他便啜了幾口做為回應。他說：「約翰．艾勒里，人稱傑克。傑克．艾勒里。他是在哪兒遇害的？」

「他家裡。」

「在他裝潢齊備的房間裡。怎麼死的？」

「兩顆子彈。一顆打進前額，一顆打進嘴裡。」

「打進去封口？」

「很有可能。」

「有別於那種『他媽的死雜種，誰叫你大嘴巴』的宣言：陰莖給割了塞進嘴巴，有時候還半插進喉嚨哪。只有義大利人才會留下這種特異宣言嗎，馬修？還是有更多人種愛用？」

這我沒概念。

「你說他東做個活，西打個工。我不想逼問細節，不過——」

「大半是持械行搶，他坐牢都是因為搶劫。酒鋪啦、雜貨店，直闖店家秀出手槍，收銀機能拿的全拿，然後走人。你沒聽過他很正常，因為他只是小蝦米，命案你不知道也不稀奇。報紙一角就算登了，我也沒看到。」

他凝神蹙眉細想。「傑克、傑克、傑克。他有啥諢號、綽號嗎？」

「嗄？」

「綽號啦，看在老天份上。可別說你沒聽過喲。」

「我當然知道。」

「名號跟綽號還是有差別的喔。就拿查爾斯·林白來說好了，他的綽號是幸運小林，可他的名號卻是獨翔鷹。喬治·赫曼·魯斯，綽號貝比·魯斯，名號是打擊天王。艾爾·卡彭——（譯註：林白是美國飛行家，於一九二七年二十五歲時創下歷史記錄，駕著單人座單引擎飛機從紐約飛到巴黎；魯斯為美國職棒大聯盟大將，由早期的投手轉為右外野手；艾爾．卡彭是美國二〇年代出名的黑社會老大，走私黑酒）」

「懂你意思了。」

「我一開了話頭就煞不住，馬修。江湖名號，這個字眼本人是閱讀時學到的，這輩子沒聽人講過，而且我很確定這是我第一次用上。不曉得我的發音是否正確。」

「你問錯人了。」

「我會查字典，」他說，然後舉起杯子，但沒喝又放了下來。「高低傑克，」他說。「媽的這就是他的名號吧？大夥兒都這麼叫他？」

10

「高低傑克，」葛瑞．史帝曼說。

「聚會時，他們沒這麼喊他嗎？」

「大夥兒只是依他的意思叫他傑克。噢，還有牢客傑克或者劫友傑克之類的吧，不過沒當面叫就是了。」

匿名的結果之一就是，我們大半都只知道別人的名而非姓，所以才會養成習慣找個代號來區分不同的傑克（譯註：英文的姓名常常是同名的人多，同姓的人少，和中文姓名大異其趣）。在聖保羅，我們有高個兒吉姆以及飛毛腿吉姆，外加我的輔導員軍裝吉姆——這是因為他永遠都穿著他那套破爛不堪的軍服。

如果我有綽號的話——或曰江湖名號——我可不曉得眾人會是什麼選擇。警鳥馬修？密探馬修？我是聖保羅教堂唯一的馬修，所以他們也許不用費事幫我想個名號。

「牢客、劫友其實倒不是詆毀的意思，」葛瑞補充道，「是傑克自己跟大夥兒分享了許多坐牢的經驗談。說來如果沒酗酒的話，他也不會淪落到蹲苦牢的下場。總之，如果想找個名號封給他，應該可以掰出許多名堂，可是叫他高低傑克又是為哪樁呢？這是哪門子的意思？」

「不知道。我是在第六分局當員警的時候，聽同事丟來這麼個詞兒，今晚則是第二遭。」

「今晚是誰丟的？」

「一個線民，」我說，心想不知丹尼男孩算是綽號或者名號。從來沒聽人叫過他別的名字，而且搞不好他的出生證明上印的就是丹尼男孩．比爾呢。

「這個線民認得傑克嗎？」

「從沒見過他，而且對他所知不多。」

「可是他曉得別人怎麼叫他——曾經怎麼叫他；這點可就強過我了。他的第四步報告裡頭沒記錄。而且如果聽過的話，我應該記得。」

「他賭博嗎？比方說打牌？」

「傑克嗎？應該沒有。有一回他提到幾年前他去過賽馬場，不過重點是喝酒不是賭博。說什麼他一直沒辦法及時趕到窗口下注，因為他在吧台耗太久，老想再喝一杯。」

「換句話說，喝酒為他省了好些現大洋。」

「所以喝酒也不全是壞事。」

∞

頂尖有個公共電話，我知道它的功能正常，是因為我坐在那兒看著丹尼男孩猛喝蘇托力伏特加解救俄羅斯經濟時，見到別人在用它講電話。我起身離開時，電話終於空出來了，不過我還是走出店門。我試的頭一具電話壞了，不過對街那台功能正常；我的第一通是打給我的輔導員。

「還好，不會太晚啊，」他跟我保證。「我聽到煞車吱過去的聲音，而不是喝酒尋歡的尖叫聲，所以我就知道你是從街頭打來的。」

「我看你才該來當偵探。請問你知道高低傑克是什麼意思嗎？」

「有種撲克牌戲，」他說：「名稱叫做朝大海吐口水——如果我沒記錯的話。或者簡稱為吐口水。忘了玩法，不過依稀記得要拿分的話，得靠最高點數即么牌、最低點數二點以及J牌傑克。就這口訣，我想。『高、低、傑克』有幫助嗎？」

「不知道。」

「是講得不清不楚，」他說。「高低傑克。在撲克牌戲裡所謂的高低玩法，就是點數最高和點數最低的玩家平分彩金。至於傑克怎麼會跑進來我就不知了。」

「傑克或更大的牌。」

「這一說，我想到另外一種玩法，叫抽牌撲克。需要一對傑克牌打開牌局。」

「喔。」

「——如果玩家全都沒有傑克或者更大的牌，牌局就會轉成低手通吃，由總點數最低的玩家拿下彩金。所謂最低點數應該是五、四、三、二、A，或者六、四、三、二、A，或是七、五、四、三、二，就看莊家的規則怎麼定了。」

「我都不曉得你如此精通撲克呢。」

「我向來只賭小錢，大半是跟印刷店的員工，我們都窩在哈德遜街一家店子後面玩。有一回我玩著玩著突然酒醒，搞不懂自己怎麼連賭那麼多銀子硬是停不了手，當場就幡然悔悟洗手不打。梭哈吧，我記得當時是賭梭哈。話說回頭，你今晚還好吧？」

「還算順利，」我說。「很高興又見到丹尼男孩，另外我也啟動了幾樣事情。」

「而且沒有舉起酒杯。」

「對，我沒有。我離開時，丹尼把魔術方塊送給了服務生，還擺出一副那是希望藍鑽的模樣哩（譯註：Hope Diamond是世界上現存最大的藍鑽，重四十五點五二克拉。該鑽石目前收藏於美國首都華盛頓史密森博物院的國立自然博物館中。傳說這是一顆受詛咒的寶石，會給擁有者帶來厄運）。」

「就是人稱會帶來厄運的那顆嗎？」

「才怪，我看他今晚要走桃花運了。」

「是我幫你解開這個謎的對吧？你可以日後再謝我。高低傑克。你打他的高處嘿，我哪打他的低處喂。或者該倒過來說呢（譯註：這是美國歌手Busta Rhymes唱紅的一首嘻哈歌的歌詞）。」

8

吉姆一同意當我的輔導員後，他所做的第一件事就是給我一只紅色的皮革小錢包。裡頭有個兩毛五銅板，外加一枚地鐵代幣。

「這是起步用的，」他說。「謹記裡頭一定要擺上十幾個銅板，外加半打地鐵票。這一來，你就隨時可以打電話給我，也隨時可以跳上公車或者地鐵回家。」

「就跟黑道人士一樣，」我表示，一邊解釋說，我們以前收押的街頭混混口袋裡總少不了一長貫插進袖珍口袋的銅板。他們所有的電話都是從電話亭打出去的，以免遭人監聽，而且一貫銅板還有其他多種用途：比方需要幹架時，可握住銅板，大增K人的力道。

打從我不沾酒後，就沒起過打人的慾望，也沒擔心過電話會給人監聽。不過我只要一出房間，隨身一定攜帶銅板和車票，今天的第二個銅板我是用來打給我的客戶，兩人相互提供的資訊都非常稀薄。我接下這案子並啟動了某些事情，他似乎頗為滿意，不過我感覺到他其實並不太在意我的調查進度。

回家的路上，我想到原因。他原本進退維谷，不過燙手山芋一旦丟給了我，他便卸下重擔，接下去會是如何他無所謂。他已經盡力而為，如今問題既然轉了手，他就無需牽掛了。

非常符合第三步的精神：我們下定決心，將自己的生命和意志都轉交到我們各自在生命裡體會到的神的手中。

這話我已聽過無數遍：在第三步的特別聚會，以及所謂的戒酒會談裡——亦即大半聚會開場時的《戒酒大書》精選文章討論會。我挺喜歡這話的概念，不過對於實踐過程卻是了無頭緒。書裡講到關鍵在於行使意志力：只要願意把重擔交給神，我們終將打開門鎖走出困境。這話聽來頗具詩意，不過媽的我還是搞不懂他們在說啥玩意。

第三步並不表示神會為我們洗濯衣物或者遛狗去。這是另一句大家再三覆誦的話。不過意思是什麼呢？轉交給神，但是全都得自己扛下嗎？聽來滿奇怪的。

別喝酒，吉姆告訴我。別喝酒，盡可能參加聚會。眼下你只消知道這條守則就行了。

∞

旅館櫃檯有個珍留的口信。半夜前隨時可以來電，上頭說，不過當時早已過了午夜。我們還沒敲定固定的禮拜六之約是否照常進行，所以明早我得記得和她聯絡。要不我也可以編個理由取消約會，但明早才說是否為時已晚？對我而言，週六早上取消當晚之約的確過分，而且我敢說《戒酒大書》以及《十二階段與十二傳統》裡頭一定都有相關的諄諄告誡，並附加一句經典名言：行使意志力是致勝的關鍵。

之後我不同以往，竟然記得要在上床前跪地禱告。「感謝神再度賜予我清醒的一天，」我說，自覺正義凜然但又其蠢無比。妙的是，這兩種感覺好像常常並存在我裡面。

11

我搭配早餐閱讀《紐約時報》，然後回到房間打電話給珍。我們同意要一起參加蘇活區聖安東尼教堂的聚會，然後我說我想會後再共進晚餐不要會前，不知她意下如何。她說沒問題，因為午餐她剛好也吃得較晚。

「本來昨晚就該打的，」我說，「不過到家時，已經太晚了。昨天我去拜訪的那位，是個典型的夜貓子。」

「聽來你已經上工囉。」

「沒錯，」我說。「雖說不曉得這麼做有啥意義，不過反正有錢拿就對了。」

「這不就是重點嗎？」

「你說的對。今天我得走訪幾些人，不曉得找不找得到他們，不過今天的時間就是要用來做這件事，所以我才提議晚餐延到會後再吃。」

我幹嘛嘮叨得如此詳盡呢？我幹嘛凡事都要解釋得一清二楚啊？看在老天份上，我們又沒結婚，而且就算結了——

「那我們就在蘇活見囉，」她說，興高采烈完全不知道我正在跟自己展開辯論。「會後我們可以去湯普森街找一家義佬餐廳共進晚餐，然後你就可以把你的案子一五一十跟我說個夠。」

8

除了傑克．艾勒里以外，我還有五個人名要請教丹尼男孩。他掃瞄過名單後，擎起食指戳戳一個名字。「艾倫．麥雷許，」他說，「又名派柏．麥雷許（譯註：派柏的英文Piper意為吹笛手、蘇格蘭風笛手，或水管工）。有些人是這麼叫他的。」

「因為他是蘇格蘭人嗎？」

「原因之一吧，不過我看跟笛子的關係不大，比較是拿來K人頭的水管吧。」

「水管是他的專用武器？」

「就我所知沒錯，」丹尼男孩說，「其實他只要弄了一次，也因此坐了牢，所以這名號就揮之不去了。你知道皮耶造橋專家的故事吧。」

「當然。」

「『噢，先生，那橋是我蓋的。我造了好幾十座橋哪。但他們可有封我為造橋專家皮耶嗎（譯註：皮耶Pierre是法文名字，發音聽來像Pee Air——在空中撒尿）？沒。』」

「就這故事。」

「『可是只要吸過一次老二，一輩子都甩不掉同性戀的封號。』哈哈，笑話還是老的妙。所以它們才會歷久不衰啊。」他順手拿起魔術方塊，看了一眼，又放下去。「我很確定水管工又去吃牢飯了。他在一筆毒品交易裡扮演中間人，結果洛克菲勒毒品法判了他好長的刑期。幾年前的事啦，不過這人絕對還在蹲苦牢。」

接下來兩個名字他完全沒印象。「克斯比．哈特。從沒聽過名叫克斯比的人（譯註：Crosby克斯比在美國是個很普通的姓而非名），聽過的話我應該記得。不過下面這人卻又是另一個極端。羅柏．威廉斯？你說叫這名字的人有幾籮筐呢？」

「這人倒不一定是宵小，」我說，「他是傑克的朋友。傑克跟他老婆上了床，而且覺得搞不好還弄大了她的肚子。」

「換句話說，就是要找個老婆四處亂搞的羅柏．威廉斯。這下子範圍縮小了許多。」

另兩個名字丹尼男孩雖有耳聞，但他不曉得他們是幹什麼行當，或者行蹤在哪。「有個叫沙騰斯坦的傢伙，住在上城，好像是卡碧尼大道吧，總之在那附近。如果我沒記錯的話，他專門銷售贓物，可是後來卻人間蒸發。法蘭基．公爵（Frankie Dukes），嗯，這名字我熟，只是不曉得它的來路。公爵是他的姓哪，還是因為他拳頭夠硬（譯註：美國西部片巨星約翰．韋恩的綽號便是公爵）？」

應該不很硬吧，我想著。狠狠揍了他一頓，傑克在名單上如此註記。打斷了他的鼻子還有兩根肋骨。

「反正啊，總有人知道什麼，」丹尼男孩說，「要不也該有人認得哪個知道什麼的人吧。你也明白其中奧妙。」

我是明白其中奧妙。我回到旅館房間，看著名單劃掉了艾倫．麥雷許。「害慘他了，」傑克在名字後頭註記道，看來他八成是艾倫坐牢的幕後黑手。而且他還加註說，要還清這人的債相當困難。仔細再讀一遍後，我發現水管工確實是在蹲苦牢，傑克心知肚明。「得想辦法拿到探視權，並取得批准跟他通信才行。可是有門路嗎？」

還真是沒門路。

∞

這一來就只剩下克斯比．哈特、馬克．沙騰斯坦、法蘭基．公爵，以及戴綠帽子的羅柏．威廉斯了。我翻開曼哈頓的電話簿，指頭在紙面上游移。是有姓哈特的人，但無克斯比，是有姓公爵之人，但無法蘭基。單單找到一個馬克．沙騰斯坦，地址在東十七街。

下一步很簡單。我撥了上頭的號碼。鈴響四下，然後答錄機發聲，一個男音邀請我留下口信，但語調不甚熱中。

我掛上電話，抄下沙騰斯坦的地址和電話。然後便讓我的雙腳游移到哥倫布圓環，然後搭乘地鐵到城中。

∞

其實如果是前不久，我一定會再打通電話給艾迪．柯勒。他是我在紐約市警局的守護神，我會調到第六分局他功不可沒——他是該局的警探組組長。他往往可以在電話上解決我的問題，省得我還要長途跋涉到城中，而且一邊行善一邊還會老調重彈，催逼我重返警界工作。

多年前我於華盛頓高地發出的一顆流彈誤殺了一個小女孩，不久後我便申請辭職。那起事件並非我辭掉分局職務的關鍵，也不是我結束婚姻的主因，不過倒還真是加速了這兩個結果的來到，而且也讓我之後幾年有了酗酒不斷的好理由。

以紐約市警局的立場來看，我其實是立了功。我追捕的兩名搶匪殺了一名酒保，而我的子彈則殺了一名搶匪，並傷到另一個——成果斐然，因為當時已是深夜，而標的物又在移動。打中孩子的子彈是反彈過去的，速度飆快，結局讓人鼻酸。她死得悲慘，但我並未記過，因為我沒犯下任何失誤。我反倒因此得到表揚。

我一直覺得正義沒有伸張。我發射警槍，一個孩子死了，這兩起事件理當有個關聯。日後我寫下自己的第八步清單時，艾提塔．里維拉想必會名列前茅，但我要怎麼做才能贖罪呢？

∞

不過講這些還真是扯遠了。想當年我決定戒酒時，吉姆和我談到未來的方向，最重要的是，我打算如何維生。重返警界是我們討論的一個選項，而這個問題我也和珍聊過；其後，過了退休年齡卻還在警局工作好幾年的艾迪．柯勒遞上了辭呈並賣掉房子，搬到佛羅里達州去了。

我原本是可以申請重返原職的，不過我就愛慢慢來，拖久了以後，興致逐漸淡了，實務上的操作也更困難。我離職多年，想吃回頭草的話，還真得拉些關係才行，可是能幫忙拉的艾迪已然不在，而我在警局裡的朋友又都沒有他吃得開。

總之，現在連查案碰到了問題，都只有搭地鐵而非打電話才能解決。

8

我還清楚記得跟我一起看著傑克．艾勒里和其他嫌犯列隊站成一排的那位警員，我可以看到他高高的前額、亮藍的眼睛，以及鬥牛狗樣的下巴，但我不記得他叫什麼。我是走到離西十街警局約莫一個路口的地方，才想起來——姓羅尼根吧，但名字還是叫不出來。我告訴櫃檯警衛我要找羅尼根警探時，他的臉一沉。

「應該是比爾．羅尼根，」他說，還告訴我他三四月間才退休。他給了我電話號碼，而我轉身往門口走去時，他又把我叫回去，要我用局裡的電話。「省得你自己花錢打，」他說，「而且你恐怕得走好幾條街才能找到沒壞的公共電話呢。」

我打了電話，響兩下後，有個女人來接。她把他叫上線，我馬上認出了他的聲音。我告訴他我的身分，他重複了我的名字，說他完全沒有印象。我告訴他，我正在調查傑克．艾勒里的命案，不過這個名字他也很生疏。

「當初是你承辦的案子，」我說，「好幾年前的事了。」

「應該想得起來，」他說。「這樣吧，麻煩你直接來我家如何？看到你的臉，我也許會有印象，搞不好也會想起這位艾勒里。」

「高低傑克，當初你是這麼叫他的。」

「滿耳熟的，」他表示。「你來的路上，我會好好想一想。」

8

他住在皇后區的林邊里，那兒有好幾排小小的家庭式房子，門前草坪很迷你，外牆則是柏油面。這一趟花了我將近一個鐘頭，我得搭兩班火車才能到，一路上，我思索起他應該沒比我大幾歲，所以他現在退休其實嫌早了。而且我也想起了，我提起羅尼根時，櫃檯警衛臉色不對。

我把這點放入盤算，外加警衛急巴巴的提供電話號碼甚至電話給我，然後我又想到羅尼根如此情願甚至熱心的要我走訪他家。這林林總總的跡象加起來一想，其實只有一個解釋，所以羅尼根太太於我敲門後開門領我去見她先生時，我其實並不驚訝。他清瘦憔悴臉色蠟黃，穿著睡衣，外罩睡袍，坐在一張安樂椅上看著無聲的電視。他是將死的人。

因為有了心理準備，我並沒有露出驚愕的表情，羅尼根是警探出身，他應該已了然於心。不過他仍不動聲色的說：「嘿，這不是馬修．史卡德嗎？我一掛電話就想起來啦。我不記得我們合作辦案，不過一起上過酒館喝了幾杯倒是真的。雪瑞登廣場那家酒吧叫什麼？不是獅頭——是隔壁那家。」

「五五小店。」

「噢對。天老爺，上那兒痛飲幾杯還真爽是吧，大夥兒到五五可不是啜啜白酒就算了喲。說來，你想喝點什麼呢？我們只剩蘇格蘭威士忌了。對了，如果沒給喝掉的話，冰箱應該還有罐百齡譚啤酒。」

「不用啦。」我說，並違反我的一貫作風補充道：「我前不久開始戒酒了，比爾。參加了戒酒協會，所有的規定都遵守。」

「是嘛。多久啦？」

「快滿一年。」

「讓我瞧瞧，」說著他便逡眼看來，「氣色不錯，但願你戒得夠早。想喝薑汁汽水嗎？」

「好，如果不麻煩的話。」

他跟我保證不麻煩，然後大聲喊來他的妻子。「愛狄娜小親親，請你拿兩罐薑汁汽水過來好嗎？已經是冷的了，所以別再加冰塊。我們直接開罐喝。」

不過她還是端來兩只高腳杯，裡頭各放幾方冰塊。他跟她道了謝，她離開時他說：「醫生沒下禁令，他說我想喝就喝，還說到這地步其實已經沒差了。如果你想喝的話，我可以作陪。不過近來我的胃其實不太能承受酒精了。」他將酒杯湊向光線。「看來還真像酒，」他說，「色澤比蘇格蘭威士忌要淺，不過滿像波本加蘇打水。」他啜了一口，說：「非也，是薑汁汽水。我該舒口氣還是覺得洩氣？你很有紳士風度所以沒問，那我就直接點明好了，然後我們就可以擱下這事談正事。我得的是肝硬化，外加肝癌。所以喝不喝酒其實都一樣，只是不喝我會好過點。報告完畢。」

∞

他說：「傑克・艾勒里。你說有人殺了他嗎？如果一年前聽到這話，我八成會說死得好。不過人在必須面對大限時，看事情的角度又不同了。近來我不是很希望有人早死，你曉得？」

「當然。」

「不過那人還真是貨真價實的混蛋。你目前是以私探身分在辦案嗎？」

倒也不盡然，因為我並沒有執照。不過其實也差不多，所以我點點頭。

「這會兒你有個客戶——想不到還有人會關心到願意付錢查出是誰宰了他。」

「是他一個朋友。」

這他想了想。「這人是會有一兩個朋友，」他同意道，「不過他不可能巴住他們太久。像他那種人的朋友，而且還會想幫他找凶手，請問怎的會找上前任警察幫忙呢？」

這人畢竟當過警探。「這位朋友是個清白的良民（譯註：原文straight意為正直，也有異性戀的意思）。」我說，心想不知已多久沒有人把這形容詞冠到葛瑞．史帝曼身上了。

「想來不是他的女友囉，要不你應該會挑明了講。」他看著我。「戒酒無名會。」

「厲害厲害，比爾。」

「我不知道艾勒里酗酒，」他說，「我是說，他的確喝酒，但媽的誰不喝哪？你喝，我喝——」他煞住了嘴，搖搖頭。「唉，所以才會有這下場對吧？瞧瞧咱們兩個吧。總之，我跟那婊子養的是井水不犯河水。我只想把他丟進牢裡，可是結果案子沒下文，所以我對他就興趣缺缺了。」

「你跟他從來沒手勾手走到五五小店喝兩杯？」

他搖搖頭。「你呢？」

「早年在布朗克斯的時候，我們都喝巧克力牛奶。多年後重逢時，我們都戒了酒。」

「這人還真能不碰黃湯嗎？」

「他死的時候已經戒滿兩年。」我又跟他說了些傑克死亡的細節——他身上有遭人痛揍的痕跡，之後不久則吃了兩顆子彈。我把那五人名單交給他看，並解釋名單的出處。

他說：「彌補過犯，是這麼說的吧？你們一幫人全來這套？」

「協會是這麼建議的。」

他搖搖頭。「我沒走上這條路是對的。要列出這樣子的名單，天老爺，我連打哪兒開頭都摸不著腦。」

12

我準備離開時，羅尼根堅持要送我走到前門的台階。「這一帶原本住的都是愛爾蘭移民，」他說。「不過現在搬來了許多南美人。大半是哥倫比亞跟委內瑞拉，還有哪個國家我忘了。也許是厄瓜多吧。有些老酒館都關門了。胡立安店早收了，以前就開在那個路口上，這會兒變身成了旅行社來服務新住民。」他聳聳肩。「其實他們還好，這些新人。不會比我們差到哪裡去。」

我於離地鐵站一條街之處開的許多新店面裡頭找了一家停腳。是個午餐店，我在櫃檯拉了把凳子坐下，點杯拿鐵。他們用的是真空處理的罐裝牛奶，味道很甜但不壞，不過我還沒喜歡到想再點一杯。

我想到比爾．羅尼根，覺得我跟他其實並沒有熟到可以認定面臨死亡到底改變了他多少。傑克．艾勒里的話題能談的我們都談盡了，不過加起來其實也沒多少。傑克第八步開列的名單他全都不認得，倒是其中一人讓他聯想到一個風馬牛不相及的人，於是話頭便岔到不相干的枝節去了。我們交換了幾些戰時經驗，也聊起第六分局的同事，我勉強自己待得久些，是因為他好像需要有人陪。

午餐櫃檯上有台公用電話，我拿起話筒打給馬克．沙騰斯坦。是答錄機接的，聲音一出我的銅板就收不回來了。

無所謂。我的零錢包滿是銅板。

∞

我在林邊里搭的地鐵載著我開向時代廣場，不過我到了中央車站就下車了，改搭萊辛頓支線。我於十四街下車，又投了個銅板給另一台電話，不過這回我趕在機器接話的那一瞬間便掛斷了——電話還了銅板給我。看來我是掌握了訣竅。

我往北走三條街，再朝東走了兩條街，在一棟五層樓的紅磚建築前停腳，只見防火梯橫在建築的正面。房子的門號跟我抄下來的沙騰斯坦地址一樣，而且我也在玄關處找到他的名字——就在3A公寓的門鈴旁邊。

我伸出食指按下去，然後抽回手。每層樓有四間公寓，A間看來應該在前方，而且偏左。這當然不是鐵律，因為建築的所有人大可任隨己意編排各間公寓的號碼，也可以天馬行空隨意拈個名號封給自己的建築。這棟樓房原來的主人稱之為瑰娜薇雅，而我之所以知道，是因為這四個字就刻在前門頂上那片亮晶晶的鐵牌上。

我走到外頭，站在人行道上，瞪眼看著理論上說來應該是3A公寓的前窗。裡頭亮著燈，不過就算那是我要找的公寓，也不證明裡頭真的有人。我回到玄關按鈴，按了很久後我放棄了，打算轉身走向前門，不過對講機就在此時清了清它機械化的喉嚨。我停腳不動，但3A裡的某人說的不知什麼話傳送到樓下時，已經給絞纏得面目模糊。我一個字都聽不懂。

我也以同樣方式作答，發出唏哩呼嚕的噪音，根本不打算溝通，之後便是長長一陣沉默。然後，他便想當然耳是不情不願的按了鈴讓我入內。

想來這一帶應該改變不多，因為我在樓梯間嗅到老鼠以及高麗菜的味道。3A果然就在我所猜的方位上，我靜靜的移行而去，敲門時側身而立。我並不覺得子彈會穿門而出，不過傑克死前應該也沒料到自己的腦袋瓜會接收到兩顆子彈。

我聽到靜悄悄的腳步聲，然後便是窺孔蓋掀起的聲音。窺孔別稱「猶大」，只是我從來都搞不懂原因。背叛嗎？三十塊銀元（譯註：依據聖經福音書的記載，耶穌的十二門徒之一猶大是為了三十塊銀元背叛了他，把他送上十字架）？

以我站的位置來說，我不可能中槍，因此也不可能被看到。我打開皮夾，抽出一張老舊的卡片，此卡宣告我是警察兄弟會的成員。就我所知，它唯一的用途就是讓心軟的警察在面對飆車人士時，能網開一面。我說了我的名字，馬修．史卡德，並將卡片湊向窺孔。「我想跟你談談傑克．艾勒里。」我說。在他慢吞吞的把門打開以前，我已收好了皮夾。

這人挺高，六呎二、三，細腰瘦臀，肩膀寬闊。臉孔線條粗獷，不過那雙棕色的大眼看來如同小鹿斑比；他不是浪跡天涯的人，但倒挺像個不斷被選來扮演這種角色的演員。他左手扶著門，我一眼瞥向他那密密纏著繃帶的右手，便可理解他為什麼開個門要搞那麼久。

這人看來像是既恐慌又放心，他接下來講的話解釋了原因：「我一直在等你來。」

可是他怎麼知道我會來呢？我又沒留言。我提出了質疑，而他則接口說：「我是在等你，或者類似你的人找上門。警察。」

他等著我開口，但我沒有，於是他便說：「打從我聽說了傑克的事以後。」

我看著他，看著他的臉，還有他綁了繃帶的手，於是我明白了。我說：「你就是痛扁了他一頓的傢伙。」

13

在他開口以前，我解除了先前秀出兄弟會卡所要製造的效果。我沒說我是警察，但對方倘若得來這印象的話，我並不排斥，不過此時此刻面對著他，我卻不想舉起警界的藍色大旗先發制人。我告訴他我是退休警察，目前在當私家偵探，我說我跟傑克・艾勒里的交情，可以回溯到我倆在布朗克斯共度的童年。「所以你其實並沒有義務跟我談的。」我說。

最後這句話可是千真萬確——就算我是警察局長也一樣。而且直言無諱其實不礙事，因為我看得出他打算講，甚至還有點迫切。

不過首先他想請我進門放鬆一下。他的公寓是葛瑞・史帝曼在卡內基山上那間的原始版——外牆還沒給敲到露出紅磚，地板尚未給撬掉、磨光並重新整修，三個小房間也還沒給打通成一大房。三房相連，成一長形。前門打開便可看到廚房和客廳，客廳面對著東十七街，另一頭則是他的臥室。家具應該是二手店買來或街頭撿來的。林林總總的搭配卻也還沒不搭到可以稱之為標新立異。

他領我走進客廳，指著一張布面椅請我坐下。他原本就打算泡茶喝，他說，我也要嗎？要不就喝啤酒吧，如果我想要的話。我說喝茶就好。

牆上掛了兩幅海報，都是來自惠特尼博物館所辦的展覽，兩名藝術家我也正好認得出風格——馬克．羅斯柯（Mark Rothko）和愛德華．霍普（Edward Hopper）。我輪流研究起來；當他把茶擺上我旁邊的小几時，我還遊走於兩幅海報之間。他說他泡的是伯爵茶，我說很好。他表示，海報是個和他同居兩年的女子留下的。

「然後有一天她竟然宣稱自己是蕾絲邊。奇怪了，這人又不是小孩，雖說比我年輕，但也三十好幾了，你知道。哪有人一路活到這個年紀，還沒搞懂自己是蕾絲邊呢？到底發生了什麼事啊？」

「聽說常常發生。」

「男人也會嗎？」

「我覺得人人都有可能，」我說，「不過女人發生的機率好像比較大。」

這話他想了想，然後聳聳肩。「總之，她把海報留下了，」他說。「『我不需要了，馬克。如果你不想要的話，丟掉就好。』請問我幹嘛要丟啊？看來好好的嘛。我很習慣它們了。茶還好喝吧？」

「挺不錯的。」

「你有傷過手嗎？搞得什麼事都好複雜，直到現在我都還沒辦法綁鞋帶——感謝老天我們有便鞋。」

「你是在哪兒傷到的，馬克？」

「就在這裡。他打通電話說是有事想跟我談，他能來嗎？我勸了半天，要他在電話上講就好，因為他就像上輩子認識的人一樣，你知道？對他，或者對上輩子，我其實都沒多大好感了，所以我寧可他一吐為快，然後我們就可以一刀兩斷。可是不成，他非當面談不可。我說我很忙，他說沒關係，時間由我挑，他隨傳隨來。我差點就破口要他死到一邊別來煩，他想講什麼我都不想聽。就差那麼一點點。」

「結果你還是請他過來了。」

「不知怎麼，我覺得他會比瘟神還難纏，倒不如趕緊跟他碰個頭，早死早超生。但掛上電話以後，我開始想著，噯啊幹嘛呢，我們畢竟朋友一場，雖說我已革面洗心展開新生活，高低傑克也許根本插不進來了，但我們還是可以好聚好散啊。」

高低傑克。

「他進門以後，我發現他不太一樣了。眼裡放光，搞得我有點不自在。我們已經多年沒見了，你知道？請進請進，歡迎歡迎，找把椅子坐，喝杯啤酒吧。當然他是不肯喝啤酒。這你清楚吧？」

「他已經戒了，」我說。

「他說原先他是酒鬼，這我絕對相信，因為還記得他以前大口狂喝的模樣。不過年輕時，誰不是這樣啊對吧？我們那時都還小，從早到晚狂歡作樂，惹出一堆麻煩。年少輕狂。不過長大以後就不一樣了。」他陷入沉思。「但也可能長不大，而且永遠一個樣。隨便啦。好吧，話說回頭，你不要啤酒對吧，來杯茶如何？可是他什麼也不要，他只想好好談談。要彌補過犯，不過他好像一直在用另外一個詞呢。」

「修正過犯。」

「沒錯，就是修正。老天，除了憲法修正案以外，好像從來沒聽人講話時會用上這兩個字。修正。你知道他做了什麼嗎？你知道他犯了什麼過嗎？」

「應該是偷東西吧，」我說，「他賣了什麼給你，卻又偷回去，類似這樣的事。」

他沉默了一下，想想這話。然後他說：「說起我以前的營生啊，我是收贓貨的。從沒有因此坐牢，連收押都沒過。如果你有東西要賣，我會用現金買下。假如你想買什麼，我若手頭有貨的話，你就可以撿到便宜。但我只收現金，而且不開收據，你也不能追問貨品來源。總之，你曉得嘛，因為是贓物。」

「通常不是年輕人的行當。」

「噯，我是有人教過門道的。你可聽過一個叫賽立格．吳爾夫的人？是我舅舅，我媽媽的弟弟。賽立格舅舅每年都換新車，身上永遠是高檔西裝，荷包永遠滿滿。每回看到我，都要塞好幾個銀元給我。『哪，小馬啊，你可不想兩袋空空四處晃吧。』後來出了學校，我的工作換來換去，都是沒出路的那種，然後我就跟傑克搭了夥，跑到皇后大道這麼一家珠寶店去搶。拿來的贓物倒是該怎麼處理呢？於是我就捧著東西去找賽立格舅舅，他先是破口訓我一大頓，然後又開個好價錢買下，最後呢他則是送了我幾句金玉良言。『小馬啊，你是可以一腳踢開店門或者搶人財物，但有可能搞半天還是兩手空空沒搞頭，而且早晚都要給人槍殺或者蹲苦牢，想我姐姐的兒子搞到這種下場，我怎忍心哪？』他說我倒不如幹個買賣，只要跟著他學就好，於是他便要我乖乖坐下，傳授了我幾套絕招。」
「於是你就乖乖照辦。」
「於是我就乖乖照辦。本人雖非天才，但做得還算不差。我在華盛頓高地的海港大道有個配備三間臥室且有河景的公寓，其中兩間我挪做辦公室用，而我營業開張的消息也傳開了。後來我和傑克不期而遇，我告訴他我已經改行了，雖然還是黑道，所以偶爾他會拿些東西請我轉賣。有一次他跑了來，問我可有上等皮貨，因為有個女孩正在找貨。恰巧我手頭就有，於是他便轉手賣給她。
「後來有一天我在外頭瘋狂慶祝忘了是啥的玩意兒，結果晚上回到家，卻發現公寓給洗劫一空。鎖沒給破壞，所以我知道肯定是有人拷貝了我的鑰匙。我想的沒錯，因為後來他開始那個什麼來著的任務，媽的所謂的修正錯誤時，他劈頭就跟我招了。說當初他偷拿我一串鑰匙送去拷貝，然後又神鬼不覺的擺回原處。之後他就耐著性子等我出門耗一整天時，找了個同夥闖空門。連我的現金藏哪兒他都曉得。」
「你當時就懷疑是傑克？」
「嗯。我想到了幾個可能人選，他排名第一。我跑去找他，不是要質問，只是想觀察他的反應，你懂我意思吧？他給了我一堆點子，告訴我如何找回失物。聽人說毒蟲有個特色：他們會先污了你的皮夾，然後再興致勃勃的伸出援手。他是在演樣板戲沒錯。他先偷了我的皮夾，接著的戲碼便是伸出友誼的手。」

8

「總之你搞丟了一大筆錢。」

「我還搞丟了我的生意哪，先生，而且有一陣子我還得跑到城外避風頭，因為我才買了好幾缸寶石，得跟吸血鬼們借貸才行。我怎麼告饒求情都沒用。『很遺憾你碰上了麻煩，媽的爛世界，不過你還是欠我們錢喔。』而且我又沒有保險公司可以申請理賠，你說是吧？所有努力都付諸東流，我像是籠中困獸。」他對著回憶搖搖頭。「賽立格舅舅幫我找到出路。他指引了另一個方向給我，他說我算術能力很強，要我去學簿記。簿記就是我的新生命。我有幾個客戶，我幫他們各做兩本帳簿，如果假帳見光的話，我有可能惹上麻煩。不過除此以外，多年來我沒做過半點虧心事。」

「所以當傑克現身——」

「就跟我吐露他幹的好事。『你是我的朋友，可我卻偷你東西。』我一聽簡直氣瘋了。不只是氣他做出那種事，不只是你怎麼還好意思站在這裡跟我吐實？而且還邊說邊笑？」

「所以你就一拳打過去？」

「『馬克，請你告訴我，我該怎麼補償你。』我說我要打得他滿地找牙。『馬克，盡情打啊，想打就痛快的打吧。』他直直杵在我前頭，腦袋瓜往前伸，一副挑釁我要我媽的狠命揍扁他的樣子。你有沒有過一拳打上人的臉？」

「最近沒有。」

「那是我的頭一次。當然，小時候在遊樂場玩鬧是有過，你曉得。我打到玩伴流鼻血，自個兒也有一兩次給揍得鼻青臉腫。九歲、十歲吧。從那以後都沒有——直到我動手K傑克。」

他的臉因為回憶黯沉下來。「他就站在我面前，」他說。「也許又往後退了半步吧，我打破了他的嘴唇，鮮血直流，不過那隻瘋狗卻還是面帶微笑。我問他滿意了嗎，類似的話啦，他回說我還可以繼續打。『盡情發洩吧，馬克，打到你覺得我們扯平了為止。』

「於是我就抓起狂來。我退了一小步，猛揮一記拳，他站著不動，所以我就接二連三一打再打。也不記得到底打了他幾拳。」他看看自己綁著繃帶的手。「每回都是用右手。三、四、五拳吧？不曉得。打得我的手都快爆了，不過當時我一點感覺也沒有。後來——老天，後遺症可真慘。」

他停了口，如果我能想出話來講的話，我會講的。我開始聽到時鐘的滴答聲。原先都沒感覺。他說：「我打了最後那拳以後，他差點就倒下來。膝蓋猛晃。我看著他，發現他臉上有了變化，我真心覺得他看來就像耶穌基督。我是猶太人，媽的我怎知道耶穌長啥樣啊？腦殼子有時候還真會秀逗。

「他就那麼看著我，帶著那雙耶穌的眼睛，他說『馬克，很抱歉。』就這麼句話。他的臉全是血，我登時想到，媽的，我在幹嘛啊？我做了啥個好事啊？然後我就——實在很難開口講。」

我沒搭話。

「我就哭了起來，行嗎？然後我們就同聲大哭，我們站在房間正中央，像失散多年的兄弟一樣抱住對方猛哭，哭得跟小孩一樣。我實在沒辦法正眼看他，看我是怎麼修理他的，因為他的臉簡直是一團糊。後來想必更糟，因為青腫什麼的會愈來愈明顯。不過當時看著他，就已經夠瞧的了。

「他不肯讓我送他到醫院。他堅持說他沒問題，他會自個兒修護好。然後他就問我當初他到底害我損失了多少？實際的金錢數額是多少，他會慢慢還清，一個月滙一次款給我，看他當時的情況而定，直到付清為止。我跟他說，我們兩不相欠，反正那些錢本來就不是我合法該得的。更何況，要不是被洗劫一空，我也不會退出那行，也因此免了牢獄之災吧，因為賽立格舅舅就吃過兩次牢飯——而他可是比我精明得多，比我更會做假帳呢。所以其實他等於幫了我一個忙，而這點我是一直到那時才靈光閃現想到的，原因大概就是我耗了約莫十分鐘時間往這人臉上拚命揍吧。

「我提到了他不肯讓我送他到醫院吧？幾小時以後，我自己倒是跑去看診了，一路走到卡比尼，請醫生檢查我的手。沒錯，我就是搞了那麼久才發現我也打傷了自己。我沒跟傑克講，因為怕他腦筋一轉，又覺得他還有個錯誤要修正。我覺得我們兩個都沒辦法再承受下一個修正了。」

「你後來有再見到他嗎？」

「沒有，他打過一次電話，應該是隔天，或者兩天以後吧。只是想確定我沒事，想確定我真的不要他半文錢。後來就再也沒他消息了，之後就是得知他遇害了。槍殺致死，我記得。」

「沒錯。」

他若有所思的點點頭。「當初幹那行時，」他說，「我配了一把槍。那是入行的必備品，我隨身攜帶，因為吃那行飯的人確實需要兵器保護，對吧？後來我公寓遭搶時，槍枝跟著其他財物一起不見了。那之前或之後我都沒有過手槍。這輩子我可沒開過半次槍。」

我開始要說個什麼，但他抬起沒綁繃帶的手止住了我。「如果，」他說，「我還擁有那把槍，或者別的槍，傑克登門道歉時，我一定會毫不遲疑的拔起槍來指向他，然後扣下扳機。想來他遇害時就是碰上類似的狀況。」

「他是死在自己的公寓裡的。」

「傑克的公寓？」

「有人登門造訪，」我說，「而且隨身帶槍。他是近距離給打了兩槍，一槍打中額頭，一槍打進嘴裡。」

「這我都不曉得。是個冷血殺手囉。」

「而且目標明確，」我說，「『你太多嘴囉。』接著就砰砰兩槍。」

「也許吧。」他擎起他那雙小鹿斑比樣的柔和大眼睛看著我。「他只不過是想跟每個人和解而已，其實我到現在都還搞不懂為啥有這必要。往事已矣，你懂我意思？過去的就算了吧。不過重點是，他想要讓良心過得去，然而到頭來卻害掉自己一條命。」

14

西北旅館我的郵箱裡有一個電話留言，是葛瑞．史帝曼一小時前打來的。我從我的房間打給他，他說他不太確定我是不是一直想要聯絡他。他的答錄機顯示說，有人找他好幾次，但一直沒留話。

「會是誰呢？」

「你知道，」他說，「好像有首鄉村歌曲的歌詞就是繞著這個轉。『倘若沒人應啊沒人應，就是我啊就是我。』不過不是你，對吧？」

「我是對著一台答錄機掛過電話，」我說，「掛了兩三次吧，不過不是你那台。」然後我便把跟馬克．沙騰斯坦碰面的經過跟他說了一遍。

「說來你是查出了毒打傑克的元凶囉，但他沒開槍殺他。」

「沒有。」

「你覺得他應該不是撒謊？」

「絕無可能。」

「這倒怪了，」他說。「通常我會假設打人跟殺人的應該是同一個才對。『噢，你這人是打不死的喔，好吧，那就砰吧。既然砰了，何妨再砰一次。』」

「不過沙騰斯坦打夠了以後，怒氣也全消了。」

「而且這會兒，他對咱們的傑克還全面改觀了哩，覺得是傑克救他脫離了黑道。可惜告別式他沒參加，要不他講的故事可是會把所有人都感動到哭成一團。」

「我聽他提了一次高低傑克，」我說，「當時我不想打斷他，之後就忘了。等我臨出門時才想起要問他。」

「他怎麼說？」

「他連自己用了那個名號都忘了，不過——」

「他用了名號這個詞兒嗎？」

「沒，當然沒有。綽號，他應該是說綽號。他不記得說過高低傑克，不過有可能說過，因為當年他倆有買賣關係時，他的確聽過這麼個稱號。不過他搞不清傑克怎麼會搞來這麼個綽號，也不知道其中含意。」

「這個資訊頗有點用處，是吧？」

「還好啦，」我同意道，「不過我在想傑克的名號——」

「你很喜歡這個詞兒，對吧？」

「應該跟凶手是誰扯不上關係。」

「閣下有可能找到扯得上關係的啥嗎？」

「不曉得。不過如果你開始失去信心的話——」

「不，完全不會，我已經看到一些成果了。很棒。你才跟我講了兩件事，而且兩件都舉足輕重。我們這會兒知道是誰扁他的，另外也曉得殺他的另有其人。這會兒我很清楚，找你幫忙確實是上上策。」

「喔？」

「如果我請警方幫忙的話，找上馬克．沙騰斯坦的會是條子。我覺得登門找他的是你，對他應該比較好。」

「他們會刁難他的。」

「豈止刁難兩字了得。」

「也對。他們搞不好會想栽他個謀殺罪。手頭有個嫌犯時，誰還會花費苦工另外找呢。他們也許湊不全罪證對付他，不過引起警方注意對他總是很不好。」

我們又談了談，然後他說：「你知道，其實就算找不著作案凶手也無所謂。重點是，我們盡力而為，最終的結果一定符合天理。」

「是嗎？」

「當然，」他說，「世事本如此。」

∞

天理果真都能得到伸張嗎？這點我得想一想，於是當晚聚會時，我就把這個念頭在我腦裡轉了大半天。蘇活區小組是在巴度亞的聖安東尼教堂聚會，這是位於休士頓街與蘇利文街交口的一棟大型紅磚教堂，會眾大半是義大利裔移民。我遲到了幾分鐘，進門時我首先注意到就是珍，她正朝我的方向看來，揮手示意她已經幫我占了位置。

當下我立刻起了反感。這個空間大得很，通常都有很多空位供人選擇，難道我就不能自己找張椅子坐嗎？我倆每個週末都會共進晚餐，然後共度一宵；所以囉，如果有個臉龐好大的人帶著幸福到不行的笑容告訴大家，他以前都習慣尿在空瓶子裡，然後把尿灑到窗口外，是因為他根本懶得一路走到洗手間小號時，我倆有必要手牽手坐在一起聆聽嗎？這種類型的經驗為什麼我們不能隔個十幾二十碼的距離分享呢？

這話我沒跟她分享，只是照她的意思默默坐在她旁邊，然後幾秒之後，我突然醒悟到，如果她沒幫我占個位置的話，我也一樣會起反感。這下我又多了個事得想一想——連同「天理最後一定得以伸張」。

當晚聚會採取的形式我沒碰到過。起先是演講者依慣例陳述他的喝酒史，然後是中場休息時間，之後眾人便分成八到十人的小組，分別坐在不同的圓桌。每一桌都要有人出個題目，而接下來的半個鐘頭則是以輪流發言的方式進行。珍和我理所當然的走向不同的圓桌，而我那桌的題目則是「接納」。我真希望能換個題目討論，不過也很感慨這個題目頗為反諷的貼合我的現況。

但話說回來，題目是什麼其實並不重要，因為城中辦的聚會要求並不嚴格：輪到你時，可以隨興亂講。我本想跳過不講，不過小組總共也只有八個人，再加上我其實頗有感觸，所以我就隨口丟出吉姆那句名言——或者該說是佛陀的名言吧，我想——「人類不快樂的源頭，都是來自不滿現狀。」之後便輪到下一個發言。

∞

湯姆森街那家餐廳是典型老式的義大利店擺設：紅色格子桌布，燭台是以稻草包覆底座的義大利香堤紅酒瓶，背景音樂則是法蘭克．辛納屈的男低音。服務生還記得我們，他頗為讚許我們點的開胃菜和主菜，而且也沒想盡辦法要我們點紅酒。食物美味，我們帶著悠閒的心情享用；吃著吃著我便談起了傑克．艾勒里，以及我正力圖查出是誰殺了他。

「或者該說誰沒殺他，」我說，「搞半天其實我的任務是要查出誰沒有。如果我可以把他第八步清單列出的人都排除嫌疑的話，他的輔導員就可以捧著無虧的良心放下重擔。如果那張名單根本沒必要公開的話，就無需呈報警方。」

「法律裡有這一條嗎？」

「您是在說笑，不過就法律而言，其實就算知道凶手身分，他也沒必要通報警方。他只是小老百姓，又不是法庭人員。雖然他沒有權利對警官撒謊，不過隱瞞不講並不犯法。」

「所以你只消排除清單列出的人的嫌疑即可。這可比找到真凶簡單，對吧？」

「沒錯——除非凶手就在名單上。果真如此，要排除他的嫌疑恐怕會很棘手。」

我們就這話題又聊了一會兒，然後她便問說，排除所有人的嫌疑後便丟下這案子不管，我會做何感想。我說我的感想會是：一千塊到手囉。

「是嗎，馬修？我倒也不是懷疑你拿不到錢啦，不過難道你不會有點沒完工的感覺嗎？」

「怎麼會？」

「因為傑克的凶手逍遙法外啊。」

「他的同伴可多著哩。」

「什麼意思？」

「我是說，漏網之魚多不勝數。想當年，每回逮到凶手卻又看著案子不了了之時，我簡直氣瘋了。不是地檢署找我們麻煩，就是證據不足，要不就是陪審團的十二個笨瓜鼓不起勇氣伸張正義，於是我們所有的苦工就全白費了。我其實一直都沒辦法完全釋懷，因為苦心辦案一定會付出感情。不過到頭來總是會習慣的。」

我們接著又有一搭沒一搭的聊起當晚聚會的情景。「尿進空瓶子我是可以理解啦，」我說。「如果你住在一窩分租雅房的人士當中，就得長途跋涉、穿過走廊才能抵達洗手間，而且裡頭可能又有人。既然眼下有這麼個空瓶子，而你身為一個男人，瞄準瓶口又是你很得心應手的事——」

「再加上那只瓶子當時又沒旁的用途。」

「——所以你就會理所當然的就地取材囉。只要事後拴上瓶蓋，確定不會把尿灑滿地就成了。」

「噁心。」

「我搞不懂的是，」我說，「他怎麼會理所當然的把瓶中物全往窗外潑。怎麼不一瓶瓶排在角落裡，然後找個時間到洗手間清乾淨。這有什麼難的呢？」

「把尿尿倒出窗外，我倒是可以想出一個好解釋。」

「找點樂子？」

「也是啦，我想，不過這只算是邊際效益。重點是，這一來你就不用擔心不小心喝下黃湯。哈！你沒想到這點吧？這邊這位女士贏了今晚的比噁大賽。」

∞

我倆都同意，步行半哩路回家應該不錯，於是她便勾著我的手走過休士頓街，到了路沿也還沒放手。我們餐後是以濃縮咖啡收尾，當時服務生拿了兩只酒杯過來——這家餐廳通常會送小禮物給他們希望能再光顧的客人。他走到我們的桌子時，想起了我們沒要餐後甜酒。「你們不想——」他試探性的說，而我倆都表示沒錯，不過往回家的路上走時，珍納悶起我們回絕的酒到底是什麼。

「也許是茴香酒吧，」我說，「或者有茴香味的酒。」

「會不會是義大利茴香酒？」

「有可能。」

「他們不會開那種酒的，」她說，「因為大部分人都受不了那種味道。你曉得我以前愛喝什麼嗎？阿根廷的費奈特．布蘭克酒。」

「你喜歡那種東西？」

「是滿可怕的，」她同意道，「不過早起頭昏腦脹時喝它最爽。苦得啊，整個胃都振奮起來了呢。」

「我的胃碰到它只有一種反應，」我說，「就是翻攪。我唯一慢慢可以接受甚至喜歡的餐後酒就是Strega。」

「噢，老天，Strega！這種酒我已經好多年沒想到了。真希望他剛才幫我們準備的不是Strega。」

「是不是有差嗎？因為我們根本也沒要喝——」

「絕對是茴香酒，」她說。「某種帶著香水味的超級廉價茴香酒。」

「我很肯定你是對的。」

「你可知道Strega的含意，義大利文的意思？」

「女巫，對吧？」

「沒錯。女巫。」我們若有所思的默默走著，然後她說：「你知道，這會兒我想起了它的味道，說來如果他們研發出一種完美的仿Strega的話，完全一樣的滋味，但裡頭沒有酒精——」

「你絕對不會想喝。」

「我會退避三舍躲得老遠。」她猛捏一下我的手臂。「可別洩了我的底喔。」她告解道：「我很有可能是酒鬼。」

行近運河街時（亦即公認的蘇活與翠貝卡區的邊界），我已經想不起自己早先的感覺了——有點反感：因她幫我占了個位置；有些懊惱：因為有義務要跟她共度週六夜。問題是，難道我還真想換個方式度過週六夜嗎？

有那麼一下子，我彷彿瞥見了未來的生活樣貌。我們會持續這樣的模式，愈來愈親，而等我戒酒滿一年後不久，我會每晚都在利斯本納德街留宿。西北旅館的房間我也許會繼續租來當辦公室用——至少保留一陣子吧，不過在那種地方會見客戶委實不妥，而如果不當住家不當辦公廳的話，結果自然是要退租。

所以我們終究會同居的，然後一年左右，甚至如果我興致來了的話可能更快，我會在她的無名指套上一枚戒指。

她會想要小孩嗎？我有兩個兒子，珍遲早總要跟他們見面的，我想他們應該可以處得來。她比我小兩歲，戒酒又比我早兩年，而且她其實歲數不大，是可以生小孩的——雖然再拖晚些恐怕會變成高齡產婦。不知她對這件事會有什麼看法？說來，我自己又是怎麼想呢？

活在當下吧，我告訴自己。今晚夜色美麗，你正陪著個嬌美的女人走回家，這——不就夠了嗎？

15

「媽的我也不知道是怎麼回事，」我告訴吉姆，「原先我們還是結婚蛋糕上好可愛的一對新人呢，可等我們過了運河街以後，大好情勢卻翻轉成了一坨屎。」

此時是週日晚上，我們坐在一家中國餐館裡。酸辣湯配上麻醬麵，還有橙汁牛肉，以及一盤用某個將軍名字來命名的燒雞——整個過程就跟我的週六晚一樣儀式化了。

「我們走到她家門口，」我說，「然後她在皮包裡摸半天，於是我就拿出我的鑰匙把門打開來。」

「你有她家的鑰匙。」

「已經好幾個月囉。這樣方便多了。她那棟樓是老舊的工廠改裝成的藝術家統樓，沒有對講機——雖然住戶已在討論該裝一個了。通常我是走到隔個街口的時候打電話給她，然後她就會守在窗邊，等我走近時，她再把鑰匙丟上人行道讓我撿。不過搞沒多久以後，我們就覺得這套方法太累人了。」

「那當然。總之，昨晚是你打開了鎖，然後她就不爽了。」

「一點也沒錯。」

「她說了什麼嗎？」

「沒。」

「你呢？」

「我能說什麼？『喂，如果不讓我用鑰匙的話，幹嘛給我啊？』」

「所以你就靜靜等著風暴平息，只是結果沒平息。」

「我們走上樓，她泡了咖啡——其實我覺得我倆當時都沒心情喝。然後她就打開收音機，攤開我們回家路上買的《紐約時報》來，各自選了自己喜歡的版面讀起來。」

「很像居家的老夫老妻，」他說。「這盤雞可真好吃。」

「本店招牌菜不是浪得虛名的。」

「我曉得，不過每次吃都還是想讚嘆一番。總之，你們已進入溫馨的居家狀態，除非兩個人為了誰先看娛樂版吵起來。」

我搖搖頭。「其實我並不想待下去。而她其實也希望我走掉。問題是，我倆都沒辦法講出心裡話，所以啦，只好不情不願的杵在一起，直到隔早。」

「幾分鐘前，你還想著要幫你們的小孩取名字呢。」

「有嗎？喔，算是吧。總之，我們突然無話可講了。」

「只聽到艾靈頓公爵在背景裡吟唱。」

「還有其他歌手——我們轉到了爵士樂電台。一切都好，只除了我們的腦子各自在轉著不好的什麼。」

「其實你也只知道你的腦子裡在轉什麼。」

「不對，我有感應能力。」

「喔，感應。是誰在幫你感應呢？雷納．漢普頓還是米特．傑克森（譯註：Lionel Hampton和Milt Jackson都是電顫琴手）？」

「我不知道當時她在想什麼，」我說，「不過我可以猜出五六成。於是我便想著，好吧，這會兒也只能順其自然了，反正也沒真出什麼差池，結果應該不會有事。所以看完運動版後，我就去沖澡了，心想如果做愛時我好聞一點，她也許會酌量著給我一點好臉色。」

「你們每逢週六晚上都來一次？」

「幾乎啦。我是覺得這樣應該有助於改善關係。」

「性愛有時的確能發揮那種功效。」

「有時候是這樣。」

「而且就算於事無補，」他說，「至少你爽到了。不過依我想來，你們藉由身體向對方展示善意，結果並沒奏效。」

「我先上床，」我說，「她說她幾分鐘後就來。她先是去廚房洗咖啡杯——其實通常她都是留到隔早才清的。」

「你的偵探本能出來了。」

「然後她又去沖了好久的澡，淋浴聲停了以後，她還賴在洗手間好久不出來。我躺在那裡等她，心想乾脆假裝睡著好了。」

「這一來，你們就不用做愛了。」

「然後她走進來，跟老鼠一樣靜悄悄的，問我我是不是醒著。耳語的聲音，如果當時我沒豎起耳朵的話，還真聽不到。所以我就曉得，她是希望我已經睡著了，這就可以免除跟我做愛的麻煩。」

「我依稀還記得原先那對站在結婚蛋糕上的小新人呢。」

「所以我就翻了身，」我說，「騰出空間讓她躺，之後我們便摸索著進入輕柔緩慢的做愛狀態裡，弄了半天她不知真是起了高潮還是裝了一個給我看，總之我很感謝終於結束了。我搞了不知多久才有辦法睡著。」

∞

週日早晨，她說她不太想吃早午餐，於是我就說早上的聚會我想略過，看能不能查點案子。她泡了咖啡，我們各喝一杯，並各自佐以我們前一晚沒讀的版面繼續看下去。之後我們吻別，然後我便離去。

結果我是一路往上城走回我的旅館。我想著是要去參加聚會呢，或者搭地鐵回家；可是我卻走個不停，只歇了兩次腳，一次是買咖啡，一次買香腸麵包。回到家時，我已經累得只想倒下去。

我小睡了一個鐘頭，起來是為了要看巨人隊敗給包裝工。綠灣球場竟然有積雪呢，這可真是新聞。當季的紐約其實只要穿件運動外套就很暖了，雖然寒風刺骨的日子偶爾也是有的。

電話一直沒響。我是有幾通電話該打，不過我還是撐著看完這場比賽酸苦的結局，然後我便拉了把椅子到窗口，看著天空逐漸暗下來。等我終於提起勁來拿起話筒時，我是打給吉姆，請他決定我們要上哪兒去吃我們的麻醬麵。

這會兒他在說：「你就快滿一年囉。」

「真的哩。」

「滿週年是大事，之前跟之後的日子都很不好過。」

「聽說了。」

「倒也不是說其他時間就好過啦，不過週年紀念確實會攪亂生活的步調。你也清楚吧，你是太早涉入男女關係了。」

「我知道。」

「不過或許你也沒多大選擇吧。」

我還沒看到戒酒聚會長啥模樣以前，就認識了珍。當時發生了一連串命案，一名冰鑽殺手接連殺了好幾個女人，我辭職之後幾年，警方逮到凶手。不過有樁命案他硬是不肯認，搞半天確實不是他幹的，因為當時他人在牢裡。對警方來說，該案早已走入死胡同，誰也不會再費力偵辦了，所以有個跟我熟識的警察就把受害者的父親介紹給我。結果他雇了我幫忙。

查案過程中我去了許多地方，其中之一便是珍位於利斯本納德街的統樓，當時我們算是看對眼了吧，所以就一起喝了些酒，然後上床。

事情進行得頗為順利，感覺上我好像同時得了個女友兼酒友，頗為上算。這話是真的，只可惜她開始去參加戒酒聚會。這就表示她不再是酒友了，而她在教堂地下室碰到的人又說服了她說，她也不能再當女友，因為她的對象酒癮太大。我說了句祝你前途無量，然後便拔腳去找酒喝了。

一段時間過後，她開始滴酒不沾並且堅定不移，而我則繼續過著我原來的生活。然後，等日子快要過不下去的時候，我也開始參加聚會。我是進進出出，一陣子滴酒不沾，再一陣子又猛灌黃湯。後來吉姆開始對我產生興趣，看到我就會找我聊天，總之他是盡力而為。其他人對我則是敬而遠之。我名叫馬修。我只聽不說。好吧。

連著幾個月的時間，偶爾我喝酒喝到一定程度時，會興沖沖的打電話給珍。她每次都禮貌應答，但也不忘提醒自己別把時間浪費在酒鬼身上。之後我開始認真戒酒時，又打電話給她了。我非跟人講話不可，但又想不出另外有誰可找。

之後我們就保持著算是朋友的關係。然後有一天我點了一杯其實我並不想喝的酒——這可不稀奇；但卻把酒留在檯面上沒碰——這點可就稀奇了。從那以後，我一直沒再碰酒，之後我們就成了男女朋友。多少算是吧。

8

吉姆說他得蹺掉聖克萊爾的聚會。公視在播一個貝芙麗想看的節目，他已經答應了要陪她看。我想加入他倆嗎？當然不想，我起步走向聚會地點。我於中場休息時離開，回到家裡。沒有留言。我上床睡覺。

16

那天是週日。一個半禮拜之後的禮拜三，我排除了最後一個人的嫌疑。我每天的工時都不長，推論也說不上多高明，不過我交叉使用電話和地鐵的技術已臻於化境——而這就足以讓我達成目的了。等我完工後，我還是不知道殺死傑克的凶手是誰，不過我曉得有五個人不是，而這便是顧客委託給我的所有任務了。

∞

禮拜一我忙著跟曾經熟識的幾名警察拉交情。其中一個是我早年在布魯克林共事許久的同事，而我目前住的地方離曼哈頓北分局的喬·德肯也只有幾個路口的距離。我和喬·德肯在我開始認真戒酒的期間打過交道，之後他曾因交託了一兩件案子給我，而賺進幾些於法不容的銀子。

他倆都沒有線索可以提供，不過兩人都打了幾通電話，幫我安排跟其他警察碰面。有個來自中城分局的條子聽過克斯比·哈特的名字。這人不是混混，他在華爾街上班，不過多年前他吸古柯鹼上癮，也因此捲了公司不少錢逃跑。這就說得通了：傑克的第八步名單上，他的名字旁邊寫的是毒品交易時騙了他。

「瘦巴巴的，穿套西裝，領帶細瘦，一個勁兒猛彈著他瘦巴巴的指頭，頭殼晃啊晃的。完全沒法好好坐著。古柯鹼沒錯，魔幻奇藥。我們把他收押起來，證據確鑿，可是他的公司改變主意，堅持要撤銷告訴。錢都還清了公司，也接受戒毒治療，永不再犯，滴答滴答滴。聽起來不錯，因為一旦古柯鹼銷聲匿跡之後，我們就會有個人模人樣的上班族，過著人人尊敬的生活。他跟老婆小孩一起住在道琵鎮可要比跑到奧斯寧蹲苦窯來得好吧。」

「他住那裡嗎？道琵鎮？」

「之類的地方吧。他通勤，每天早上從威切斯特火車站啟程。當然如果他跑去買毒的話，當晚恐怕就無法回家過夜了。道琵鎮、海斯汀、塔卡侯——反正就是那種類型的小鎮。克斯比是他的中間名——如果你想從電話簿查到號碼的話。」

「那他的名字是？」

「他只用縮寫字母。H．克斯比．哈特，大家都叫他克斯比。至於H代表的是什麼，老實說媽的我沒半點概念。以前應該曉得啦，因為記錄上一定有寫。收押犯人，名字絕對要登錄上去。除非他是F．史考特．費茲傑羅。」

「或者是E．霍華．杭特（譯註：美國知名情報人員）？」

「霍華，」他說，「就這名字。婊子養的，你是怎個發現的？霍華．克斯比．哈特。這就是他的全名。」

錯了。其實是哈洛德，而非霍華，這是其後我查了威切斯特的電話簿後，從席拉．哈特口中探知的——她還沒有費事把該處號碼的登記人改名。他已不住在那裡了，而他目前的住處電話則不公開。我覺得她應該知道，但她沒打算透露。我可以試試他的辦公室，她說。

他在哪兒辦公呢？她的聲音透著狐疑，問我幹嘛要知道。她沒聽清我叫什麼，不知道我找她的前夫有何貴幹。

我說了我的名字，表示我是考德．傑寧斯．史古格企業的員工，這一串名字我咕嚕嚕唸了出來，一副她該聽過的樣子，其實我只是即興演出。我說據我所知，她的丈夫是佛羅里達州麥爾堡新近過世的凱爾頓．哈特的侄子，而——

小女子如她者，怎麼可能棄置一大筆遺產不顧——尤其那其中只怕也有她的一份呢？她把我需要的資訊全說了，於是幾個鐘頭後，我便打到了他的辦公室找到本尊。我報上名字，但沒提先前我掰出來的考德先生及其同夥，只說了我想跟他碰個頭。他連我有何貴事都沒問，這就表示他已經接獲通報，而且是在不久以前。

他表示可於下班後和我在牛爵士碰面，就在威廉街與黃金路的交口處，離他華爾街的辦公室很近。五點半如何？我說五點半可以，然後便穿上西裝打好領帶，踏步出門。我已經扮演完覓找遺產繼承人的律師角色，不過這點他並不知道，他恭候的是上門的律師，所以我想我最好打扮出應景的模樣。

效果不彰。因為我不管穿什麼，好像都還是像警察。

牛爵士我沒光顧過，不過根據店名及其所在地，我已推敲出此店模樣。這是家牛排餐廳，一律以暗色木頭、紅牛皮以及發亮的銅製品裝潢，提供英國的貝斯啤酒，並有三桶德國啤酒可供眾人自由取用，另外吧台後方還陳列了許多種上好的單一麥芽蘇格蘭威士忌。客戶全是男人，而且清一色穿西裝，講話一個比一個大聲。我站在門口，逡眼搜找一名打著細瘦領帶的骨瘦男子，我的眼睛不斷的略過目標物——直到我發現該目標物其實一直都在盯著我瞧。

我走向他，他開口道：「史卡德先生嗎？哈洛德．哈特。我看你如果不是律師的話，應該就是投資公司的顧問了。共同基金確實是挺好的投資標的，不過你跟它應該沒什麼關係吧。」

「沒錯。同理，我跟史卡德瀑布大橋也沒有關係。」

「其實我是比較擔心你想跟我推銷共同基金啦，美國政府蓋的大橋我已經繳了我該繳的份了。」

他打的領帶是紅與海軍藍相間的細斜紋，然而並非細瘦款——如他身上所有其他的特徵。古柯鹼已經被他用食物和酒取代了——依他的模樣來判斷，應該就是牛肉和啤酒，而且兩者皆是大量取用。他的面孔圓滾紅潤，臉頰透出墨漬般的斷裂微血管。

我應他之請坐下，服務生出現時，我點了杯蘇打水。哈特的啤酒杯還留有半滿的暗色汁液，不過他還是擎起食指彈了彈，朝服務生點個頭。「Dos Equis，」他告訴我，「這是墨西哥最棒的合法出口產品。確定你不要也來一杯？」

「現在不要。」我說。

我其實當場就可以把他的名字劃掉，因為這位興致高昂的股票經紀人絕無可能在傑克・艾勒里身上打進兩個洞。不過既然我人都來了，還是依樣葫蘆快快走過流程吧。這個房間很吵，瀰漫著酒和雪茄以及貪婪的味道，我可不想久待。

飲料上桌前，我們聊了聊球賽。他也看到巨人隊輸給綠灣，而且對巨人隊教練發出的怨氣比我強大許多。服務生捧著他續點的酒和我點的蘇打水過來時，他正仰臉飲盡杯中物。哈特漾著笑臉看著我倆的飲料——裝在一式一樣的啤酒杯裡；他擎起他那杯，說道：「史卡德先生，希望是我搞錯了，不過我這輩子還真沒聽過我有個叔叔叫凱爾文呢。」

「我想我說的是凱爾頓，」我說，「不過無妨，因為根本沒有這個人。而且我也不是律師。」

「哦？」

「我是偵探，」我說，「受命調查一樁新近發生的凶案。」

「哇，老天在上。請問死者若非我失散多年的凱爾文叔叔的話，會是誰呢？」

「這人名叫傑克・艾勒里。」

他的眼睛有點凸，不過我是講出傑克的名字以後才發現的。「喝，真真見鬼了，」他說。「狗熊奶奶！媽的誰會想要宰掉傑克・艾勒里呢？」

「呃——」

「那隻瘋鳥差點搞到我中風，」他說，「真是有夠戲劇化。短短一個月裡他就給了我兩次驚嚇。

頭一回是活生生的出現在我眼前，接著哪是死給我看。他是怎麼死的？」

「槍殺死的。」

「警方排除了自殺可能嗎？」

「兩顆子彈，」我說，「一顆打進前額，一顆打進嘴巴。」

「如果那叫自殺的話，」他說，「應該是意志超級堅定吧。老天爺。」他又喝了幾口啤酒。「我壓根兒沒想到他會找上門。天曉得我已經多少年沒想到天底下還有這號人物。然後某天晚上我下班回家，我的門房卻指著個坐在大廳的傢伙，說他正在等我回來。我扭頭一瞧，只見他站起身來說：『克斯比嗎？』

「一聽就知道這人是打老遠來自時光隧道，因為已經好多年沒人叫我克斯比了。克斯比是我的中間名。我一直不喜歡哈洛德，不過高中時大夥兒全是那麼叫我，至於哈瑞嘛，嗳，還是不提也罷（譯註：哈瑞Harry是哈洛德Harold的暱稱），所以啦，等我上了柯蓋堤大學，頭一回碰到我的大一室友時，我馬上伸出手來說：『我是H．克斯比．哈特，大家都叫我克斯比。』從此以後我就叫克斯比啦。」他的眼睛看向我來。「後來改名是因為惹上麻煩。那事你清楚，對吧？」

我點點頭。

「我能全身而退還真幸運，」他說，「主要是因為我沒前科，又是家住郊區的中產階級白人。我得了個重生機會，所以決定另外取個名字來搭；好笑的是，其實我早有了別名，因為我老婆向來都是叫我哈爾。你知道吧，哈爾王子？莎士比亞（譯註：莎翁名劇亨利四世中的哈爾王子，年少輕狂，他登上王座成了亨利五世以後，與先前判若兩人」？」他搖搖頭。「不過現下大家都叫我哈洛德——亦即笑話裡那個老是付不出贍養費的哈洛德。」

「不過大廳那人叫你克斯比。」

他咧嘴笑起來。「又把話題拉回正軌了，是吧？轉得挺好的，怪不得美國政府會拿你的大名當橋名。該橋位在德拉瓦州，對吧？」

「應該是吧。」

「話說大廳那廝叫我克斯比——好久沒人這麼叫我啦，我一時想不起那人是誰。看來有點眼熟，而且外表，你知道，有那麼點落魄的味道，一副失了魂的模樣。以前是我的朋友，不過人生路一直沒走好。這會兒他死了，嗄？」

「對。」

「真可惜，」他說，花了點時間思考。「總之他跟我報上名字，我呢卻是一點印象也沒。當時沒有。他說他想跟我談，能否找個隱密的地方私下談？

「這會兒來了這麼個人，襯衫乾淨但是領子破了，鞋面挺亮可是腳跟磨損得厲害，而且鞋油底下看得見裂痕。這人當天早上是刮了鬍子，但頭髮好像早該理了——懂我意思吧？」

「人模人樣，但身無分文。」

「就這句話。所以應該是找我要錢，對吧？套個交情，總能討些錢上手吧。我想給五十好了，或許一百，然後他應該就會放過我，也許以後有了錢會還，不過應該是下輩子的事了，反正我也不在乎。行，不過我可不想請他進屋。大廳這兒應該夠隱密了，說著我便把他領到角落的兩張對角沙發去。我們坐下以後，我才發現不是討錢。他說他欠我一個道歉。而且可能還欠了別的，他說。」

他斜了頭，瞥眼看我。「這事你清楚，對吧？你是偵探，我猜應該是私家，而且你在查他的命案，可這會兒你卻是乖乖在喝蘇打水。抱歉，我實在忍不住要連連看。」

「你是當偵探的料。」

「只是二加二的簡單算術啦。總之他說他欠我一個道歉，他想修正錯誤。以前他是酒鬼，不過他已經戒了，現在他是滴酒不沾一心向上。他用了個什麼詞兒，說是要收拾他留下的，呃——」

「爛攤子。」

「沒錯。」他又喝下幾口啤酒。「媽的，上癮這事我略知一二。當初那個打擊搞得我尋死覓活，想到這點，我馬上知道他是誰了。就算曾經知道他姓啥，我也早就忘到太平洋去了，不過這會兒我聽他講話，他在講個古柯鹼交易，說他誆了我好幾千大洋，沒錯當然。老天在上，他就是高低傑克啊。」

「以前你就是這麼叫他的？」

「應該不是吧。我一向叫他傑克，或者兄弟，我們一逕都以兄弟相稱。嗨，兄弟。喂，有啥搞頭嗎，兄弟？不過如果你想知道到底是哪個傑克——」

「你才會講明是高低傑克。」

「沒錯。總之我想起那筆交易了。數字不記得，不知是兩千、五千還多少；我買的是高檔貨我記得，本人並非生手，所以當然會做好品管，我倒了些嚐嚐，的確是上等貨色。」

「你把貨帶回家後才發現上當了？」

「它竟然魔術樣的變成小孩吃的通便藥，」他說，「魔術是發生在庫基小店的男廁和我的公寓之間。倒也不是我頭一回著了道，當然也不是最後一回啦。我氣得想殺人，真的，不過同時我又好佩服他手法高明。而這會兒他人就在這裡，棲身於我們的大廳，端坐在這張組合沙發上，問我是否記得數字多少，因為他想分期付款把債還清。一個月還一點，直到全部付完他良心無虧為止。」

我沒看到他跟服務生打手勢，哪知那人像變魔術一樣又捧了杯Dos Equis過來。我的蘇打水才喝沒兩口。

他說：「乾杯，」然後啜一口。「你大概猜得出我怎麼回他。我說他一毛錢也沒欠我。不管他A了我多少錢，那些貨也都被我一鼻子吸個乾淨。何況那些錢是公司資產，本來就不歸我——我只是偷拿了根虹吸管從水桶汲出一滴入袋為安。當然我得還債；我確實還了，但不可能還清，因為他們不曉得我揩了多少油——其實連我自己也搞不清。總之不管我欠了多少，他們都已一筆勾消。對我來說，傑克欠我的債務也該劃掉。」

「你就這麼跟他說了。」

「沒錯，而且我還得指著天賭咒，因為這位老兄並不想輕易放過自己。我差點脫口要說——沒錯，我還真動了念——幹嘛啊，臭小子你穿著二手店的外套，打算每個禮拜塞張十塊鈔票給我，希罕啊！結果我只是跟他說，如果你想好過點的話，找家你愛的慈善機構捐點錢吧，至於你我兩人，咱們是兩不相欠。」

「他接受了？」

「磨好久才點頭。他說好吧，他會把我從名單上除名。看來我不是他唯一害過的人。」

「他應該是以不同方式傷過不少人，」我說，「他覺得需要一一跟他們修正錯誤。」

「說來你們戒酒這夥人大概都要來這套對吧？」他沒等我回答，只是揮揮手中的啤酒杯。「也許我也會親身去體驗喲，」他說。「在不久的將來。」

我沒搭話。

「我這陣子超迷啤酒的。不過我真正的問題是出在吸毒。我只要吸滿一鼻子的古柯鹼，壞事就會一樁樁找上門。不過後來我停了，再沒碰過。可我得跟你說喔，這玩意兒是陰魂不散。吧台那邊坐著個傢伙，我可沒要指給你看，不過只要我朝他使個眼色走進男廁，他一定會跟上去，我要啥貨色他都會提供。這人等於是住在這裡了，而且不管你走到哪裡，總會碰上他的分身。

「所以這些日子啊，我唯一肯讓自己碰的墨西哥玩意兒就是這家店的啤酒啦，或許偶爾吃過大餐以後會來杯小小的白蘭地。不過這樣不可能變成酒鬼對吧？」

「重點不在你喝什麼，」我說，因為我聽人這麼說過。「重點是喝酒會在你身上搞出什麼名堂。」

「這是你們協會的經典名言吧？沒錯，天曉得我會淪落到哪裡。不過我可沒要你幫我占個位置的意思喔。」

主啊，請讓我保持不醉。不過不是現在。

17

想找到法蘭西斯．保羅．杜卡斯其實不難，重點是要搞清楚：是卡不是克。總之我花了大把時間打給所有住在曼哈頓的杜克斯（譯註：Dukes：公爵的複數），以及所有的杜克（譯註：Duke：公爵的單數）。這兩種姓的人數都不多，而且依我想來，他們當中總有一個會跟法蘭西斯．杜克斯沾點親吧，或者至少應該聽說過。不過不管有沒有斯，沒一個幫得上忙。

然後某晚我從聖保羅教堂回到旅館時，看到有個留言要我打電話給比爾先生。我撥了紙條上的號碼，原來是頂尖小店，丹尼男孩過來接聽。「有空請來找我，」他說，「原本我是想留這句話，可我覺得講電話其實比較快。當然如果你想上門比較一下頂尖和普根酒吧可口可樂的可口度的話，我會恭候光臨。」

我告訴他，我已經打算收工上床了。

「那就把名字寫下吧，馬修。法蘭西斯．保羅．杜——卡斯吧，來，我拼給你聽。」於是他便一個個字母拼出來。「應該是匈牙利名字，或者捷克吧。總之就是俄國佬以坦克車大舉進攻時，名字上報的那種國家啦。」

「法蘭西斯．杜卡斯。」

「沒錯。我只有這個資訊，當然我還可以打聽到更多，不過單憑這名字你應該就可以找到他本人啦。」

8

這話不假。我掛了電話，打開電話簿一瞧，他的名字赫然便出現了，連同電話號碼以及東七十八街一個極東的地址。這就表示他的住所是在當初傑克中槍而死的那個房間的東南方，而且走路只要十分鐘。傑克要找他很簡單。而他要找傑克也不難。

隔早我打了幾次電話，連個答錄機都聯絡不上，所以我就搭了巴士穿過七十九街，在一長排的褐石建築當中找到他的地址。我按了杜卡斯的門鈴，沒人應，牆上掛著個鑲框的紙片指引我走向隔壁，我在該處找到大樓管理員。她住在地下室的公寓裡，爐子不知在烹煮什麼。我真的好想吃，聞來如同天上美味。

我說我在找她一個房客，杜卡斯先生。我的發音應該還算正確，因為她露出了讚許的表情。她的英文流利但帶點口音，她說我可以到他位於第一大道的鋪子去找他——杜卡斯父子聯營店。他是子，父親已然歸天——願他的靈魂安息。小杜卡斯如果不在店裡的話，應該就是在隔壁的泰瑞莎小館休息吧。他三餐都在那兒打發。

「不管他吃的是什麼，」我說，「肯定都比不上你的好菜。」

「本人的午餐，」她冷冷說道，「只有一人份。」

8

泰瑞莎小館跟一般紐約的咖啡店差不多，不過他們提供的特餐不是菠菜千層派或者牛肉茄子烤盤，而是蒜味燻腸和匈牙利燉牛肉。有兩個女人坐在雅座裡，不知是在享用過晚的早餐還是過早的午餐，一名戴著花布帽的老先生坐在吧台攪拌咖啡。我覺得他有可能是法蘭基（譯註：法蘭西斯Francis的暱稱是法蘭基Frankie），不過機率不大。

隔壁是家韓國蔬果店，再過去是間肉鋪，上頭的招牌寫著杜卡斯父子聯營店。有個跟我同齡或者稍長的男子站在櫃檯後面，他正面對著一疊羊肉剁出一片片羊排。這人矮短肥胖如同消防柱，頂著一頭濃密發亮的黑髮，八字鬍光鮮亮麗。鬍子和濃黑的眉毛裡，隱隱可見幾莖灰毛。看他耍弄切肉刀的俐落姿態，可判斷出此人應該不是生手。

我走進門後，他放下屠刀，問我今早想買什麼。「這些可是上好的羊排哪，」他說，順手拎起一塊讓我鑑賞。「而且你還剛好碰上打折。」

「抱歉，我不是來買東西的。」

「噢？」

「你是法蘭西斯・杜卡斯嗎？」

「幹嘛問哪？」

我挖出一只皮夾，甩個手打開，又甩了手合上。他雖然已經放下剁刀，不過他跟刀的距離頗近，我希望他能把我錯認為社會公僕。

「有幾個問題想請教，」我說。「事關一位名叫傑克．艾勒里的男子。」

「沒聽過這人。」

「他最近應該登門拜訪過你。」

「是來買肉嗎？找上門的都是要買肉。我的客戶。」

「他應該是來修正錯誤的，想跟你道歉——」

「靠，那個婊子養的！」

我往後退一步。剎那間，杜卡斯從穩重的商人搖身變成目露凶光的瘋子。

「那個鳥廝！那個混蛋！你認識那人吧，那個殺千刀的？你知道他幹了啥個好事嗎？」他沒等我回答。「他大搖大擺走進來，等客人全走光以後，就拔起槍來指著我鼻子說：『要錢要命！』」

「這應該不是最近的事吧。」

「那又怎樣？還沒久遠到我想不起來。臉蛋給人壓上槍，包你一輩子忘不了！」

「然後呢？」

「然後我就直發抖。我的手，抖得好厲害。我想打開收銀機，可我打不開那個鳥玩意。」

「然後他打了你？」

「拿槍柄打的。一下，兩下。我的頭都要炸開了，紅紅的血跟窗簾一樣淌下來。看到疤沒，在這裡。我醒來的時候，人在醫院。縫了好幾針，外加腦震盪，兩顆牙沒了。」他敲敲一顆大門牙。「裝上牙橋，」他說，「全是他的傑作。而且你知道他拿到個啥嗎？一毛也沒上手。他也打不開收銀機。鳥東西給卡住了。我倆都打它不開，我就這樣白捱了他一頓揍。」

「警察有——」

他擺擺手，一副不屑的樣子。「沒結果，」他說。「他們給我看了好幾本相簿。我光是看，頭就痛。他長什麼樣？我腦子一片空白，完全想不起他的長相。不過晚上睡覺的時候，卻在夢裡看得清清楚楚。」

「他的臉嗎？」

「夢裡一清二楚，都要把我逼瘋了。亂七八糟的夢。我不敢上床，因為很怕做那種夢，他會跑到裡面，我會死命想打開收銀機，可是打不開，然後他會像打鼓一樣狠命捶我。每天晚上都看到他那張狗屎臉，不過我一醒來，臉就不見了。我得睡覺才能看到臉，可是我不想看。」

吃安眠藥的後果更糟，可是有一陣子他不吃就睡不著。然後他戒了藥，慢慢的噩夢很少來找他，只有壓力很大時會回籠。朋友過世，親戚生病，於是他又會夢到那次搶案。然後有一天，噩夢裡的男主角竟然斗膽包天，又跑進了杜卡斯父子聯營店。

「我就站在這裡，可是不認得他。然後他就開始講話，聲音有點熟，在哪兒聽過，可又想不起。他說他欠了我什麼，還用個你剛用過的詞兒，說是得修——」

「修正錯誤。」

「沒錯，就這個詞兒。我搞不懂他在講什麼，接著他又劈哩啪啦說他以前酗酒，嗑藥，還搶人，啪個突然所有的事情都跑回我腦袋瓜啦，就是這傢伙，這個狗雜種，死混混。狗膽跑來我店裡，這你信嗎？就站在我面前，說他想要道歉！」

「你怎麼回應？」

「我怎麼回應？你說呢，先生？媽的給我滾，我跟他說。去死吧！去你媽的對不起！」

「然後他就走了？」

「沒馬上走。『拜託告訴我，我要怎樣做你才滿意？我能付錢給你嗎？要我幫你什麼忙嗎？』媽的白痴混帳嘛。他打算怎樣，幫我再長出兩顆牙嗎？我只希望媽的他立刻滾出我的店。所以我就拎起了這玩意兒。」

剁肉刀。「然後他就走了？」

「這個他懂。『別激動，別激動，』他慢慢往後退，然後出了門，於是我才把刀放下。後來等他走遠了，我開始打起抖來。」

「晚上又做噩夢了？」

他搖搖頭。「沒有，感謝老天。還沒到那地步。」他看著我。「為什麼？」

「你是說他為什麼找上門嗎？呃，據我所知——」

「不是啦，我幹嘛管他為什麼找上門？那個狗雜種頭殼壞了，他是混帳。我打不開收銀機他就猛捶過來，這還叫人嗎，誰管他為什麼做這做那？」

「那——」

「我是問你，」他說，「你為什麼找上門來？你找我幹嘛？」

「艾勒里給殺了，」我說，「我在調查他的命案。」

「有人殺了他？你老兄站在這裡告訴我，那個鳥廝已經死了？」

「怕是如此，而且——」

「怕？有什麼好怕的？這是大好消息啊。你知道我想說啥嗎？我要說，感謝老天，狗雜種死了！」他身體前傾，兩手放在櫃檯上。「『杜克斯先生』——這款人不把名字搞錯才怪——『杜克斯先生，拜託告訴我，我要怎樣做你才滿意。』他要怎樣做？我跟他說，請他去死吧，他可以那樣做。媽的去死吧。結果他還真做到了！」

「事實上，」我說，「是有人幫忙。」

「嗄？」

「有人殺了他。」

「哦？把這人找來，我請他喝一杯。怎麼死的？最好是活活被揍死。」

「中槍死的。」

「槍殺死掉。」

「沒錯。」

「很好，」他直截了當的說，「很好，我很高興。有個人死了，我很高興。等等，你該不會以為是我殺的吧，嗄？」

「別擔心，」我說，「看得出來不是你。」

18

「如果他殺了傑克的話，」我告訴葛瑞．史帝曼，「他會親自通報警方邀功的。這人一聽傑克死了，興奮到我覺得他有可能會打包幾些羊排送我，當成報福音的禮物呢。」

「『哈嘿喝，女巫女巫死掉囉。』他一定樂壞了，就跟慕奇小矮人瞧見桃樂絲的房子砰一聲砸到地上時一樣〔譯註：一九三九年，美國經典電影《綠野仙蹤》裡一段劇情。故事描述躲在屋子裡躲避龍捲風的小女孩桃樂絲連同房子一起被吹到慕奇小矮人的國度，落地時砸死了地方禍害東方女巫〕。你剛說了他很矮，對吧？」

「我打包票你不會把他錯看成綠野仙蹤的小矮人。」我離開杜卡斯以後，便打電話給史帝曼，和他在幾條街外的咖啡館碰頭。「而且他也不是迸個就會唱起歌來的類型。不過他跟他們一樣得著解脫倒是真的。」

「噩夢不再來也。」

「嗳。」我喝下幾口咖啡。「修正錯誤苦果真多，我看我還是慢慢來好了。」

「當初傑克的反應就跟你一樣，」他說，「我趕緊告訴他，他錯了。」

「噢？」

「他沒跟我講細節。道歉後對方轟他出門，他就立刻打電話給我。他沒說那人是誰，也沒講清狀況，只說了對方毫不領情還開口大罵，把他趕出店門。他覺得從頭到尾自己就像個癟三，心想到底該把那人除名，還是要採取更激烈的手段和解。」

「然後呢？」

「我跟他說，他應對得體表現完美。我說道歉的目的並不是要求對方原諒。那只是邊際效益而已。他雖然聽懂了，不過還是心亂如麻。他說原先根本沒想到自己竟然是那麼大的禍害。也不知道其實他欠的債絕不可能還清。」

這話還在我腦際飄盪時，他又說：「除非我算錯了，要不你應該只剩一個人要解決。是個菜市場名吧，我記得。」

「羅柏．威廉斯，」我說。

「這種名字的人出門隨便撞都會碰到一個。羅柏．威廉斯，其妻偷人也。機率有多大呢？」

「你是說找到他的機率嗎？還是發現他是凶手的機率？」

「兩者皆是。」

「渺茫；更加渺茫。」

「如我所想。馬修，可以收工了嗎？」

我看看自己的杯子。裡頭還有咖啡。

「不是啦，」他說，「我是說這個案子。依我看，你已經可以交差了。清單列了五個名字，其實只能算四個，因為有個在牢裡——」

「派柏・麥雷許。」

「——而且你又排除了沙騰斯坦、克斯比・哈特還有剛說的杜卡斯先生；說來，你的任務就是要找出清單上是否有哪個名字，我們該送交警方。這會兒只剩下羅柏・威廉斯了，如果把這名字交出去——」

我點點頭，想像著我和丹尼斯・瑞蒙之間的對話：「多年前他和這人的老婆有染，後來他有可能找上門想跟對方道歉。」是喔，最好我是會這麼說。

「我不曉得你花了多少時間調查，」他說，「不過依我看，我給你的一千塊已經是物超所值。打聽消息時你有額外支出嗎？」

「零星散了些財罷了。」

「所以你還得從那一千塊扣除囉。我應該再給你錢吧，馬修？」

我搖搖頭。「你請我這杯咖啡就好。」

「就這樣嗎？確定？」

「我還過得去，」我說，「也許我還可以排除威廉斯的嫌疑呢。放些話出去，搞不好會得著什麼消息。這種事很難講。」

∞

確實難講。我隔天於午夜前不久回到家，只見雅各坐在櫃檯後面，給團團包圍在經我長久推敲後判定是「普拿疼伏冒錠」散發的迷霧裡。他說有人打了一籮筐電話給我，但是沒留口信。「同一個人，」他表示，「每回都說等一下再打來，硬是不肯留下姓名電話。」

我回到房間，沖了澡，很慶幸來電的人沒有留言，因為我已經好累好乏。我今晚參加了聚會，然後到火焰餐廳喝咖啡，跟吉姆又聊得過久。我決定告訴雅各不要轉接電話，可是正當我要拿起話筒時，鈴聲卻響起來。我拿起電話，聽見的聲音如同三十哩長的石礫路面：「搞了大半天，總算能跟馬修．史卡德本尊講上話啦。」

「你是誰？」

「你不認識我，馬修。我是史蒂芬，有幸和鼎鼎大名的第一代扒糞專家同姓。我已經打電話找了你一整晚。」

「如果你留了話，」我說，「我是會回電的。」

「嗯哼，可我一直在路上沒停腳。這樣就長不出青苔了我知道（譯註：英文有句俗話說「滾石不生苔，」通常是用來形容人常換工作，無法累積經驗與人脈），不過青苔嘛其實留給朝北那頭的樹幹就行了。所幸這會兒我終於定下來了，而且這地方我知道你很熟。」

「噢？」

「就在你家附近的轉角，」他說，「本以為一進門就會看到你，所以我才會跑來。可吧台後頭的傢伙告訴我，這陣子你其實鮮少光顧。」

我知道他人在哪裡。不過我還是等著他講明。

「阿姆斯壯酒吧（Saloon），」他說，「奇怪他們連招牌上的Saloon都拼錯了，應該拼a的地方卻弄上個星號。」

S*loon。法律上有這麼個條文，是從禁酒年代遺留下來的蠢規定，說是開店絕對不能在招牌打上Saloon一字。當初定那條文是要安撫反酒館聯盟的成員，意思是如果擋不了老百姓開Saloon的話，至少你可以強迫他改個名稱。所以林肯中心對面的派崔克．歐尼爾Saloon才會變成派崔克．歐尼爾Baloon〔譯註：汽球正確的拼法是Balloon〕；有人提醒老闆有此法律規定時，招牌都已經訂好了，所以他臨時決定乾脆把S改成B，一了百了。據說此人有句名言是，汽球兩個字寫錯了總不犯法吧。

吉米原本是在Baloon當經理的，後來才在五個街口以外的地方開了自己的店，而他規避法律的辦法就是把字母a換成星號。我大可以把這段故事一五一十的跟這位神祕的史蒂芬先生報告的，不過我猜他應該有個譜了。

「這人拼音爛歸爛，」他說，「調酒技術倒是一流，我甘拜下風，不過這兒連個點唱機都沒有，實在太遜——因為搞不好點唱一首肯尼．羅傑斯〔譯註：Kenny Rogers是美國知名的鄉村歌手〕，她的名字便可揭曉。」

這人是酒鬼，三更半夜四處打電話找人瞎扯。我心一橫很想立刻掛斷。「有心戒酒的人，我一定幫忙，」吉姆．法柏跟我說過。「不論晝夜，隨時奉陪。不過這人得在灌黃湯之前打來才行。

若是之後打來，我講話的對象就是黃湯了，本人可沒那個美國時間跟黃湯講話。」

「露絲爾，」他說。「閣下滿意否？我是憑空想出來的喔，完全沒靠肯尼．羅傑斯幫忙（譯註：羅傑斯曾經唱紅過的一首歌叫做露絲爾（Lucille））。」

「我不懂。」

「羅柏．威廉斯的老婆啊，你不是急巴巴在找她嗎？史卡德先生，我就在轉角這裡，專心等你上門請我喝一杯。」

19

想當年在一場華盛頓高地的搶案發生死傷後不久，我便不知不覺的淡出警界以及安妮塔和兩個兒子的束縛，搬到西北旅館租下一個房間。房裡斯巴達式的裝潢和我搭配得宜，而其後我酗酒愈來愈凶，日子過得愈來愈糟的那段期間，我也一直以該處為家。

不過這畢竟只是個我睡得著時可以上床，睡不著時可以呆看窗外的地方。為了找個可以兼做客廳與辦公室的所在，我通常是去位在附近一個路口的吉米·阿姆斯壯酒吧。

我在那裡度過許多時光。我在那裡和朋友碰頭，和客戶會面，並享用過無數餐點，我在那裡可以記帳，我在那裡喝了許多波本，有純波本也有加冰塊的，有的則和濃郁的黑咖啡攪拌在一起。

我是阿姆斯壯的常客，也認識其他在此處度過許多時光的紅男綠女。羅斯福醫院的醫生和護士、耶穌會富敦大學的學術人士、茱莉亞學院和林肯中心還有卡內基廳的音樂人，以及林林總總剛好住在這附近的各色人物。他們全都喝酒，至於哪些人是酒鬼可輪不到我發表意見。總之，我想聊天時自然有人配合，而我不想時，眾人也會自動遠離；酒保和女侍則會不斷的供酒給我。

偶爾我是會帶個護士或者女侍回家，不過這些我為了撫平自己終究壓制不住的孤寂而找來的女人，都沒有跟我發展出浪漫關係。有一天，某位沒跟我回過家的女侍從高樓跳窗而下。她的妹妹找上我來，說是無法接受官方的自殺說法。她雇請我調查真相，因為幫人找出真相便是我放棄警徽後的營生方式。結果還真給她說中了，她的姐姐跳窗確實是有人幫忙。

話說回頭，阿姆斯壯酒吧：我剛開始戒酒時，搞不懂為什麼我不能再上那家店。該店提供美食，既適合獨自靜坐，亦頗宜於和潛在顧客碰頭，即使不喝酒也可以待得很舒服。後來聚會時我聽人說，想避免重蹈覆轍，就得避開有覆轍可以重蹈之處，然而我卻常看到那些處於戒酒期的酒保，硬是可以把工作做得好好的。畢竟，叫我們爛醉的是酒，而不是販售那種恐怖商品的地方。

我不記得到聖保羅聚會時，有誰曾特意要我避開酒館。規避之必要是我自己想通的：我若累積愈多不喝酒的天數，就會愈加懂得滴酒不沾的好處。可是只要拿起酒杯，辛苦累積的天數就會霎時變成了零，所以只要在酒館多待一天，就多了一天的機會踩到地雷。

所以囉，我在阿姆斯壯的老位子是愈坐愈不舒服，就算我只是在那兒享用漢堡、喝杯可樂以及看看報紙。有一天，我拿起咖啡竟然聞到了波本。我把飲料捧去吧台，提醒路西安說，我正在戒酒。

他指著天發誓，他並沒有添加威士忌，但他還是拿了杯子，把咖啡倒進水槽。「有可能我是神遊太虛去了，」他說。「果真如此，我應該也不記得了，對吧？所以我還是重新來過吧。」我看著他選個乾淨的杯子，拎起咖啡壺倒進咖啡；我捧著杯子回到座位，可是卻再一次聞到波本。

我知道咖啡沒問題，因為我是親眼看著他倒的，不過我曉得自己絕對不能喝。幾小時後我開始醒悟到，我得避開阿姆斯壯才行。我是隔了一兩個禮拜才跟吉姆．法柏講述這段經過，他點點頭，說他早知道我遲早要得出這結論。「我只是希望你能在破戒以前醒悟到，」他說。

之後我還是回去了一次（最後一次），確定我沒欠帳，並留話說如果有人找我的話，請他到我的旅館。那之後，我好幾個月都沒再踏進他們的門檻。

還好路過阿姆斯壯時，我從沒有經歷過天人交戰的痛苦。某次聚會時，我聽到一名女子談及她公司附近某家酒吧對她有致命的吸引力，而她每天又得路過該店兩次。她試過走在對街，但魔力並未因此減弱。「我下了地鐵站以後，總得繞到另一條街再繞回來，下班時又來一回合，每天總共要繞兩回，等於多走，嗯，差不多五分之一哩路吧，為的就是不要給吸進凱迪小店——雖然這事其實不可能發生，但我還是不厭其煩天天繞。何況另外還有個好處就是可以燒掉好些卡路里，不是嗎？」

∞

我並沒有消耗多少卡路里。我搭了電梯到大廳，出門走到五十七街，然後右轉，走過幾家店面到了第五大道。我再次右轉，阿姆斯壯就在不遠之處。

我有感覺到致命的吸引力嗎？不知道。也許吧。我覺得應該是同時感覺到吸力和斥力，而且兩者威力相當。

我打開門走進去，吸了一口氣，馬上意識到我是身處於吸菸及喝啤酒的人群當中。兩個念頭同時襲來：味道很恐怖，但聞起來有家的感覺。

吧台坐了十一、二個人，大半我都見過。約莫三分之一的桌子都坐了人。沒有大群聚會，頂多只是兩三人一桌。整個空間的談話聲壓得夠低，所以可以聽見音樂。吉米開店後不久，就把點唱機處理掉了，只留下收音機，成天播放古典樂。

阿姆斯壯酒吧的牆壁是不協調的組合，而這堆垃圾當中的精華則是一只高掛在後牆的麋鹿頭。鹿頭的正下方，坐了個壯實男子，他正透過鼻梁上那副寬大的玳瑁眼鏡望向我來。這人和我年齡相當，穿了西裝打著領帶，細薄的嘴半笑不笑。他正在抽菸。看那菸灰缸的模樣，應該不是第一根。

「露絲爾，」他說。「你知道這條歌，對吧？媽的，誰沒聽過啊。她挑了個黃道吉日離開他，丟下家裡四個流鼻涕的小雜種，以及田間有待收割的大麥跑掉了。所以啦，唱歌的人決定還是不要上她為妙，因為他為那個哭到不行的老公感到好難過。真實人生裡頭不可能發生——如果她跟歌裡描述的一樣漂亮的話。拜託坐下來好吧，天老爺。你想喝個什麼呢？」

∞

女侍是新來的，高眺纖瘦頭髮暗金色，看來是個小迷糊，不過飲料倒是沒搞錯。她遞了杯可口可樂給我，史蒂芬則是再一杯蘇格蘭威士忌。他說：「范恩．史蒂芬。你不記得我了，對吧？」

「我們見過面嗎？」

「事實上，」他說：「我也不清楚。不過你一進門，我就認出來了，因為我在等你吧。有過兩次喔，你我同時在同一個地方出現過，不是這裡，不過離這兒不遠。那家店已經收了。摩里西酒吧，是逾時營業的酒吧。你還記得嗎？」

「當然。」

「他們真是功德無量啊，摩里西兩兄弟。絕不會因為已經過了凌晨四點就不供酒，這可是會死人的啊。我有好幾年偶爾會去光顧，在那兒看過你至少兩次，也許不只。你跟一個叫戴佛的傢伙一起，他在隔個路口的地方也開了家店。」

「史吉普．戴佛，他的店叫小貓小姐。」

「也是收攤的命。而且我依稀記得他好像死了。跟咱們同齡，對吧？他是怎麼走的？」

「急性胰臟炎，」我說。沒錯，史吉普的死亡證明書就是這麼寫的，我老覺得是酒精和悲傷聯手殺了他。

史蒂芬搖搖頭。「好個悲慘世界，」他說，「你跟我，有人在摩里西引見過我倆認識對吧？我完全沒印象，因我通常都是凌晨三四點以後才到，而且已經是爛醉如泥，所以發生過什麼事我有可能忘記，而我記得的事也有可能沒發生過。總之呢，有一天我聽人提起你的名字，馬上想起見過你。」

「怎的會有人提起我？」

「那人哪，」他表示，「跟大家說，你在找一個叫羅柏．威廉斯的傢伙，這人的老婆跟傑克．艾勒里好像有一腿；而且據我所知，傑克最近遇害了。」他點了支菸，一把捏扁了空菸盒。「你不抽菸，對吧？」

「對。」

「而且這會兒你坐在這兒，是喝可口可樂呢。聽說閣下開始戒酒了。置身這種地方，你會不自在吧？」

「不會，」我說。這話並不全然真確，不過我應該沒必要跟他肝膽相照吧。「你剛說你跟某扒糞專家同姓。」

「約瑟夫．林肯．史蒂芬是也，不過他文章上的署名都省掉了約瑟夫。此人寫過《美國城市之恥》大罵貪腐並呼籲推行改革。而且還真奏效囉——這點閣下應該已有所聞。」他咧嘴笑笑，猛吸口菸。「不過他的傳世之作，應該是他去蘇聯旅遊回來後寫的文章。『我在那裡看到人類的未來，領悟到烏托邦是可行的。』可惜這句名言只是個美麗的誤會，因為其實他寫的是他『曾經去過未來，』而不是看到未來。總之後來他修正了自己的想法，覺得那根本不是人類的未來，因為行不通。由此可見，我們說話一定要小心，因為聽的人會偷偷改換某些字，而且很久以後連你自己都不相信自己講過那種話時，他們還要一直引述你。」

「有意思。」

「您太客氣了，馬修。他的事我知道一籮筐，誰叫我跟他同姓呢？所以談起這話題，難免有裹腳布的味道。不過，我們沒有親戚關係。我們家族的姓氏一兩代之前給改過，原先是史帝凡生，跟那位北極探險家一樣〔譯註：Steffansson，原籍冰島，探險家、人種學家〕。不過我們跟他也沒有親戚關係。」

「你剛說你叫范恩？」

「原本是艾范恩德，」他說。「我娘幫我取這名字，我已經原諒她了〔譯註：艾范恩德Evander，原文的發音很像薰衣草lavender〕，老天保佑她在天之靈。我把名字切到只剩范（Van），然後又多加了個N變成范恩（Vann），免得別人誤以為我姓范史蒂芬，你知道就像范戴克，或者范瑞索勒一樣〔譯註：范戴克Van Dyke和范瑞索勒Van Rensselaer都是美國很少見的姓，通常是荷蘭裔移民，類似台灣的獨有姓氏范姜〕。」

「而且他們也不是你的親戚。」

「你看得出我一再陷入的困境了吧，嗄？」他拍拍胸前口袋，想起自己才抽完一包菸。「我得再吸一根，」他說，「販賣機在哪兒？」

我搖搖頭。「這裡沒販賣機。隔壁有家小雜貨店，叫先鋒。他們賣香菸。」

「這地方沒機器？媽的怎麼回事？」

「吉米反對吸菸。」

「每張桌上都擺了菸灰缸啊，這裡有半數的人都在吞雲吐霧。」

「他沒打算禁菸，只是不想鼓勵抽菸。」

「老天！你剛說隔壁？」

「出門左轉就是。」

「天老爺。還好他不反對喝酒，要不這家店收支恐怕很難平衡。」

20

他離開時，女侍走過來，清掉菸灰缸。我想起摩里西兄弟，以及他們開在二樓的酒吧——樓下是一家非百老匯的愛爾蘭劇院。我想到史吉普・戴佛，我想到了傑克・艾勒里，同時我也想到了范恩・史蒂芬杯子裡的蘇格蘭威士忌以及正在溶解的冰塊。

吧台另一頭的牆上掛了台公用電話，我逡眼看去時，一名蓄著山羊鬍、理著平頭的男子剛好掛上話筒。他檢查了他投的錢有無退回，然後便走向廁所。

我打給我的輔導員。「我在酒吧裡，」我說，「跟線民在談話——總之我覺得他應該會變成線民。我實在不想來這兒，但又覺得非來不可。」

「你還好吧？」

「我剛在喝可樂。他已經離開座位，留下一杯威士忌在桌上，我覺得我最好能奉獻兩毛五銅板把你吵醒。」

「我本來就醒著啊，那杯威士忌你覺得魅力無窮？」

「它開始混亂我的心智了，」我說，「我人在阿姆斯壯酒吧。」

「喔。」

「我們不知不覺聊起了舊日時光。我從沒見過這人，不過依他說，我們曾在類似的圈子混過。」

我透過窗戶，看見史蒂芬從雜貨鋪走出來。他在人行道上停了腳，打開一包幸運牌香菸。「這人要回來了，」我告訴吉姆，「我得掛了。我還好，只是覺得該打通電話給你。」

「反正你銅板多多。」

「一向如此。」我說。

∞

「咱們坐的是這家店最棒的桌位，」史蒂芬說，「你知道原因嗎？」

「想必你會告訴我。」

「坐旁的地方，咱們得跟那隻麋鹿大眼瞪小眼。坐在牠正下方的話，就根本不用跟牠打照面。」

「我覺得應該是美洲赤鹿。」

「受教受教。好吧，既然這會兒咱們在相互指教，我得說一聲那家雜貨店其實是叫先峰，不是先鋒。媽的白痴，連店名都寫錯。」

「那家店原先是連鎖店，結果大財團倒閉收攤，所以他們只好改名。」

「只要改個部首就好。」

「比較省錢吧，我想。不過大家都還是把它當成先鋒。」

「換了個部首的先鋒，以星號代替a的Saloon，以及不賣香菸但菸霧瀰漫的酒館。可樂你喝得慣嗎？」

「沒問題。你剛才好像是要告訴我威廉斯夫婦的事對吧？」

「沒錯，而且幾句話就可以交代完畢。我已經跟你說了，她名叫露絲爾。挺標緻的個女人，而且不吝於取悅男人。有一天晚上，輪到我中獎了，雖然沒再跟她春風二度，不過我對她的好感可沒減少半分。這麼說好了，我從沒擔心過她的老公會把我宰了。」

「亦即羅柏．威廉斯，不過你好像是叫他鮑比〔譯註：羅柏Robert的暱稱為鮑比Bobby或者巴柏Bob〕。」

「沒錯，不過名喚鮑比．威廉斯或者巴柏．威廉斯的人，恐怕跟羅柏是一樣多，而且我和差不多其他所有人一樣，其實是叫他速克達。」

「速克達．威廉斯。」

「因為他曾擁有過那麼一台，呃，嬌小的摩托車。」

「亦即速克達。」

「嗳，是是，不過我是想說他那台的牌子。偉士牌吧？應該沒錯。所以其實大可以叫他偉士牌．威廉斯的，不過沒人起頭，所以就叫他速克達吧。記得那台車他也沒騎多久——或者說久到因此得了個綽號，可之後它就給賣了，或者偷了。」

速克達來自中西部，是紐約大學的中輟生。他在下東城某聲名狼藉的街區租了間廉價公寓，之後他遇見露絲爾，娶了她。他白天猛抽大麻，販毒則是為了賺取足夠的錢供他繼續抽。他在幾家搬運公司兼差，開輛破爛的計程車賺點外快，也幫當地的民主黨辦公室打打雜。
「應該就是你要找的人，」史蒂芬說。「太太偷人，而且他認識那個叫啥名字的。」
「傑克・艾勒里。」
「嗯哼。艾勒里偶爾會幫搬家公司搬運。說來挺好玩的——只要他幫忙搬家，一兩個禮拜以後該戶人家就會遭殃，家裡的寶物全數清空。」
「你也認識艾勒里嗎？」
「我知道他是誰，不過我們只是泛泛之交，沒啥交情。」
「說來你是記者吧？」
「哪來這想法的？」
「不知道，大概是推算你會追隨你那位有名的非祖先的腳步吧。」
「扒糞，」他說。「媽的，我可是他的死對頭。我不扒糞，本人負責製造糞便。《美國城市之恥》。哈，這書名說的正是在下我，馬修。我現下在河對岸某地方黨部任職，如果把紐約的貪腐清乾淨的話，本人就得另謀高尚的出路了。」
他抽出一只精緻的小牛皮名片夾，遞了張名片給我。范恩・史蒂芬，上頭寫著。竭誠為您在澤西城服務（譯註：澤西城隸屬於紐約大都會區，和曼哈頓下城區隔著哈德遜河相望。該城的商用房地產市場的商機在美國名列前茅）。沒有地址，只印了個電話號碼，以及區碼二〇一。
「每個人都需要朋友，」他說。「尤其是在澤西城。你有名片嗎？」

我的輔導員是印刷商，名片我永遠不缺。我挖了一張給他。

「我還以為我的名片已經是極簡風了哩，」他說。「只印了你的名字跟電話，這兩樣我本來就知道啦。」他把名片收起來。「不過我會留著。收到別人名片，當然就要保留。不收太不禮貌了。不過等等，借用一下我那張名片好嗎？」

我乖乖照辦。他拔下原子筆筆套，在名片的背面以大寫印刷字體寫下SCOOTER WILLIAMS（速克達・威廉斯），然後參考了一本小記事簿，再寫上一組地址和電話。記事本是黑色小牛皮做的，和名片夾成套。

「哪，給你，」他說。「你若跟他碰頭的話，不到十分鐘就會把他剔除名單了。」

我謝了他，瞥眼瞧瞧他寫了什麼。地址是露特羅街，所以速克達還是住在爛城區的廉價公寓沒搬走。我抬眼看看史蒂芬，不知道他打算要什麼做回報。

他在我提問以前，就作答了。「你可以幫我付酒錢，」他說，「我沒別的要求——拜託拜託，我是他媽澤西城的選票機哪，服務選民是我的頭號工作，就跟努力污掉公款一樣重要。再說，你不愁沒有機會可以還我這份人情。」

「我可不知道怎麼還，范恩。澤西城沒我投票的份。」

他笑起來。「嘿嘿，別那麼有把握喲，老兄。投票日當天請上門，我保證讓你在每個選區都至少有一票可投。這麼辦吧，我就讓你再請我一杯，然後請你告訴我他媽你為什麼那麼在乎是誰在傑克・艾勒里身上打兩個洞。」

8

我跟他說的比我原本打算講的要多。這人是個好聽眾，該點頭的時候點頭，偶爾也會提出意在驚人的問題或見解。起先我看他不過是個浮誇之徒，但聊了一個多小時後，卻也逐漸對他產生好感。或許他後來覺得無需再以連篇如珠的妙語吸引我，所以態度和緩了許多。或許我也慢慢擺脫了坐在阿姆斯壯酒吧的不自在感吧——而這點是好是壞我並不確定。

帳單由我付，出門前我想起某事。「你是萬事通先生，」我說。「有件事也許你曉得。」

「如果你是要考我各州首府的名字，那就省省吧。我的地理很爛。」

「高低傑克，」我說。「你知道大家為什麼給他這個綽號嗎？」

「我連他有這款綽號都不曉得哩。高低傑克，這倒新鮮。」

「其實也不重要，」我說，「只是覺得你或許知道。」

「媽的，我最恨讓新朋友失望了。」他啪個扳起指頭。「嗯，搞半天也許我有答案喔。我敢說一定是因為速克達這綽號已經給人捷足先用了。」

21

「嗨，你好！」燦爛的笑容，露出好一陣子沒給牙醫檢查的牙齒。「就是你打的電話，對吧？你提過名字，不過我不記得了。」

「馬修・史卡德。」

「噢，對對。請進，馬修。抱歉這地方像豬窩。清潔婦明天一大早就會來。」

一張印花扶手椅上堆了許多雜誌。他一把撈起雜誌，示意我取而代之。他把雜誌堆在一張木門改裝的矮桌上頭，然後拉了把折椅坐下。

「清潔婦的事我是開玩笑啦，」他說。「我是這裡唯一的清潔工——所幸本人工資不高。」

這間公寓其實不算太亂，而且就一間下東城的大麻吸食患者的住所來說，它其實已經算是頂級空間了。依我判斷，在那一堆堆垃圾底下，地板其實還算乾淨。

昨晚我和范恩・史蒂芬聊過通宵以後，今早便打電話給威廉斯了。撥號之前，我先查了電話簿，果真看到他的名字：羅柏・威廉斯，電話號碼和露特羅街的地址都跟范恩寫給我的一樣。其實他大可要我自己查就好，不必那麼細心的以印刷體寫下資訊，不過他說了服務人民是他的志業，何況寫字又只是舉手之勞。

電話鈴響了幾次，威廉斯接聽時好像很喘，想來是要趕在答錄機之前接到電話吧。我說了我的名字，表示我想跟他談談傑克．艾勒里，他重複了幾次傑克的名字，然後說：「對，老天，聽說了。好恐怖，是吧？我頭一回是聽人說他自殺了，但覺得沒道理。我是說，放眼看去一天到晚都有人割腕跳樓什麼的，沒一個有道理；不過他好像不是自殺型的人。你跟他熟嗎？」

「很久以前是朋友。」

「跟我一樣。不過後來我聽說，是有人殺他，可那也沒道理啊，因為媽的怎麼有人會想殺傑克呢？他們是怎樣，開槍打死他嗎？」

我說恰是如此。他說聽人正是這麼說的，真真想不到，想不到啊。我問我能否到他家談談，他說沒問題，何不呢，反正他整天都窩在家裡。我打算什麼時候到？下午嗎？

我先吃了早餐，然後參加中午舉行的爐邊談話，再搭F線地鐵抵達該線在曼哈頓的最後一站。我事先看過地圖，所以輕易便走到了露特羅街；兩點一刻時，我已坐在那張扶手椅上。扶手有磨損的痕跡，彈簧有些垮塌，不過我跟先前堆疊在椅面的雜誌一樣，安坐其上沒問題。

這棟大樓的前廳和樓梯間可聞到拉丁美洲和亞洲的混合氣味，不過速克達．威廉斯的公寓散發的主要是藥草氣息。這裡頭的三個小房間被大麻長期燻過，其氣味已滲入牆面和地板，並將速克達的生命據為己有，讓它永遠停擺。

他約莫四十五、六歲，詭異的是，他看來比他實際的年齡要老，卻同時也更年輕。他滿頭暗褐色的頭髮蓬鬆凌亂，有可能是他親手動的刀；他的八字鬍萎垂，修剪得東倒西歪，而且已經好幾天沒刮下巴了。

他穿了件紅褐色的尖領長袖運動衫，那上頭又套了件起碼有二十個口袋的卡其色背心。所謂的「攝影師背心」吧，記得有這麼個名稱，不過我真是搞不懂怎麼有人可能記得哪個口袋擺了哪些底片呢。他的藍色牛仔褲褲腳開著時下已不多見的喇叭口，而且底端脫線，膝蓋處磨損嚴重。

他談了談他在電視上看到的什麼——某科幻節目吧，他覺得以哲學角度分析起來還頗饒趣味。我的腦子立刻接到別的頻道，讓他自顧自講了一陣，等他提到傑克的名字時，我的心思才又回來。

「真是晴天霹靂，」他說。「多少年沒他消息了，多少年沒想到他了，哪知電話鈴響起竟然是傑克哪。他能過來嗎？嗳，當然。我還在老地方。打從，哇，打從我大學沒念完以後，我就在這裡了。搬了進來，然後再也沒搬出去過，你信嗎？已經超過二十年囉。」

「所以他就過來了？」

「他來電以後幾個小時，門鈴響起，是他。你知道我當時是怎麼想的嗎，先生？猜得出來吧？我覺得他是想來跟我——」

「買，呃——」

「大麻，」他說。「每次聽人說它是入門毒品我就抓狂，因為我一直都卡在這扇門上。我是九月開始在紐約大學上課的，上不到一個月，我的室友就拿了說來應該是挺劣質的大麻釣我上鉤。我深深吸了一口，然後你知道怎麼啦？」

「怎麼啦？」

「根本沒怎樣。我把所有大麻都吸完了卻沒半點感覺，鴨蛋一顆，零感覺。不過我倒是覺得有那麼一滴滴餓起來，你知道，所以我就拎起我書桌上的一罐花生醬，拿根湯匙一瓢瓢挖來吃。真是人間沒有的美味，我好像是突然注意到花生醬所有幽微、神妙的滋味，然後我才霎時領悟到，我是他媽的給毒品迷昏頭了。」

他把那罐花生醬清空，而且在吃完之前很久，他就知道自己的人生要怎麼過了：他打算一輩子都要維持那種感覺。

「有那麼一陣子，」他說，「你會不斷追求更高的高潮，不過到後來，你就會發現那是百分之百不可能的目標。而且其實你也不需要愈爬愈高。只要爬到高處就夠高了，你知道？」

他對別種的毒品從沒起過癮頭——興奮劑、鎮靜劑、迷幻藥。他試過一次磨菇、一次梅斯卡靈（mescaline）、兩次古柯鹼——只是嘗鮮而已，對他個人來說，還是好品質的大麻最優。他每天吸食，而且賣掉的大麻也能換得足夠的進帳讓他吸個夠，有時甚至還能多賺些許零頭供他別處花用。

「從來沒給逮過，」他說，「有可能創了毒蟲界的最佳記錄喔。我只賣給我認識的人，而且附近的警察都認識我，知道我是幹嘛的，他們曉得我不會害人，也不會進行大宗買賣，所以從沒找過我麻煩。我日子混得不壞，也一直保持酣的狀態，你說這些詞兒是不是可以湊出一條歌來了？滿有點味道是吧？」

「不過傑克並不是想跟你買貨。」我說。

「噯，喔，咱們剛才一溜煙兒到千里遠去了，是吧？沒錯，他不是。我提議他嘗個鮮，你知道，試試就好。可我話還沒講完，他就點明他是酒鬼，不過這會兒他戒了，意思是好玩的事他全不能做。大麻、毒品等等。只要是讓你腦袋好過的玩意兒全不能碰。起先我覺得莫名其妙，不過經他用白話文解釋以後，我懂了。」

「人沒辦法同時保持酣跟清醒的狀態，」我說。

「就這句話！一字不差，總之聽他那一解說，我就了了。所以我很知趣，只拿了罐橘子汽水招待他——說來我也想請你喝汽水哪，因為我看你跟他應該是同一國。這會兒我想喝，要不要我也幫你拿一罐？」

我倆直接就著罐子口喝。我想不起自己上回是什麼時候喝的汽水，心想下次再喝應該也要拖到那麼久。

「你喝橘子蘇打不喝酒，想來你該知道他來這兒要幹嘛。」

「大概吧。」

「修正錯誤，據他說。他一步步走來，打算彌補以前犯下的所有錯誤。你也來這套嗎？」

「還沒開始。」

「老天，我從來不酗酒，你知道嗎？我從潘布克高中一畢業，就到處參加轟趴，然後一身酒臭回到家。衣服不脫倒上床，然後開始覺得房間在打轉。趴到床邊，往地毯上大吐特吐，然後暈死過去。早上醒來，就跟自己說絕不再犯，而且是說到做到。」

他的故事我已經不知聽過幾千幾萬遍，只有最後四個字是新鮮的。

「修正錯誤，」他說，一副嘆為觀止的模樣。「怪道為哪樁啊？他又沒傷過我半毫。我跟傑克八百年前是在一起鬼混過。幫幾家搬家公司打過工，一塊兒吸點大麻，一起四處閒晃。噢對，倒是有件事我受不了：他要我通報他哪些人家是肥羊。你知道，我幫忙搬過家的住戶，看他們有無寶物能偷，還說待他洗劫過後，我可以分得好處。」

「但你沒興趣。」

「還用說嘛，老兄，」他搖搖頭。「跟福利單位污點小錢——騙走一張我沒資格拿到的支票；或者跑到克蘭百貨摸走幾雙襪子一件襯衫，好啊，何不？我又不是聖人，幹那些事我是OK的。不過跟小老百姓偷東西可不成：我見過的人、付錢給我照看物品的人、付我小費的人？對不起，不合本人品味。」他咕嚕嚕灌下一大口汽水。「借問他要修正啥種錯誤呢？我啊是當場就搖頭說NO，根本沒給誘惑到，而且我也沒把他打到壞人國，只是跟他說了不要，因為不合本人口味。說起來——」

「怎麼樣？」

「這會兒想想，其實欠他一份情的應該是我。因為我對他不起，有幾家我打工的搬家公司，我跟他們說了別再雇他。沒講原因，只說了傑克散漫不可靠，搬東西不肯多出力，偷空就要休息。倒也不致讓他變成拒絕往來戶，或者打上黑名單，只是公司找人都是最後才考慮到他。照說我是他朋友，可我卻礙著他不好找活兒做，所以也許——」

他的聲音愈說愈小，我都可以瞧見他把這問題放在腦子裡轉啊轉的。他看來應該是有能耐把下一個鐘頭的時間全部拿來推演這當中所有的哲學含義。

我說：「不過他倒沒這麼想。」

「噢，」他說，「對，當然。他滿腦子都是鷺鷥。」

「什麼意思？」

「露絲爾的小名是鷺鷥啦，先生，我的寶貝老婆。」他歪著頭發起愣來，對著某個回憶微笑。「古早的事囉，我跟她。她已經不是我老婆了。跟她分手以後，我又有過好幾個。依我的經驗哪，她們老是來來去去。你知道好笑在哪裡嗎？」

「哪裡？」

「她們的年紀都差不多。我是說，把家當全搬過來的那些。如果哪個小妞只在我這兒待個，比方說，十五分鐘的話，她什麼年齡都有可能。不過搬進來的妞兒，鞋子塞我床底啊什麼的，那些個永遠都是二十四、五歲。想當年我十九歲時，褲襠裡塞的是個比我大六歲的女人，而現在我幾歲啦，四十七吧？我最後那個女人，嗯，好像是一年前搬走的，她可是比我小了整整二十歲喔。哈，我成了格雷的畫像不成？你了吧？」他皺起眉頭。「只除了並不完全是格雷，總之你懂我意思對吧〔譯註：《格雷的畫像》是愛爾蘭作家王爾德的小說，主角朵立安．格雷與魔鬼交換條件：他可以永保青春，他的年齡和惡行都只反映在他的畫像裡；魔鬼則可以取得他的靈魂〕？」

「露絲爾，」我說。

「噢，對。天哪，她可真是個尤物。頭殼壞了，不過是個甜姐兒。有個悲慘的童年。」他抬起一隻手揮開過去。「傑克來到這裡，告訴我他搞過她。他和露絲爾打得火熱難捨難分。老天，他還以為他得為這事兒跟我修正錯誤哩！」

「你早知道內情了？」

「媽的早就見怪不怪啦，露絲爾跟誰都有一腿。我倆在一起還沒幾個月，就不講忠貞這套鬼玩意兒了。我們參加過幾些派對，大夥都是隨性苟合，說上就上。老天，等你看過你的女人跟個陌生人廝纏在一起以後，你要不就是吞下你的王八窩囊氣，要不就是把這娘兒們的衣物打好包丟到路邊。我告訴他，我說，傑克啊，如果你翻來覆去是為這樁，拜託，免了吧。『可你是我朋友，我背叛了你。』跟露絲爾上床叫背叛我嗎？老兄你如果想修正那種錯誤的話，可得排隊喲，排長龍！」

「不是說有了孩子嗎？」

「噢，對。他以為是他的種。總之，是有人讓她懷了胎。我們在一起的時候，她肚子大了兩回。頭一回她打掉小孩，第二回她等太久了，所以決定留下小孩，可是結果她流產了——這點有好有壞，你知道？」

「噢？」

「假設她生下小孩吧，請問這就能保證我們天長地久嗎？她有可能生下三胞胎，可時候到了，我們還是會分道揚鑣。有些人會想說，噯，咱倆都有了孩子，那我就去ＩＢＭ上班吧，我們可以在死拖活賴鎮買個樓中樓一起住到死，但這是天方夜譚。因為如果有了孩子，到頭來只是變成她要走人時，得順道帶走拖油瓶。或者她可以把孩子丟給我，那請問我要怎麼辦？棉被包一包，送到修道院門口不成？」

我眼前突然冒出不想看的畫面：我的兒子麥可跟安迪站在一扇上鎖的鐵門前面，等著聖心院的修女領進院所。我深吸了一口氣，眨掉畫面。

「不曉得她目前人在哪裡，」他正在說，「上回聽說是在舊金山，現在也許已經有了一兩個小孩，但都不是我的；也不是傑克的。」他又發起愣來。「搞不好我也有個孩子在這世上呢——我跟不知哪個女人生的種，只是我一直給矇在鼓裡。」

22

「看來已經完事了，」葛瑞・史帝曼說，「他們全都給剔除嫌疑了。」

「你好像有點失望。」

「不全然。我原本有個心結，這會兒已經解開，多謝你的幫忙。不過——」

「不過你覺得有個缺口，未完成的感覺。」

「對，當然。那你呢，馬修？跑腿查案都是你在忙，我只負責付帳。」

其實我只是照本宣科行禮如儀。我在我住的旅館樓下的熟食店買了杯咖啡，端進房裡喝。我隔著窗外一大片屋頂，看著遠方市中心那些亮著燈火的辦公大樓。我決定最後一次的查案結果只需透過電話通報即可。告訴客戶我已經過濾掉所有人的嫌疑，其實沒有必要再找一家咖啡店去講。

「我覺得還好，」我說。「破案的話，我當然比較好過，不過你雇我的目的不在破案。那是警察的工作。」

「但他們根本不會動工。」

「難講。這案子還沒結，如果有新的資訊出現，他們會循線追查。葛瑞，當初你只是想確定你沒有知情不報，事實證明，你並沒有。不管是誰殺了你輔導的人，那人絕對不在他的第八步名單上頭。」

「牢裡那傢伙——」

「派柏．麥雷許。」

「顯然不是他幹的。除非獄方開了張週末通行證，方便他出去報冤仇。或者他也可以傳話給外頭的人幫他報。」

「但首先他得聽到傑克懺悔的聲音吧。傑克從來沒去探過他的監，也沒寫信給他。何況哪有人反應會那麼激烈呢？」

「意思是？」

「比方說吧，你人在監獄，為一件你幹過的事蹲苦牢。『嗨，還記得我嗎？我來這兒是要道歉，因為當初通報警方的是我，要不是我搞鬼，你不會在這兒活受罪。』」

「這是第九步的最佳宣告辭。」

「他的遣詞用字也許不太一樣，不過意思應該八九不離十。請問麥雷許會是何種反應？『好個婊子養的，全是他害的，看我不找個欠我人情的人來，兩槍把他斃掉。』沒道理，咱們早把派柏剔除了名，這條線應該可以放了。」

「想必你是對的。」

「我當警察多年，」我說，「但我可不是紐約市警局的十二步魔人翻版。我早學會了不要凡事都盯得死緊，有時候我也可以因為閉隻眼睛得點小利；不過命案另當別論。如果有人遇害，案子又歸派我管，我一定會追查到底。

「但這可不表示，我會找到真凶踢進大牢。那是目標沒錯，但結果不一定總如人願。有時候我知道凶手是誰，但卻苦無足夠證據伸張正義。但若我已盡力而為，案子又查清楚了，我就可以釋懷。」

「請問目前這個案子呢？」

「我已經完工了，」我說。「雖然沒查出真相我覺得有點遺憾，沒錯甚至還有些失望。不過我已經懂得放手。我會的。說來，我其實已經放了。」

他沉默一會兒，然後說：「也許是我太自我中心了吧。」

「因為完美如你者，應該可以做得更好？」

「這是部分原因，馬修。另外就是我又更進一步確認了，地球不是繞著我這爛人運轉的。記得我跟你說過什麼吧？我說是我害他被殺，是我逼著他踏進第八和第九步，所以他才會遇害。不過搞半天也許是我太抬舉自己了。我又不是宇宙運轉的中心，我看我只是個酒鬼罷了。」

∞

當晚聚會時，我提起當天我跟一位耗了二十多年默默酣食大麻的人物共度了一兩個鐘頭的時光。「他很體貼，沒提供大麻給我，」我說，「而且我在場的時候，他也沒吸，不過我去之前他吸過，而且我很確定，我後腳才踏出門，他已經點上一根。公寓裡滲出滿滿的大麻味。」

中場休息時，一位名叫唐娜的女人走向我。她在聖保羅教堂算是半常客，而且幾個月前，我才聽到她戒酒三週年發表的演講。看來她是刻意要找我的，應該是想談談大麻，及其如何牽拖人的生命吧，我不記得她的演講提及大麻，但我剛才的談話總有些字句她可以認同吧。

其實她是另有目的。幾個月前，她搬到現任男友的住處——他也是個滴酒不沾的前任酒鬼。然而目前他又變回了酒鬼，所以她想退出。

「我真是有夠白目，」她說。她留著一頭褐紅色長髮，講話時一直把頭髮撥開眼睛，但頭髮卻還是不斷落到她臉上。「老天明鑒，他的酗酒史我心知肚明。我知道他每隔幾年就要重蹈覆轍，但我遇見他時，他沒酗酒，而且他的戒酒期比我還長，所以我就以為他會保持下去。」

可是他又破戒了。她並沒有退掉自己原先那間租金穩定的公寓——「俗話是怎麼說的？我瘋是瘋了，可我還沒那麼笨」——所以目前她已經搬回去了，只是她還有一堆東西放在柯柏丘他住的地方沒拿走；她很想把東西拿回來，但又不敢單獨上門。

「他應該不會怎樣，」她說，「因為他人還挺溫和的——至少在他清醒的時候。不過他的確有過家暴史。我可不是信口胡謅，那是他在見證的時候親口說的，每回他講起自己時，都會提到這點。他老說，他只有醉酒時才會動粗。不過，他這不就又在喝了？」

「你要我跟你一起去搬。」

「行嗎你？」她一手搭上我手腕。「不是義務幫忙喔。當然我是請你幫忙，很大的忙，不過我會付錢給你。這點我絕對堅持。」

「你是朋友，」我說，「對朋友伸出援手，義不容辭，怎麼可以──」

「沒這回事，」她語氣堅定。「這是我的輔導員的建議。她說我非付錢給你不可。」

她選好了日子──禮拜六下午──也安排好運送方式。我認識理查．拉斯提嗎？又名禿頭理查、同性戀理查、飆車理查。他有輛車，而且她擺在柯柏丘的東西可以輕易放進他車子的後座和後車廂沒問題。他三點整會到八十四街和阿姆斯特丹街的路口接她，然後一路開到布魯克林的路上可以順道接我。我說我直接到上城跟他們會面應該比較方便，我想三點應該沒問題。

「我也要付錢給理查，」她說。「他原本執意不肯，不過他拗不過我。」

「輔導員下的令。」

「對，不過就算她沒下令，我也會堅持。他說他會跟我一起上樓──是擔心文尼有可能在家。我在他的答錄機留了話，說我禮拜六下午過去，拜託他走開，滴答滴答滴。不過有時服下安眠藥以後卻愈發清醒，人家說這叫什麼？」

「藥效失靈。」

「哈！說的好。不，我想起來了，這叫反效果，酒鬼最容易犯的毛病。我想我留的言可能會對文尼產生反效果。『要我閃人？媽的我閃才怪哩。這是誰的狗窩啊，你這愣婊子？』」

「如果文尼來自班森赫斯特的話（譯註：此地位在布魯克林），你倒是學得很像。」

「哈哈，他是班森赫斯特人沒錯，謝謝誇獎。我就怕他人在家裡，呃──理查雖然貼心，不過要他扮黑臉可是難上加難。」
「所以你需要我這樣的流氓上場。」
「前任警察啦，」她說，「一個可以在紐約黑道上照顧好自己的人。」
「包括布魯克林。」
「包括布魯克林。」她捏了我的膀子一把。「說什麼流氓，」她說，「才不是好嗎？先生。你才不是流氓。」

∞

散會後，我和大夥兒在火焰餐廳續攤，有那麼一下子，談話聚焦到我先前的分享。「不管是酒精、毒品還什麼，」一個叫布蘭特的人說：「只要上癮就完蛋。如果喝酒的話，遲早你都會拚命跌倒猛出意外，習慣性的酒醉開車，你會出車禍，你會毀了你的肝——我還可以講很多，不過各位應該已經懂了。如果你吸多了古柯鹼，你的橫隔膜會爛掉，你的鼻子會垮下，你會毀了心臟還有天知道別的啥。吸食安公子的話，它可以找出很多元的方法讓你拚命找死。服多了迷幻藥，你會飄飄欲仙，找不到回家的路。所有進到體內的毒品，都會要你付出很大的代價。」
有人引述了空氣清淨機的廣告詞。「『你們可以現在付錢，』」她說，「『或者分期償付。』」
「吸食大麻的後遺症卻是幽微難辨。大麻入鼻以後，其實不會有事。只不過，你整個人生都會卡在原地，進退不得。」

大夥兒把這話題翻來覆去又談了談，然後我說：「對啊，他就是這景況沒錯。連他生命裡所有的女人也都是同樣年紀。他的頭一個女友是二十五歲，如今二十五年過去，他還是住在同一間公寓——」

「噯，住紐約有啥辦法呢，馬修。誰會捨得搬出租金固定的地方哪？」

「話是沒錯，不過他把塑膠牛奶箱拿來當書架，而且我敢賭說，他如此這般已經二十年了。但話說回來——」

「怎樣？」

「噯，」我說：「我知道凡事不能只看表面，我曉得大家的日子都是時好時壞，而我也許只是恰巧在好的那天登門造訪。老天明鑒，他爸媽當初幫他付紐約大學的學費時，可沒想到他會搞到這步田地。而且如果你查辭典的話，肯定會在『停止發育』的欄目旁邊看到他的照片。」

「但是怎樣？」

「但是我不得不說，這婊子養的看來真是快樂。」

∞

我回到家時，原本要打電話給珍，不過時間太晚，所以我決定還是隔早再聯絡。隔天我很早起床，下樓吃了早餐回房後，我打去給她。「我才正要打給你呢，」她說。

「不過被我搶先了。」

「沒錯。」

「我想確認一下我們週六的約會，」我說。「但我得先聲明，蘇活區的聚會我可能遲到。我下午要上工去——假扮流氓。」

「嗄？」

我三言兩語大略說了我的任務性質。「總之我們約莫三點會離開布魯克林，」我說：「也許半個鐘頭可以抵達目的地，然後花一個鐘頭把她的東西打好包，裝進車裡，再花半個鐘頭回到家，所以我沖澡的時間應該是五點左右。不過——」

「不過有可能要耗更久。」

「我們搞不好會弄到三點半或更晚才能出發。何況理查在去柯柏丘的路上有可能迷路，要不就是會碰到塞車。之後也許女人跟她喝得爛醉的男友會拉拉扯扯搞半天——因為如果沒這可能的話，她根本不用找我上場。總之，拉扯愈久，我就愈需要回家沖我那個澡。」

我等著她回話，可是她沒有。如果我沒聽到收音機在背景放送音樂的話，我會以為話線已經斷了。

「嗳，我想打給你也是為這個。」她說。

「為了唐娜跟文尼的事？」

「不，為了禮拜六的約。我得爽約。」

「噢？」

「因為我要跟我的輔導員碰頭。」

「約在一個週末夜？」

「沒錯。先吃晚餐，再一起參加聚會，然後要展開一場很重要的談話。」

「好吧，」我說，「看來我不管在柯柏丘耗上多久，應該都無所謂了。」

「你不高興？」

「不會，」我說，「我幹嘛不高興呢？你也只是做該做的事而已。」

23

近中午時，我走到西六十三街的青年會參加爐邊談話。他們同時舉行兩場聚會，通常我會去初階那場——說是初階，但並非只限新人參加。這種聚會鼓勵成員聚焦在基本功上，亦即戒酒要過一天算一天，不能急，而這是只有老油條才能領略其可貴之處的金玉良言。會中大家分享的主要是酒精的魔力，以及不藉酒精亦可度過一日的訣竅。

偶爾我會參加另外那場聚會，往哪走端看當天哪邊比較不擠，或者當時我想不想多爬一段樓梯。這一天，我發現主講初階場的是個女人，而我這禮拜才剛聽過她的演講，所以我掉頭走到樓上。週四樓上的聚會都講十二步，而這一次則剛好要講第八步。純屬巧合，但我不意外，因為總共就那麼十二顆智慧結晶體，且其中兩顆都是關於修正錯誤，所以這也不過是，呃，六分之一的機率對吧？

總之，當時我覺得是在恰當的時間碰上了恰當步驟。我拿了杯咖啡和幾塊核果餅乾，找了個右手邊的位子坐下。我聽到講者正在解釋，他對這個步驟的看法是如何在時間的洪流中產生質變。他頭一回列出第八步清單時，他說，上頭只有幾個名字——他老婆（雖然他酗酒毀了家庭，她還是不離不棄）以及他疏於照顧的小孩。其實他喝酒傷害最大的還是自己：毀了健康，丟掉好幾份工作，所以他覺得只要滴酒不沾，就算是為自己和家人修正好所有的錯誤。

不過時間推移之後，他說，他開始發現自己酗酒毀掉的其實是他所有的人際關係，而他不管做什麼或什麼都不做，都讓他成了不定位的情緒大砲，在他疾疾墜落的生命之船四處亂撞，毀掉所有靠近船隻的東西。

我神遊了一會兒，思想起他這比喻。他解釋以前，我搞不懂情緒不定位大砲到底危險在哪兒。我想像起一顆位在法國的大砲，時間假設是兩次世界大戰之一好了。大砲往敵方陣營不斷發射砲彈，如果大砲沒定位的話，應該無法擊中目標吧。而一條戰艦上的大砲如果沒定好位置——呃，好吧，這下我明白問題會有多嚴重了。

你跑到這類聚會來，原本為的是讓自己不再碰酒，沒想到還順便上了他媽寶貴的一課。

∞

會後，我心想咖啡和核果餅乾算是涵蓋了四種基本營養範疇的養分，所以應該算是解決了午餐。我回到旅館房間，打開電視亂轉台，可是沒一個節目看得下。報紙早餐時我已看過。

所以我便坐下來開列清單，寫下所有我傷害過的人。我列出幾個名字——艾提塔．里維拉，當然，還有我的前妻，當然，還有麥可和安迪，當然——然後我便擱下筆來。

倒也不是沒有名字可寫，只是我沒有心情寫下。也沒心情重看我寫過的名字——不看也罷。我把膽了四個名字的紙翻個面，不過這還不夠，我又把它撕成兩半再兩半，然後再撕、再撕，最後就是滿手的小紙片了。如果手邊有火柴的話，我有可能點把火燒光，不過最後我決定還是丟到字紙簍就好。

我打電話給吉姆，告訴他我做了什麼。

「你曉得，」他說，「步驟編了碼是有原因的，這樣大家才會按照順序進行合理的下一步。」

「我曉得。」

「不過步驟找上你的時候，在腦子裡轉轉也是無可厚非啦。你剛就這麼做了──想著第八步，所以你才會寫下幾個名字，但卻發現自己還沒準備好。正常嘛。」

「你說了算。」

「本來就是這樣，」他說：「可如果你硬要認定，那就進一步證明了你是人類進化層級裡排在社會渣滓下面那一層的話，我也沒話說。這是你的選擇。」

「謝了。珍說禮拜六她沒辦法赴約。」

「噢？」

「她和她的輔導員約好要吃晚餐。」

「所以你只有兩種選擇：喝酒或者自殺。結果──」

「我同時有兩種感覺，互相矛盾的感覺。」

「其一是解脫，另一個是什麼？背叛？」

「算是吧。很難確定我是該感謝她，還是掐死她。」

「也許都想吧。」

「也許。」

他和我在電話上又耗了幾分鐘，之後我量了量我的情緒體溫，覺得應該已經接近正常。我另外做的一個決定就是，我可不想去看電影，或到公園散步，或者拿本書架上的書來看。所以我就拿起傑克・艾勒里的第八步清單，再試一次運氣。

8

結果我還是跑到公園散步了。約莫五六點間，我從第八大道和五十九街的交口處，也就是中央公園的西南角走進公園。我信步前行，但大體是朝東北方。我稍微走過了頭，在第五大道和九十街的路口走出公園。我穿過八十六街一直走到第二大道，我看看錶，決定還是要吃個像樣點的晚餐再去參加今日清醒的聚會。我首先想到的是法蘭基・杜卡斯公寓大樓那個管理員燉煮的不知什麼菜。不過我沒道理要去那兒。她明明有過機會請我用餐，但卻沒有善加利用。

我走到第一大道，然後拐上七十八街，同一條街上的泰瑞莎小館就有供餐。再過兩家店面便是杜卡斯父子聯營店；但他們已經打烊了。

我走進泰瑞莎小館——多少有點期待能看到杜卡斯坐在櫃檯邊，但他並沒有出現。我找了個雅座坐下，點了一碗今日湯——濃稠美味，擺了洋菇和大麥。之後上來的是一盤希臘餃子拼盤。我想不起最後一次享用希臘水餃是多少年前的事了。泰瑞莎隨餐附上蘋果醬料及一碟高麗菜，餃子裡包了豬肉、洋菇、馬鈴薯和起司。

我把盤子清得一乾二淨，女侍非常高興。我要吃派嗎？他們有胡桃派，他們有蘋果派，他們有草莓／大黃派。我躍躍欲試，不過我得趕去聚會。

∞

今天的客座講者先前在市中心某處的演講我已經聽過了。依我看，他現在只是在炒冷飯。

我喝咖啡時，四處張望要找葛瑞．史帝曼，開會前不久我又環顧了一下，還是不見他的蹤影。中場休息時，我排隊等著再拿咖啡，並且猶豫著是否還要一片餅乾。我覺得這種事好像無需大費周章去思考，你不是拿塊餅乾，就是不拿；正當我如是深思時，有人拍了一下我肩膀——是葛瑞。

「你還真是非來不可啊，」他說。「今日清醒的賽倫女妖之歌硬是把你從哥倫布圓環一路拖到這裡來哪（譯註：the siren song的典故是來自希臘神話英雄尤利西斯的故事，他因為擔心賽倫女妖美麗的歌聲會讓他和手下不可自拔葬身海底，便要眾人以蜂蠟塞住耳朵，而他自己則因好奇想聽，下令眾人將他綁在船桅上）。」

「不過也有可能是希臘餃子。」我說。

「希臘餃子？」

「泰瑞莎小館，」我說，「在七十八街和第一大道的交口。」

「噢，老天，我根本沒那個非洲時間去那裡。這樣說還好吧，不會有種族歧視的嫌疑吧？」幸好他沒等我回答，因為我沒有答案。「我應該去那裡的，」他說。「他們做的胡桃派是全國第一。」

這就幫我做了決定。我不拿餅乾。

24

「喔，那就是法蘭基．杜卡斯的肉鋪囉，」葛瑞說。「瞧見招牌沒？杜卡斯父子，原先是杜卡斯父子們。那個去掉的『們』字學問可大了。」

「同意。」

「最有可能的解釋是，」他說，「寫招牌字的人犯了錯，搞不好是因為濫用了毒品或酒精，雖說也不一定就是了；而發現者則是既不專業且甚草率的去掉了那個字。當然，其實我比較偏向另一看法，亦即小兒子覺得劈剁死掉的動物不合自己口味，所以就離家出走，跑去當芭蕾舞者了。」

「讓他老子以他為榮。」

「有道理。好，泰瑞莎小館到啦，希望他們還剩兩片草莓／大黃派，要不就是一片也別剩。」

「如果只有一片的話，」我說，「我們可以平分。」

「我要吃一整片才行，」他說，「你也是。不過果真面對絕境時，我們就攜手跳下那座橋吧（譯註：這座橋影射的是改編自美國流行歌的七〇年代電影《比利頌》（*Ode to Billy Joe*）中的塔拉哈契橋，劇情敘述比利因酒醉後和男人做愛而跳橋自殺，但鎮民聽到消息後反應漠然，還是繼續享用他們的餐後甜派與餅乾）。」

結果還有兩片我們要的派，所以就無需找橋跳了。我吃掉我那片的一半，然後說：「糟糕。」

「怎麼？草莓爛掉了嗎？」

「我重讀了傑克的第八步，」我說，「原本想帶過來的。」

「該不會是找到新的資訊吧？」

「沒有。不過我覺得你或許想收回去。」

「我幹嘛要啊？」

「不知道。」

「我只留了一份拷貝，」他說，「因為他開始第九步時會跟我報告進度，我得參考以前的清單才能進入狀況。可這會兒我要那清單幹嘛呢？」

「所以我直接丟掉就好囉？」

「我自個兒那張我就丟了啊。怎麼？」

我告訴他，我在家裡做了第八步的暖身，搞半天還是把那張只是胚胎的名單給毀了。

「所有國王的馬兒，」他說，「和所有國王的人都救不回來啦（譯註：這兩句話是來自英文兒歌〈蛋頭先生〉。歌詞是——蛋頭先生騎在牆頭上，蛋頭先生摔了個好大跤，所有國王的馬兒和所有國王的人，都沒法兒把蛋頭拼回原狀了）。你第四步都還沒起頭就踏上第八步，當然會出問題。」

「我的輔導員和你英雄所見略同。」

「不過大部分人都還是會試他一試。就算沒寫下，也會把名字擺在腦裡轉幾輪。一旦知道第八步的內容，實在很難不思想起到底誰會名列清單，」他吃下一口派餅，啜口茶。「傑克往他的清單不斷加添名字：舊的都還沒解決，新的又上榜了。真不曉得他最後定讞的版本是啥模樣。」

「你是說你跟我的那份──」

「沒錯，不是終極版，不過別擔心，你沒少掉半條可以指向凶手的線索。因為他提起的全是古早的人。家人啦、童年玩伴或者鄰居，大半都死了，沒死的也早就失聯了。」他放下叉子。「這案子你還是放不下，對吧？」

「已經放啦。」

「真的？」

「想當年還戴警徽的時候，」我說，「大夥都說我像啣著骨頭的狗。不過放下案子，並不表示我心裡不再想了。」

「說來放下是有不同層次的含意囉。」

「我耿耿於懷的是，」我說，「他的死應該和修正錯誤脫不了關係。名單上的五人組已經排除嫌疑，而今天下午我重看單子以後，還是想不出究竟哪一個有嫌疑，但這張單子一定跟他的死有關。」

「我原就這麼說啊，馬修，所以才會找上你。」

「他四處晃蕩，要找人彌補過錯，」我說，「有個人海扁了他一頓以後又一把抱住他埋頭痛哭，另一個是要他把他的錯誤帶走，塞進自個兒的屁股眼裡──」

「還有一個說，毒品交易你誆我一大筆，其實等於拉我一把；還有一個說，甭道歉啦，因為眾家兄弟都跟我老婆有一腿。她叫什麼名字哪，我忘了。」

「露絲爾。還有一個在蹲苦牢，傑克打死也沒法找上他修正錯誤，而且就算找到也沒差了，因為他沒找著。五個名字，全都無辜，不過還是可能有牽連——只是我們還沒發現到。」

「你說我們是什麼意思，小哥？」

我嘆口氣，點點頭。「受教，葛瑞。不歸你管，但也不再歸我管了。」

「可卻還在你腦子裡轉。別道歉啦，看在老天份上，這案子也在我腦子裡兜不停，哪放得下啊！」

「我一直在想那第二顆子彈。」

「嘴裡那顆。」

我點點頭。「是發信號的意思；不過先把人斃了才發出信號，有違常理。發給誰呢？」

「是宰了你要你學乖的意思。不過人都死了，怎麼學乖呢？」

有個什麼要衝破迷霧。葛瑞張嘴在說話，但我已調到別的頻道，靜觀某個念頭逐漸成形。我舉起手打斷他。「不是報復，」我說。

「什麼意思？」

「他被槍殺，不是哪個義憤填膺、名列或沒列清單的人想算舊帳。殺他是要堵他的嘴。」

「不是別跟我講話，而是別跟人講。」

「肯定是這樣。命案嗅不出憤怒的味道。」

「殺一個人用了兩顆子彈，這樣還不夠怒啊？」

「沙騰斯坦賞他的那頓好打裡多了很多憤怒。怒氣沖天，因為他猛揍他的臉，打到自己的手都成了肉醬。但殺他的那人只是冷血取走人命。」

「意志堅定不帶感情。」

「想必如此。」

「要封他的口。」

「不是因為他說過什麼，而是因為他有可能說什麼。」

「兩槍肯定可以達到目的。不過——」

「第九步，」我說，「是怎麼說的？」

他看著我，一臉疑惑。「怎麼運作的嗎？就是根據第八步開列的——」

「不是啦，我知道第九步是怎麼運作的。我是說第九步的用語——雖然每回開會前都會聽到一遍，而且也可以在牆上掛的圖表看到。我是想請問第九步的遣詞用字。」

「瞧瞧，我不過是一時口誤，這下就被迫當眾表演了。『針對列上名單之人，需得盡力修正錯誤，除非修正過程可能傷害到當事人或其他人。』應該是一字不漏啦，不過——」

「誰有可能受到傷害？」

「你是說在傑克的修正過程中嗎？只會傷到傑克啊，除非你把馬克·沙騰斯坦的手也算進去。說笑啦，馬修。了解。他不是因為修正這幾個錯誤送命的，害他走上黃泉路的原因也許根本不在名單上。」

「你好像提過他殺了誰吧？」

「是行搶時發生的，不過好像另外有專門用語來形容——跑去人家家裡搶劫，那叫什麼？」

「私宅行搶。」

「噢，對，這個詞我還是最近才聽到的。新聞報導老在製造印象說，近幾年來此風漸長。說是因為世風遽下，人心異常不古。」

「你還記得細節嗎？」

「他好像沒提。」他蹙起眉心，彷彿想集中腦力帶出鮮明的回憶。「他進行第四步時寫下來過，等他進入第五步時，我應該是聽他講了一遍。」

我舉手示意女侍添加咖啡時，他又想了想。等她添滿咖啡後，他說：「我印象模糊，因為他只是輕輕帶過。他先唸了一兩句，然後抬起頭來說個大概，所以我只聽到濃縮版。」

「他怎麼說？」

「他搶的對象也是罪犯。毒販吧，我記得。他們闖進他家，然後——」

「他們？」

「傑克有個同夥。兩人闖進毒販的家，應該是在上西城，打算洗劫一空，那人伸手要拔槍，所以他們就一槍斃了他。」

「是傑克殺的？」

「記不得了，我連他講過沒有都不確定，馬修，當時我根本不想聽。我要他重溫過去，可是我不想聽進內容。我負責輔導他，他是我的朋友，是我輔助的對象，但我不想面對他是凶手的事實。」

「那就光說你記得的部分好了。」

「毒販死掉，傑克其實無所謂，」他說。「所以我也搞不清到底凶手是傑克，還是他的同夥。」

「傑克無所謂？」

「當時有個女人在場。毒販的老婆或女友吧，我不確定，也許傑克沒講明吧。」

「這點不重要。」

「當然。」他深吸一口氣。「她人在那裡，她看到他們的臉了。是他的同夥殺了她。」

「不是傑克。」

「他說他沒法扣扳機。她用西班牙文在懇求，他聽得一頭霧水，但知道她在求饒。他手裡有槍，但就是沒法開槍。」

「所以他的朋友才動手。」

「馬修，說來很怪，可我覺得他有雙重罪惡感。」

「因為死了兩個人？」

「不，我說的只有那女人。首先是他無法扣扳機，其二是她死了。他覺得同夥拔槍是自己的錯，他覺得如果自己採取行動，結果也許就會大不同。」

這種心理我太了解了。我還記得當年追著那兩個搶匪跑出酒館，我記得自己拔槍把子彈全打光。如果在那過程中，我的處理方式有過一點點不一樣，如果我少發一顆子彈的話，那個小女孩也許就有機會長大了。噢，這種心理我太熟悉了——腦子會永無止盡的播放各種不同的版本，但終究還是無法改寫過去。

我說：「他們一直沒被捕？」

「沒有。」

「他沒落網，他的同夥也一樣。」

「沒錯。」

「他的第八步清單怎麼完全沒提呢？」

「有可能是寫在後來的版本吧。也許不管寫不寫，已經是揮之不去的記憶了——我們曾經討論過如何補償死者。」

看來改天我也得找吉姆來場這樣的對談。

我說：「那個同夥是關鍵。」

「我只知道是他殺了女人。傑克沒講名字，提到他時，刻意只用代名詞，要不就只說我的同夥。有意保護他，不想讓他曝光吧。」他抬起眼。「難道是他殺了傑克嗎？那個同夥？」

「依我看，」我說，「這名神祕同夥早就死了，要不就是關在本州某個大牢出不來。但能查到他的身分應該不無小補。」

「他有動機殺他嗎？都過了這麼多年。」
「殺人沒有法律追溯期限。」
「所以他會擔心傑克大嘴巴。」
「當然。」
「而且這人是有能耐殺人的。姑不論毒販是誰宰的，女人肯定是同夥取的命。」
「而當時她還苦苦求饒呢，」我說。「就因為她看到他的臉，事後可以指認。傑克還說了這位道德楷模別的什麼嗎？」

∞

就算他說了別的，葛瑞也不記得。我回到家。我的信箱有個口信，我頭一個念頭是，珍終究還是來電說要跟我約會了。不過打電話的人名叫馬克，留了個號碼，外加他姓氏的起首字母。應該是聚會時搭過話的點頭之交吧，不知是口吃馬克，還是飆車馬克。

我走上樓，再看一眼口信，然後一把揉縐了丟進字紙簍。不管這人是誰，現在實在太晚，不好打去查問了。何況他應該已經找上別的目標傾訴困境，並央請對方幫他壓住喝酒的衝動，所以到了明早，他肯定已然想不起怎麼會打電話給馬修了。

25

我一早就買了《紐約時報》，搭配早餐看報。林邊區有個哥倫比亞移民家庭，於警方判定是私宅行搶的過程中慘遭殺害。共有三名成人、四名孩童，屍體都遭到截肢。警方似乎無法判定殺人動機是行搶或者復仇，我覺得應該兩者皆是。毒品圈有人誆了另一人，要不就是雙方起了爭執僵持不下，所以何不宰掉對方呢？既然要宰，何不順帶攜走他的現金以及貴重物品呢？而且當然也要殺掉全家才行，因為這是咱們做生意的慣常模式啊。

我立刻想到比爾．羅尼根。《時報》沒有點明命案地址，所以我不曉得他的住處離犯案現場多遠，不過林邊區範圍其實不大。不知道他對地方犯罪新聞的關心程度如何，但要漏看這一條確實很難。有七個人在自家慘遭屠殺，其中四名又是小孩。電視新聞一定會報，至少要報到警方沒了線索，而且又出現別的恐怖事件可以取代它在閱聽大眾心裡的地位。之後，當然，我想到了傑克．艾勒里和他的同夥。

8

我打電話給葛瑞·史帝曼。他劈頭就說，他一直在追索腦中有無那名同夥的資料。「總之，傑克當初是想盡辦法要隱匿他的身分，」他說，「不知道他們有沒有搭檔幹過別票。」

「你知道發生的時間嗎？」

「殺人嗎？於他坐牢之前，在他開始進行不法勾當之後——這應該是不言自明吧。中間隔了好多年，不過他第四步的報告書時間順序很亂。要我猜的話，應該是十一、二年前的事。」

「而且你只知道發生在上城？」

「上西城。搞不懂為什麼，我腦子裡出現的圖像是河邊大道的一個地址。」

「同夥殺掉女人以後，他往窗外看到哈德遜河嗎？」

「就算他講過，我也不記得。」

「是獨棟房子嗎？還是公寓大樓？」

「沒概念。馬修——」

「因為我總忍不住好奇。」

「厲害。我還沒問出口，你就答了。」

「欸，因為我自己也老是在想這個問題。總之這條線索應該是走進死胡同了，對吧？一男一女在時代廣場西北邊的某個房子裡慘遭槍擊斃命。」

「印象裡，好像是上城極北處。」

「嗯，那就是中央公園的西北角了。」

「這樣也沒多明朗化，是吧？」
「想來他沒提他們的名字囉——那兩名受害者。」
「沒。」
「也沒提到種族或者膚色之類的特徵？」
「這類細節也許有寫在他第四步的報告裡，馬修。」
「可是他只留著給自己複習。」
「就算跟我講過，我也當成耳邊風。我跟你說了，我根本不想吸收那款資訊。」
「是。」
「當時實在不該扮演第二隻猴子的角色。」
「怎麼說？」
「你知道，非禮勿聽（譯註：論語裡的非禮勿視，非禮勿聽，非禮勿言，傳到日本後，化身成三隻猴子，一隻遮眼睛，一隻摀耳朵，一隻摀嘴巴）。如果當時我專心聽他——」
「別太自責，葛瑞。」
「好吧。」
「可惜你沒有他第四步報告的副本。」
「我連瞄一遍都沒有。我只是聽——聽了他唸給我的片段。」
「我曉得。結果他是怎麼處理那份報告的？」

「我要他丟掉。」

「扔進垃圾桶？」

「嗳，先撕掉。」

下場跟我那份半生不熟的第八步清單一樣。

「我都是這樣跟我輔導的人講的，」他說。「先要排毒，亦即一吐為快跟上帝和另一人分享——」

「怎麼跟上帝分享？」

「這話我也問過自己。就當做是你跟輔導員分享時，祂在旁聽吧。我剛講到哪兒啦？噢，對，『和另一人分享，然後就可以放下了。』」

「然後他們就會乖乖的把名單拿回家燒掉，或者撕成碎片什麼的。你就是這樣處理你的名單嗎？」

「不然呢？」

∞

中午前不久，我決定換換口味，不參加慣常去的爐邊談話。這一天風和日麗，頗適合散個長步，我去的小組叫文藝復興，在第五大道旁的四十八街。這裡是市中心，吸引了附近很多長途通勤上班族，因為下班後他們都要趕回郊區的住家。想當然耳，在場人士大半都是套裝筆挺，打扮入時，不過此處當然沒有儀容規定——坐在我旁邊的男人鬍子沒刮，一副昨晚在紙箱子裡過夜的模樣。

之後我打電話給一位警界朋友，告訴他我在追查一樁沒破的私宅行搶雙屍案。死了個毒販和他的妻子。

或者女友。兩人都是槍殺致死，應該是發生在七〇年代初的上西城。

他沉吟一下，說：「這種案子起碼有成千上百樁，不過因為是雙屍案，又都死在槍下，而且案子沒破，所以範圍應可縮小很多。待我打聽一下，看誰有印象。」

接著我又跟另兩名老友進行了類似的談話。掛上電話時，我很確定這個辦法行不通。之後我穿行幾個路口，抵達第五大道走進總圖，花了一小時查閱《紐約時報》的索引，然後到微卷影片室花了兩小時在茫茫好幾個大海裡撈針。

緣木求魚。

8

當晚在聖保羅教堂，有個叫嬌西的女人問我戒酒是否快滿一週年了。馬上就要滿了，我說。她說這有可能是我眾多一週年紀念日的頭一個，還順道忠告我別急，要記住過一天算一天。

口吃馬克不在場——他出現在爐邊談話的機率比較高。不過我在咖啡機旁找到了飆車馬克，我問他前晚有無打電話找我。他說沒有，他說他連我的電話都沒有。我說那應該是別人打的，他說既然我起了這個話頭，請問我能給他我的號碼嗎？我遞出一張極簡風的名片，而他則在襯衫口袋為它騰出了空間擺。然後他又借來一支筆，拿張紙片寫下他的名字、電話。我也只能彬彬有禮的說聲謝，把紙片塞進皮夾。

唐娜也到了，看打扮應該是直接從辦公室過來的。她的頭髮往後梳，夾了髮夾，所以沒再頻頻蓋上眼睛。她想確定我明天能夠準時現身。

「明天下午三點，」我說，「八十四街和阿姆斯特丹街的交口見。」

她伸出手，往我膀子捏了捏。

∞

也許是因為她習慣性的碰我手臂，也許是因為她穿上那套合身的短裙套裝很迷人，而我最後一次和珍的那段談話或許也是觸媒吧。總之，聚會的下半場我心神不寧，一直想著她有無可能參加會後會——聚會後大夥兒都習慣到火焰餐廳續攤。

她沒出現——這我並不驚訝。因為從來沒在這個場合見過她。我自己也沒待多久。我喝了咖啡吃了份三明治，和眾人一一道別，然後回家。

沒有口信。不過我才回房不到十分鐘，電話就響起來。我先是想到珍，然後是唐娜，最後是馬克，飆車馬克——充分利用我給的號碼，要不就是先前打過的馬克。

我拿起話筒找到答案。是葛瑞。

他開門見山沒寒暄：「先前我沒搞清楚，其實戒酒那段時間，我寫過幾份第四步的報告。其中兩份我還留著。」

「先生，」我說，「我想這應該是你和你的指導靈之間的事吧。」我差點脫口說出輔導員，不過及時想起他那位目前是在天上參加更美好的聚會。

「你沒搞懂我意思。」

「嗄？噢——」

「懂了吧？如果我沒銷毀我自己的第四步報告——」

「那麼傑克也有可能保留了他自己的？」

「說到我心坎裡了。我明天就去他房間找，但就怕黃膠帶還封著現場。」

「不可能，」我說，「早就應該撕下來了——沒必要還封著。他租的是裝潢齊備的房間對吧？他是按週還是按月付房租？」

「按週付。」

「那麼房間應該轉租出去了。」

「如果他第四步的報告還留著，這會兒有可能是別的房客正在讀囉。不過警方難道不會把他的財物打包嗎？發生命案，這是正規手續吧？」

我說大體是這樣。「然後他們會把財物交給繼承人，或者最親的親屬，」我說，「我看傑克應該沒立遺囑吧。」

「他應該只有酒鬼的那種意志力吧（譯註：英文遺囑will，另一個意思是意志力），外加鐵的衝動。要他立一份遺囑什麼的，不太可能。我看他根本沒有東西可以留給人，也沒有人可以留東西。」

「依我看，管理員應該會照慣例等幾天，留下自己看上眼的，並把剩下的全清掉。」

「在下所見略同。那我就明天登門拜訪好啦，告訴他我是傑克的遠房表親，特地跋涉千里前來接收遺物。想必不成問題，對吧？」

「噯，老舊的衣物和文件，他應該很高興有人接收。」

「我可以把衣物捐給慈善院或者救世軍，不過某些私人物品如折疊刀等等，我會留下做紀念。」

他沉默一會兒，也許是回想起其他過世的友人或者其他紀念品吧。「如果找到了他的第四步，」他說，「我會跟你報告。」

「很好。」

「馬修，你不會想陪我去吧？」

「什麼時間？」

「得是下午。」

這一來我就不用胡謅個藉口推託了。唐娜已經為我提供了一個完美的藉口。「沒辦法，」我說，「我得去布魯克林一趟。」

「真的嗎？你做了什麼壞事？有人罰你去嗎？」

「是要上工，」我說，「我得幫我們小組一個成員把東西搬出她男友的公寓。」

「噢，老天，」他說，「這就省得你來陪我了，不過代價可真大。看來你明天比我還不樂觀哪，馬修。如果找著什麼好玩的，我會打電話通報。」

8

警方難道不會把他的財物打包好嗎？發生命案，這是正規手續吧？呃，要看死的是誰，還有他的死法跟死亡地點。如果他是社會中堅分子，而且考慮周到，留下了份詳列細節的遺囑，那麼他的財產自然會照他的意思一一分配（當然這是在私人看護把幾樣她知道死者希望留給她的東西入袋為安之前）。然後親戚們即可開始為小件物品大打出手，而手足們亦可將他們自童年起便不斷累積的所有不滿與怨懟全部攤出來清算。

如果沒留遺囑的話，他們還可以為大件物品大打出手。

不過如果死者是在貧民窟的救濟院或者廉價旅館的單人房嚥下最後一口氣，如果他是由警察裝進屍袋一路拖下樓梯的話，那麼所有值得一拿的東西應該都給拿走了：小疊的救急鈔票、最後一回領自社福處的救濟金所剩的幾塊錢、折好了塞進鞋子的十元紙鈔——除非有哪個親戚先找上門來，捷足先登、掃光這些值錢東西。

我每次都收。這是我跟以前的搭檔學來的，他跟我解釋了這當中的學問。他說，唯有跟搭檔瓜分才叫合乎正道。

所以我就搶了死人的錢。我並沒有因此輾轉反側，或者多喝一滴我原本就打算喝的波本。其實就算累積多年，那種錢加起來也沒多少。通常是五塊、十塊，絕不會超過一百。不過有一回我一天之內就跟我的搭檔對半瓜分了九百七十二元。我還記得數額，一人剛好分到四百八十六元，也記得我對那位無意間贈送此錢給我的死者心懷感激與尊敬。那人醉茫了，在浴室滑倒，腦袋破了個大口，在回復意識以前血都流光了。他搞出這等爛攤子我們原本很不爽，不過他留給我們的數額實在叫人心軟。然而，不是只有貧民窟民才會那樣死法；老牌演員威廉．荷頓就在我喝下最後一杯酒的前一年，於自家豪宅演出相同的戲碼。

如果我果真踏上第八步，名單一定會是落落長。問題是，寫過即忘的名字，我們要如何跟他們修正錯誤？而且我很質疑拿下那種錢真的有錯。如果我的搭檔和我沒把錢拿走，別人自會入袋為安。請問誰才有資格合法接收那筆錢？紐約州政府嗎？請問媽的州政府有哪個單位會需要東一筆五塊西一筆十塊的金額，或者是厚厚一疊九百七十二元的鈔票呢？

但話說回來，那錢也不歸我所有。

總之我的清單應可列出一缸子張三李四，外加幾些阿花和小美。因為女人也會死的，對吧？不管是自然或非自然死因，而身為警察，我們自然得翻開她們的皮夾搜找身分證，對吧？沒一次例外，總能看到幾塊錢。

依稀記得我曾和一位警界清流搭檔，他從一名死去流鶯的耳朵拉下一副金耳環。「看來有十八K，」他說。「可憐這女人戴著金耳環跑上黃泉路倒是要給誰看啊？」

我說他留著就好。我確定嗎？是的，我確定。把一對耳環活生生的拆開實在太可惜了，我說。好高貴的品格啊，也許這就夠我拿到升天的通行證吧。我到底做過什麼好事呢？呃，報告聖彼得大人（譯註：《新約聖經》中記載，耶穌對他的門徒彼得說，我要把天國的鑰匙交給你），在下曾經有過機會可從一名死婊子的耳朵摳下金子，但我終究是勝過了試探。

26

「我差點沒認出你來，」我說。

唐娜咧嘴笑笑，撥撥頭髮。「有那麼不一樣嗎？」

原本偶爾會蓋住她眼睛的紅褐色及肩長髮，已經剪成俏麗的短髮，也燙出了波浪。坐在駕駛盤後方的理查說：「有夠美吧？變臉成功，或者該說變髮成功？」

沒有人搭腔。

「總之，」他說，「是其中一個就對了，這叫變形記：從布蘭達．史塔〔譯註：Brenda Starr是美國四〇年代時創造出來的漫畫人物，是個留有紅褐色長髮的美女記者〕變成了小孤女安妮〔譯註：Little Orphan Annie是二〇、三〇年代風靡美國的漫畫主角〕。」

「拜託拜託，」她說。「我一直都很喜歡布蘭達．史塔耶。」

「孤女安妮又有什麼不好呢？」

「沒啥不好，不過我可從來沒想過要像她。」她坐在前座理查的旁邊，一隻手搭上椅背，為的是要和我對看。「怎麼樣，馬修先生，你的判決書怎麼寫？」

「留長好看，」我說，「剪短也不錯。短髮有個好處是，讓你的臉更顯突出。」

「以前臉蛋兒都給頭髮埋住了，」理查說，「這會兒才凸顯出來。」
「看來像孤女安妮，而且我的臉蛋凸出來，」她說。
「兩樣都是讚美，小甜甜。相信我準沒錯。」
「總之是完成心願啦，」她說，「今早我跑去我的美髮師那兒說明來意時，他好驚訝。」
「想必他是瞪大眼睛說：『啥，小姐，你叫我怎麼忍心下得了這毒手？』」
「才怪，」她告訴他。「他幾百年前就開始說服我把頭髮剪短。他的反應是『大功告成！』不過功勞不在他。」
「是因為前男友，」我猜測道。「你想把他沖出你的頭髮〔譯註：這句話是美國歌星瑪麗．馬丁曾經唱紅的一首歌的歌名。另外，英文有句俗話get someone out of the hair，意思是把討厭的人趕走〕。」
理查說他一直都很喜歡瑪麗．馬丁。唐娜說：「是有點那個意思，不過不盡然。我昨晚打電話給他了。」
「文尼，」我說。
「好像不該打的，因為我根本不想聽到他的聲音，也不想讓他聽到我的聲音。不過我覺得我應該提醒他，我今天下午要上門拿東西，如果他能貼心一點閃到別處的話，應該會比較理想。」
「他怎麼說？」
「天知道他聽進去沒。他劈哩啪啦就開口說起我的頭髮，我美麗的長髮，說他真想看我披散著紅髮倒在枕頭上，還有——噯，算了，其他用字我可沒興趣重複一遍。」

「我們會運用我們生動的想像力各自發揮，」理查說。

「悉聽尊便。所以我就想著：混帳東西，如果閣下如此欣賞我的頭髮，那一定是我的頭髮出了錯。總之不管有無問題，以後你再也瞧不到了。所以今早我一起床，馬上就衝到美容院啦，而且峨維剛好有個空檔可以讓我插進去，之後就是你們看到的這副德性啦。」

「不是德性，小甜甜，是藝術品。棒透了。」

「謝謝囉，理查。」

「他名喚峨維，真的假的？」

「本名好像叫哈維吧。」

「嗚啦啦，」理查說。「好有歐陸風喲（譯註：峨維是很典型的法文名字，嗚啦啦oh la la則是法國人慣用的驚嘆詞）。」

∞

文生．庫通（譯註：文尼Vinnie是文生Vincent的暱稱）的公寓位在柯柏丘某街口的六層樓紅磚建築裡——一樓是乾洗店和小吃店，二樓以上每層都有六間小公寓。理查輕易便找到這個地址，直接把車停在門口，然後我們三個便邁步走進大樓。唐娜拿出鑰匙，但還是先按了4C的門鈴。對講機發出那種有人應答前慣常發出的清喉嚨的聲音，唐娜不禁長嘆一口氣。

「哈囉，」他說。

她滾動起眼睛。「我們要上去了，」她說，「我帶了人來。」

他沒搭腔，也沒摁鈴讓我們進去。她用了自己的鑰匙，等走進電梯以後，才聽到鈴聲。

「真是，」唐娜說，再一次滾動起眼睛。「搞不懂我怎麼會跟這人——嗳算了。」

想來他一直都等在門邊，因為唐娜正要開鎖時，門往裡頭打開。文尼杵在門口，把我們三人全部納入眼底，然後來個大步後退，故作驚愕狀。「哇，老天，」他說，「媽的你把頭髮怎麼啦？」

「找人剪了。」她說。

「是哪個爛屠夫嗎？」他越過她盯住理查和我。「兩位相信嗎？這女人竟然把她最棒的資產喀嚓一刀劈掉了。喝酒的是我沒錯，不過發瘋的卻是這位小姐。」

她說：「我是來拿東西的，文生。我本以為——」

「噢，這會兒成了文生喔。以前一天到晚說，噢文尼，從來沒有人像你一樣弄得我好舒服。噢文尼，我好愛好愛你對我——」

我見過這人，在城裡各種不同的聚會裡。我從來沒聽他講過自己的故事，從來不知道他的名字，也想不起見過他和唐娜在一起。不過我認得這張臉。

他比我重幾磅，矮個約莫一兩吋，暗棕色的頭髮蓬亂，比新款的唐娜頭要長一點。他已經幾天沒刮鬍子，聞起來是酒精努力要從毛細孔鑽出來的味道。他穿了件骯髒垮塌的白色汗衫，肩膀半露，下身則是條剪短了的牛仔褲。他光著腳沒穿拖鞋。

「你說了我來收東西時你會避開的。」

「才沒有，唐娜，說的人是你。可你搬出去了，對吧？這是我的公寓，對吧？」

「沒錯。」

「既然是我的公寓，誰會比我更有資格待在這裡呢？」

「文尼——」

「嗄，這下又回到文尼啦。這會兒我全身真是暖洋洋的好舒爽。」他伸出一隻手，搓搓她的頭髮。「你知道你長得像什麼嗎？你長得像他媽的破布娃娃小安安（譯註：Raggedy Ann是一九一五年美國推出的新款娃娃，三年後並推出了一本以她為主角的書，玩具與書相互輝映，創造出蓬勃的商機）。」

「不要碰我。」

「『不要碰我。』馬上又翻臉囉，唐娜。嗳，安啦。我不會把你踢出我公寓的。」他側身一旁，示意她進門。「Esta is su casa，」他說，「你知道這話的意思？」

「我知道。」

「此乃西班牙文，意思是說，這是你的房子。不過其實它不是。」

我說：「文尼，行行好，給我們一個鐘頭就行。」

他看著我。先前他把我當成聽眾，這會兒我有了台詞，所以他便順勢應答起來。「我見過你，」他說。「馬修，對吧？本來是警察，但是因為做人失敗，人家就叫你滾蛋了。你是警察。你是她的新任相好嗎？」

「馬修和理查是來幫我搬東西的，」唐娜說。

「還真找對人了呢，」他說。「馬修可以狠命扁我，理查可以幫我吹簫。我夾在中間，天殺的還有啥出路？」

8

這個在柯柏丘的下午委實漫長。文尼已經連著好幾天沒日沒夜的喝酒，所以現在他所有的情緒都上場了——從自憐到挑釁全跑出來。他說他真希望唐娜沒剪頭髮，說他很想把她的長髮纏上她頸子，狠扯一把勒死她。他走出房間，把電視的音量開大，然後捧著杯啤酒回來晃晃，又漫步而去。這間公寓在他喝下黃湯以前，狀況應該還好，但現在卻堆滿了空瓶子和啤酒罐、披薩盒，以及吃剩的中國菜和一本本《好色客》以及《閣樓雜誌》。有一頁從《漁色雙週刊》撕下來的神女廣告用膠帶貼在廚房牆上掛著的話機，上面滿滿都是照片和號碼。有幾則廣告還用奇異筆圈起來。

「這一位，」他指著其中一張照片宣稱：「很愛玩後庭花喔，唐娜，而且吹簫的功力超級強大——這我可能不敢試。我打賭你的段數應該也不差吧，理查。」

沒有人搭腔，不過他好像無所謂。我看他是根本沒有注意到。

這個在柯柏丘的下午委實漫長。

27

我們穿過大橋回到曼哈頓時，她說：「拜託喔，說我像破布娃娃。小孤女安妮和破布娃娃。」

「你看來明艷照人，」理查說。「所以就別再唉聲嘆氣，講這些有的沒的了吧。」

「遵命。」

「我先前說小孤女安妮，意思是要讚美你。你的眼睛滴溜溜的，就跟她一樣，只除了你的眼神嫵媚多了。而且你的頭髮一剪就不會一直掉下來，遮住你突出的大眼睛。」

「哈，這會兒我變成凸眼睛啦？好啦，是我不好，我閉嘴。」

「而且你看來一點也不像小安安，」他說。「那個酒鬼是白癡。」

長長一段緘默。然後她說：「那人其實還不壞，你知道——在他清醒的時候。」

「不過這會兒他又回籠成了酒鬼，對吧？」

「對。」

「而且不管喝不喝酒，那人壓根兒就不是你的型。你心底其實一直都清楚。」

「哇，老天，理查。你真是高人。」

「還用說嘛。」他眨眨眼。

她的東西塞滿了後車廂以及我旁邊的後座，我們回到起跑點——八十四街和阿姆斯特丹街交口。理查在附近繞了繞，還是找不到車位。我要他停在某個消防栓旁邊，然後遞了張卡片讓他擺在擋風玻璃上。

「偵探協會，」他大聲唸道。「意思是我不會被開罰單囉。」

「比較不會。」

「不曉得耶，」他說。「要只是碰上開罰單還好，不過如果他們把車拖走怎麼辦？」

唐娜說：「蜜糖兒，你還是待在車裡比較保險，東西馬修和我搬就行了。少了你，我們只消多跑一趟即可。」

她住在一棟棕石建築的五樓。建築外觀美麗，維護得甚好，而且樓梯間只有淡淡一抹家具上光的油漆味道。問題是沒電梯，我們總共跑了三趟，那四段樓梯我爬到第三回合時，已經累得氣喘吁吁。

「坐下來吧，」她說：「要不我看你真會摔倒。爬樓梯可以幫我健身，不過不習慣的人會給整死。何況你扛的東西是我的三倍之多。幫你倒杯水如何？還是可樂？」

「好，給我可樂。」

「不過我只有百事可樂。」

「百事很好啊。」

「哪，請慢用。我去跟理查說，我們都搞定了。」

她要我坐在客廳一張安妮皇后扶手椅上，後面是大理石砌的壁爐。壁爐上方掛了幅十九世紀風景畫，畫框雕工細緻。硬木地板的正中央鋪著厚實的中式地毯。房間看來悅目，比我預期的華麗且氣派，和她昨晚穿的套裝很搭，但和她今天下午穿的牛仔褲和毛衣就不太相襯了。

我心想，不知這間公寓的其他房間長相如何。廚房，還有臥室。我待在原地，任憑想像馳騁，然後我便聽到她踏步上樓的聲音。

「我得喘口氣，」她進門時說道，然後便倒向一張鴛鴦椅。「理查要我跟你問好，他預祝你戒酒週年快樂——如果在那之前沒法跟你碰頭的話。你快滿一年了，對吧？」

「馬上就要到了。」

「再來杯可樂吧？百事可樂。要嗎？」

「我最多只喝一杯。」

「哈！佩服。噢，趁我還記得——」

她走向我，遞來兩張百元大鈔。我們起了爭執。我告訴她數額太大，她說這跟她給理查的數額一樣，請我一定收下。我說我很樂意免費服務，這是友情回饋，如果非給不可，就給一半如何？說著我便退還她一張鈔票。她立刻推回給我。

「原本我打算付四百，」她說，「甚至更多呢，所以兩百已經是一半了。請你千萬收下，免得我們還得吵下去。就此打住不是比較明智嗎？」

我同意她說得有理，把鈔票收進皮夾。我沒打腹稿，脫口便說：「這錢我想可以花來吃晚餐，你願意當陪客嗎？」

她睜大眼睛。「太好了，不過今天是週六，你不是有個固定的約會對象嗎——名叫琴吧？」

「珍。」

「雖不中，亦不遠矣。」

「不過今天她打算和她的輔導員共進晚餐。」

「噢。」

「她倆有很重要的事得討論，想必是要講我。」

「噢，」她說。此時她是站著的，所以我也站了起來。我們的眼神交會，我覺得自己好像瀕臨決定邊緣，然後我才意識到，其實我已經做成決定。她往前踩了一步。「你真討人喜歡，」她說，然後把手放到我的膀子上。

∞

她的臥房是維多利亞風格，放了張四柱床，處處可見蕾絲花邊。完事後，我躺在她身邊聽著自己的心跳。我發現自己開始想著——不是頭一回——我的心臟還能再跳幾下。

唐娜依偎著我。她舉起兩手搭在頭上，然後伸手碰碰膈肢窩，再把指尖湊向鼻端。

「哇，老天，」她說，「我好臭。」

「我曉得，剛才我是屏住呼吸才有辦法碰你的。」

她大笑起來，聲音響亮且有一絲絲調皮的味道。「我注意到了，」她說，「你是使盡全力才撐住沒吐。」她一手搭上我的大腿。「我該先沖澡的。」

「原本我也想淋浴，」我說，「不過那就得等上好一會兒囉。」

「然後你我搞不好會開始恢復理智。」

「那一來，我們就不會上床了。」

「噢，上床是一定會的，」她說，「只是早晚問題。」

「寫在星星上了嗎〔譯註：written in the stars是英文俗語，意思是老天注定〕？」

「寫在地鐵的牆上，」她說，「以及廉價公寓的大廳。我好喜歡這首歌〔譯註：這兩句歌詞是來自一九六四年保羅賽門和葛芬柯合唱的〈沉默之聲〉〕。」

「幾百年沒聽到了。」

「等等，」說著她便溜身下床。我大概是神遊了一陣子，因為轉眼間她已蜷臥在我身旁，而賽門和葛芬柯低沉的和聲則迴響在我耳邊。

「在我的幻想裡，」她說，「根本沒有出現我們如此大汗淋漓的影像。」

「你有過幻想？」

「當然囉，而且每次我都是淋浴過後走向你，身上這裡那裡灑著香水——」

「哪裡跟哪裡呢？」

「少來，你這樣我會分心耶。剛才我講到哪兒啦？」

「這裡和那裡。」我說。

「你的撫摸好柔，馬修……。總之，我淋浴出來，長髮輕飄，帶著淡淡的香水味。噯，香水其實沒那麼淡啦，而且長髮現在已成了回憶。」

「在我的幻想裡，」我說，「沒有出現長髮。」

「等等，」她說。「你也有過幻想？關於我嗎？」

「你覺得不可思議？」

「我沒從你身上感應到火花，」她說。「所以對你產生性幻想就覺得安全多了。你對我沒性趣，而且你又死會了。」

「我覺得打從你捏我手臂開始，我就心動了。」

「你是說這樣捏嗎？」

「嗯哼。」

「只是友誼的表示。」

「喔。」

「下意識動作。」

「你說了算。」

「也許不完全是下意識吧，」她說，然後想了想。「也許有那麼點性暗示吧。」

「好啦，你不用為這個道歉，唐娜。」

「有啥好道歉的，真是。你對我有什麼性幻想呢——除了沒長髮以外？」

「嗯，就是我們剛做的那樣。」

「噢。」

「外加幾樣，」我說，「我們還沒有探索的姿勢。」

「長髮完全沒介入？」

「小姐，我一直都很仰慕你的秀髮。」

「而且你希望我沒剪掉它。」

「不對，」我說。「其實我偏愛短髮。不過以前那樣也不賴。」

「男人都說愛長髮，」她說，「可是照顧長髮好累人，而且還有什麼麻煩你曉得嗎？」

「嗯？」

「做愛時頭髮會跑進嘴裡。還有沒探索的事要進行呢，我們是不是該先沖個澡？」

∞

我是回到旅館以後，才沖澡的。第二回合結束後，她宣告她已經累得無法出門了，不過她說我們必須吃點東西，她來弄些三明治如何？我說聽來不錯，不久後她便端了兩份三明治回來，是黑麥肝腸，外加一包有機紫玉米片。

「我已經開始昏頭了，」她說，「忙了一整天。」

「的確。」

「歡迎你在此過夜。」

不過我很識相。我穿好衣服後，她陪我走到門口。「你人真好，」她說。「真高興我們有這種進展。」

外頭比較涼，我想直接從哥倫布圓環搭公車回去。不過等了一陣子巴士以後我耐不住性子，於是就開始走路，半途有輛公車經過，我大可招手搭上的，但想想還是放棄，一路走完餘程。有時走路可以幫助思考，但有時走路反而可以避免陷入思考——只要一步接著一步往前踩，我就不用掀開地上所有的石頭看看底下藏了什麼（譯註：leave no stone unturned這句英文俗諺原本的意思是盡全力找出某人或某樣東西，這邊是直譯）。

如我所料，旅館櫃檯有給我的留言。兩通電話，是珍和葛瑞打來的。我看看錶，覺得現在打太晚了。我走上樓，淋浴過後我拿起話筒打給葛瑞。

「運氣不好。」

「他把傑克的東西全扔了？」

「沒，他依慣例打了包，前幾天警察上門接收了。這是常規做法嗎？」

如果警方已經決定結案的話，是不來這套的。「看來他們又找到線索了。接收人應該簽了名。是瑞蒙嗎？」

「我根本沒想到要問。」

「沒關係，」我說。「我會打個電話問。」

我掛上電話，上床。也許我會打電話給瑞蒙，我想著，也許不會。我覺得打不打好像沒什麼差別。

28

「前幾天報上登了個消息，」吉姆說，「說是法拉盛新闢了個唐人街。可以搭席亞體育館線的火車到底站，亦即法拉盛的主街，那邊開了好幾條街的中菜館，中國各地的鄉土名菜都有。我們這一帶絕對吃不到。」

「比如清炒熊貓。」我提議道。

「包括熊貓體內你想都沒想過要吃的部位。所以我在想，咱們何不就殺過去瞧瞧，看順眼的就進門，看他們提供什麼好料。」

「好主意。」

他又斟滿了我們的茶。「然後我又想著，媽的我在幹嘛啊？歷史悠久的唐人街搭A線火車十分鐘就到了，可我們從來沒去過，難道這會兒還真要千里迢迢趕到法拉盛嗎？」

「我們是慣性的動物。」

「美食評鑑說有家台菜餐廳很棒，離地鐵站不到兩個路口，寫得叫人流口水。可我們永遠不會去。」他咬了口漢堡，嚼一嚼吞下去。「慣性動物，」他說。「你都照慣性於禮拜六晚上做愛一場，如果這個女人說再見了，那就再找下一個。」

「我可沒這個意思。」

「嗯，了解。叫唐娜對吧？挺標緻的女人。」

「她剪了頭髮。」

「說是這麼說，但你沒有因此就打退堂鼓，對吧？」

∞

幸運牡丹坐了七個客人，我倆也在其中。這是一家新開在第八大道和五十一街轉角的店。我整天都待在房裡，是吉姆的一通電話讓我一路走到店裡來，麻醬麵是我昨晚吃了肝腸三明治以後的頭一樣營養補給品。

吉姆則是我頭一個講話的對象。他在電話上要我選個時間和地點去吃我們週日慣常共享的大餐，而我應答的幾個字就是我當天吐出的所有話語了。

我從沒有刻意決定一整天都要與世隔絕。我會一直想著幾分鐘後我就要出門吃早點，想著但又拖著，到最後就變成該吃午餐了。

週日早上珍和我通常都參加蘇活區的聚會，所以這一天我當然要刻意迴避。週日的紐約幾乎所有時段都是處處有聚會，我心想那就隨意選個聚會參加吧。我翻開記事簿，拼湊出一個讓我可以插進兩個聚會的時程，而且如果再趕一點的話，三個也沒問題。

結果我一個也沒去。

我待在房裡，大部分時間就這樣讓電視開著，在足球賽和高爾夫球賽之間切換頻道。有時候我會專心盯看好一會兒，有時不會。

我想著有幾通電話要打，但結果都沒打。有那麼一下子，我想起神祕馬克幾天前打了通電話留下號碼，但我把留言丟進字紙簍了。我知道不是飆車馬克，所以我就納悶起那人是誰。我探眼看看字紙簍，但留言已經不見。身為這家旅館的永久房客，我每週可得一次免費的女僕服務：她會幫我鋪床換床單、清潔我的浴室、吸淨我的地毯、清好我的字紙簍。我的房間每個禮拜六都享有這種優惠，所以要找馬克的號碼已經晚了一天，不過其實無所謂，因為我很確定就算找到號碼，我也不會打給他的。

我的電話響了幾次——在吉姆和我聯絡之後。由於我懶得開口，所以我就任憑鈴聲響著沒接。如果是重要的電話，他們自會留言，我可以於出門赴約時順便詢問櫃檯。如果我記得要問的話。

∞

「之後，」我說，「我是一路走回家的。」

「一邊哼哼唱唱吹口哨？」

「你知道我腦裡閃過什麼念頭嗎？『天老爺，難道我打算讓這女人糾纏我一輩子不成？』」

「因為像你這樣的新好男人，她不可能輕易放過？」

「最好是啦。」

「且聽我說，」他表示，「因為你需要提點。唐娜才剛結束了一段她原先根本不該展開的戀情。所以她得做兩件事證明自己已經斬斷情絲：一是跑去剪頭髮，二是找人上床。而且為了確定自己不會重蹈覆轍，她特意挑了個已經是死會的男人。」

「你是指珍吧。不過如果珍沒爽約的話，哪有唐娜。她是因為有了機會，才起心動念的。」

「說來她先前老愛捏你膀子，應該是純友誼囉。」

這點我還得想想。

「聽著，」他說，「她是喜歡你沒錯。她想跟你上床，然而之後她卻給了你一份三明治要你回家。」

「她說了我可以過夜。」

「『達令，拜託留下來吧，起床以後我們可以出門吃頓美味的早點，然後再回到這裡愛愛。』她是這麼說的嗎？」

「不盡然。」

「你接收到的訊息——亦即她真正的意思是，你想留下來應該沒問題，不過她希望你不要。這話聽來有道理吧？」

「當時也許她是在想：這人該不會沒完沒了，糾纏我一輩子吧？」

「呃，她跟你同道，也是酒鬼。而且她才跟黃湯大王一刀兩斷，所以沒錯，我想她腦裡閃過的應該是類似的台詞。不過別垮著臉好嗎？這會兒有這麼個漂亮的女人，住在那麼高檔的公寓，結果她是挑了你跟她共享她那張舒爽的四柱床。」

「你怎麼知道是四柱床？」

「天老爺，你是巡警可倫坡不成〔譯註：《神探可倫坡》是美國經典的偵探影集〕？你才描述過了啊。」

「噢。」

「你還提到東方地毯，以及大理石壁爐上掛的肖像畫。」

「風景畫。」

「謝謝指教。她其實不需要選你的，你知道。她大可以把理查拖上樓。」

「理查是同性戀。」

「你覺得她會有顧忌嗎？」

「吉姆——」

「好啦，我承認你是比理查合格一點，跟她也搭調些。你該不會是愛上她了吧？」

「愛上唐娜？當然沒有。我喜歡她，不過——」

「沒有搬去同居的幻想？」

「沒有。」

「很好，因為她也沒這意思。唐娜有份好工作，薪水又高。她住在市中心，對吧？」

「她在某家投資銀行上班，但我不太確定她的工作性質。」

「不管是做什麼，薪水豐厚就對了。她遲早會找個固定對象交往，但不是馬上，而且對方不會是跟文尼同款的男人——來自布魯克林南區的浪蕩子，只在兩杯酒之間保持片刻清醒。而且你可知道這人也不會是啥款人嗎？」

「長期投宿於旅館的無照私探。」

「答對了。你度過了一段美好時光，而且週六夜沒有落單。」

「是。」

「而且你還得了兩百塊紅利。哪兒不對了？」

「給錢是為那個嗎？」

「當然不是。給錢是要表明，她跟你上床不是為了回報。聖誕快樂，小朋友。」

「嗄？」

「你沒聽過那個聖誕笑話嗎？郵差送信到某個人家，太太請他進門，給了他一份新鮮出爐的烤布朗尼外加一杯咖啡。然後沒兩下她就領著他上到二樓的臥房。之後她遞給他一張一元紙鈔。

「他嚇一跳：『嗄，這是幹嘛？』說著他便把錢塞回去，但她不肯收。『錢得給你，』她說。『這是我先生的主意。』『你先生的主意？』『是啊，』她說。『我問了他，聖誕節我們該給郵差什麼禮物，他說：幹他的，給一塊錢好了。不過布朗尼和咖啡是我的主意。』」

∞

我們去了聖克萊爾教堂的聚會，之後我陪他走回家。我回自己家的路上，想起先前我走過櫃檯時，沒問及口信。這回我問了，結果是零。我走上樓，拿起話筒，但沒撥號就放下來，然後上床睡覺。

29

禮拜一早上我吃完早點後，馬上打電話給葛瑞．史帝曼。沒人接，於是我在答錄機上留了話。我知道此時不宜打給唐娜，而且我也還沒心理準備打給珍。我找到丹尼斯．瑞蒙的號碼打過去，分局裡有人幫他接。我留下我的名字電話。

其後一天半的時間裡，瑞蒙和我玩起捉迷藏。他打來時我一定不在房裡，我回電時他一定不在辦公室。禮拜一中午我加入爐邊談話，當晚則到聖保羅教堂聚會。我原以為會碰到唐娜，但沒看到她並不驚訝。

吉姆也不在那裡，不過我找到其他人共享咖啡。等我從火焰餐廳回到家時，已經過了十一點。沒有留言，不過雅各告訴我，有人打過電話。「但他沒報名字，也沒留號碼。」他說。

沒最好啦，我心想。

葛瑞沒回我電話，我很驚訝，心想現在打給他應該不算晚。我再次聽到答錄機的聲音，想來他不是正在大嚼草莓／大黃派，便是已經休息了。我沒留話便掛了電話，然後上床睡覺。

∞

禮拜二下午，電話總算是趁我在的時候響起。是珍，她想打聲招呼。我們的對談異常空洞——亦即意義盡在空白裡。我們都沒提到上週六的事，也沒說起下個週六要怎麼過。我心裡的幾樣事我全沒說，想來她那邊也一樣。

這通電話毫無實質內容，不過倒是打開了一條通路，因為我一掛上電話便打給瑞蒙，而這回他總算是在辦公室裡，可以接聽。

「抱歉，」他說，「我一直想著要回電給你，已經打了兩通。」

「是我太難找了，」我說，「總之我是想問你，你有沒有跟傑克・艾勒里的管理員要走他的遺物。」

他搞不懂我在說什麼。我解釋說，艾勒里的遺物已經被人領走，管理員覺得好像是他。

「老天，」他說。「我幹嘛拿呢？」

「我也是這麼想。」

「管理員說了是我嗎？」

「我沒跟他講上話，」我說。「葛瑞・史帝曼去那兒問過，他說應該是哪個警官領走的。」

「什麼遺物啊？八百年前布林克大搶案遺下的贓物嗎（譯註：the Brinks robbery於一九五〇年發生在波士頓，號稱世紀大搶案，是截至當時為止美國史上最大的搶案）？」

「我也不清楚，」我說。「史帝曼說也許有些筆記本，一些參加戒酒聚會留下的紀念吧。」

「你去過他房間沒？」

「艾勒里的房間嗎？沒有。」

「我去過了，因為他就是在自己房裡遇害的。除了刮鬍刀、牙刷和一台時鐘收音機外，媽的等於啥也沒有。幾件舊衣服外加一雙鞋，或許還有六七本書吧。其中幾本是戒酒無名會的書。你找的是書嗎？」

「我沒特別要找什麼。是史帝曼——」

「對喔，是史帝曼去找的。我找到一枚約莫半個銀元大小的銅幣，好像刻了協會的徽記：在一個圓圈還是三角形的正中，並列了兩個A字，我忘了是圓還是三角。」

「兩個都有。」

「嗄？」

「兩個A字並列在三角形裡，而三角形則框在圓形當中。」

「謝謝閣下指點迷津。總之，那枚銅幣連買杯酒都不夠。」

有些戒酒團體會在成員戒滿週年時發送銅幣，銅幣有一面會刻上所滿的週年數。想來瑞蒙應該不需要再多這條資訊煩他吧。

「總之，」他說，「可憐的傢伙是兩袖清風，他的遺物我可沒必要再看一眼。不管是誰接收了去，絕不是在下我。噯，麻煩等一下。」

我等著。他回座時告訴我，沒有人知道艾勒里遺物的下落。我說也許是管理員自己藏私，但卻編了個故事誆人。應該是把東西清掉了吧，瑞蒙說，因為那些遺物沒有藏私的價值。他全扔了，可是因為擔心挨批，只好怪到警察頭上。

「這點我們早習慣了，」他說，「你曉得，我原以為你找我是要報福音呢。」

「比方說？」

「比方說你終於良心發現，想招認是你殺了你的童年好友。」

「我幹嘛啊我？」

「我剛剛不是才說了嗎？因為你良心——」

「我是說，我幹嘛要殺他？」

「我怎麼知道？做賊心虛的是你啊。也許他幾百年前在布朗克斯偷了你一張棒球卡，而你才剛發現那卡身價非凡。我忘了上頭印的是誰了。」

「這點恕我無法幫忙。」

「何內斯．華格納啊，誰需要你幫忙來著了？所以人不是你殺的囉？」

「恐怕不是。」

「我果然運氣很背。對了，這案子你該沒上下其手，扮演偵探的角色在搞鬼吧？」

「沒。」

「語氣要再裝像一點吧？噯，算了。本來我是要提醒你別礙手礙腳，不過眼下我們的工作量已經太大，恐怕沒什麼時間去管貴友艾勒里的案子。如果你撞上什麼線索，煩請通知一聲。」

8

那天是禮拜二。禮拜四早上我邊吃早點邊看報。報紙一角有個標題我不經意的瞄過去：有個男人在葛瑪西公園附近一條街上遭人行搶並遇害。我又翻了好幾頁後，腦子才喀嚓一聲，立刻翻回那個版面察看受害者的姓名。當下我馬上醒悟到底是哪個馬克一直想要找我。

30

「馬克・沙騰斯坦，」喬・德肯說。「午夜過後不久遭害，就在離他家三條街的地方，死因是頭部遭到多次重擊。他出門到某家愛爾蘭酒吧喝兩杯——如果你相信現在還有這種地方的話。該店員工認識他，他雖然不是常客，也不酗酒，不過偶爾是會過去小酌一番。這一來，以後再也不會去了。這也不是那一帶頭一回發生搶案，連這個月的第一次都算不上，而且現在還是月初哩。皮夾不見了，錶也是，口袋全往外翻——聽來像什麼啊，馬修？」

「暴力行搶。」

「百分百的行搶，而且暴力跡象明顯。所以啦，我這就有了兩個問題。請教案子在表象底下哪有可能暗藏玄機？我且想順道追加一句，這案子倒是於你何干？」

「我認識這人。」

「喔，老友？」

不是，我想著。老友是先前死去的那個。我說：「我只見過他一次。當時我在幫個朋友查案，剛巧有些問題想問沙騰斯坦。我去了他的公寓，和他談了一個鐘頭吧——頂多。」

「問到什麼了嗎？」

「足夠把他排除在外了。」

「排除在什麼之外？」

「嫌疑名單之外，」我說。「細節不談了，總之我原以為他可以提供線索，不過跟他聊過以後，我馬上知道是死胡同。」

他看著我，想了想。「是最近的事嗎？」

「不到兩個禮拜以前。」

「這會兒他死了，而你覺得絕對不是巧合。」

「不對，」我說，「我覺得幾乎可以確定就是巧合。不過我還是想花一頂帽子的錢來排除它不是巧合的可能性。」

這是警界的定價暗語，一頂帽子對應的是二十五塊美金，一件外套是一百美金。帽子的市價其實我毫無概念，我也不記得最後一次買帽子是多少年前的事，不過暗語並不會隨著市場波動改變意思。想當年一英鎊還曾相當於五美金呢，不過現在拿出五英鎊應該是換不到什麼帽子了。

總之我用來賄賂喬・德肯的便是一頂帽子。他是紐約中城北分局的探員，該局坐落於西五十四街，葛瑪西公園不在他的管轄範圍，但因沙騰斯坦住過多年且死去的葛瑪西區我沒有熟人，而且我也不想透過關係結識負責該案的人士，以免引人注目。還是透過喬辦事比較方便，他可以幫我打幾通電話探聽消息。

所以這會兒我才會跑到第八大道一家咖啡館裡，跟他隔著張美耐板桌子進行對話。他人在那兒，為的是要拔刀相助，不過我倆心知肚明，這是需要付費的幫忙。

「就讓我們來假設一下好了，」他說，「咱們先假設這不是巧合，殺他的不管是誰總有個理由。你說會是什麼理由呢？」

為了封他的口，我想著。說不定他頻頻找我，為的就是要告訴我什麼，但我卻笨到沒有回電。

我說：「不知道，喬。」

「完全沒譜？」

「呃，他的過去確實有些問題。這人有無前科我不清楚，不過他有段時間收過贓貨（譯註：收贓者原文為receiver，另外有個意思是美式橄欖球隊的外接員，為進攻組球員）。」

「敢問他是噴射機隊的外接員嗎？」

「你知道一個叫賽立格．吳爾夫的人吧？」

「這還用說！當然曉得，說到銷贓就不能不提他。」

「總之，馬克做生意的本事全是他舅舅賽立格調教出來的。」

「賽立格是他舅舅？」

「沒錯，是他媽媽的兄弟，忘了是兄還是弟。」

「女人有個兄弟，不是哥哥的話，鐵定就是弟弟。」

「也有可能是雙胞胎。」

「就算是雙胞，也有個先來後到吧。咱們怎麼會扯到這裡來？老天，賽立格．吳爾夫，天底下再找不到比他更棒的師傅了。」

「聽說了。他步上舅舅的後塵走了幾年，結果因為家裡被搶，他喪盡家財，災情慘重嚇得他立刻改邪歸正，放棄收贓的行當。」

「而且直到死前，他都在教導智障兒如何綁鞋帶對吧。靠那維生委實辛苦，不過的確是挺高尚的行業。」

「他後來是為幾家小公司做帳。」

「亦即幫著做假帳。」

「難免搞點鬼吧。」

「紐約實在無奇不有，精采絕倫。他在一個小時以內就跟你報告了這麼多事情嗎？」

「那又怎樣？我才花了十分鐘就跟你交代完畢。」

「只除了沒說他對你推心置腹言無不盡。」他聳聳肩。「由此可見你還滿有一套的。你知道，如果他沒被逮過的話，十三分局的承辦員警壓根不會知道他生前是個銷贓大王。只怕我得把這話轉告大家。」

「不過你無需透露資訊來源。」

「某線民開的金口，」他說，「可靠之消息來源。」

「正是在下我沒錯。」我把先前準備好的兩張紙鈔遞給他，一張五塊一張二十。「感激不盡，喬。你是需要買頂新的帽子了。」

「我的帽子塞了滿滿一架子呢。我現在需要的是大衣。哈，老兄，瞧你的表情！光這就值回票價了。很高興你送我一頂帽子，小哥，也很高興有機會跟你同坐幾分鐘敘舊。一切都好吧？」

「還算混得下。」

「我們也只求過得去就好，」他說，「誰都一樣。」

∞

我回到旅館房間，電話鈴響時，我正在爬梳事情經過。是喬打來的，他接續先前的話題，好像不曾中斷過。「這個沙騰斯坦啊，」他說，「應該是給當成軟手蝦才遇害的——他當時一手紮著繃帶。」

「我前陣子跟他碰面時，他就紮著了。」

「手紮繃帶輕易就會給歹徒相中的，因為不用擔心軟手蝦會反擊。不過他是怎麼傷到手哩？搞不好是他痛扁某人。搞不好這人脾氣火爆，有人想動他腦筋的話，他一定會死命抵抗。」

「用他另外一隻手。」

「之類的。所以歹徒就拿了根隨身攜帶的武器敲下去。應該是最常見的那種鈍器。」

「有可能，」我說。「是你編出來的情節嗎？」

「我拿起話筒，通知眾人受害者的舅舅是大名鼎鼎的賽立格。所有相關人士都相當驚訝，而負責此案的小哥則提起紮了繃帶的手——算是還我一個人情吧。大家總得禮尚往來嘛。不過真要說的話，洗澡時可以換手輪流洗，但那繃帶肯定礙事。」

∞

說來沙騰斯坦原本是閒閒坐在家裡，悶頭想著那個突然宣布自己是蕾絲邊的前室友，然後四方牆壁便突然壓來而他先前又忘了買下半打啤酒，所以如果他想喝酒的話，就得出門才行。而且既然出門，何不多走幾個路口去酒吧算了，因為在眾多能飲善談的酒客中間品酒會更爽，而且天曉得搞不好還會走上桃花運呢。這種事很難講。

於是他便去了酒館，左手捧酒是因為右手仍然無法施展。於是便有人盯上了他，在他起身離開時緊跟過去。不幸出手過重。

的確有可能。

因為我真心希望事情經過便是如此。如此一來，命案就是純屬意外。厄運、業障、劫難、流年不利之類。如果是上述情形之一，那就不是我的錯了。

∞

我回到旅館房間，在電話本裡找到他的電話，很難決定號碼眼不眼熟，曾否寫在我應該已經揉縐且扔掉的紙條上。即便眼熟，也不是因為我看過寫在字條上的號碼，而是先前想聯絡他時撥過好幾次吧。

這會兒我開始撥號，接著是答錄機應答。我聽著一個死人的聲音。我掛上電話，心想不知多久後才會有人拔下機器的插頭，多久後電話公司才會斷話。

人不會馬上死掉。至少在我們的世代不會。現在我們是一點一滴慢慢消亡的。

∞

我不曉得自己呆坐了多久，總之最終我還是想到我應該去參加聚會。我看看錶，發現各處的中午聚會全都趕不上了。當時已過兩點，我打從吃了早餐以後，就沒再進食也沒參加聚會。

打電話給輔導員，我裡頭有個微小的聲音在說。於是我便乖乖拿起話筒，不過撥到一半時，我想到這是他家的號碼，此時他應該是在店子裡。我試了他辦公室的電話，撥錯號了，有個女人來接聽，我趕忙道歉後再查一次號碼，這回話線在忙。

我打電話給珍。鈴響了兩次，我在她接聽前掛上電話。

我打電話給葛瑞，是答錄機回應。我掛上話筒。我留給他的口信已經夠多了。

不過不知怎的我又撥了一次，這回機器接聽時，我讓他把話講完。他先是請我在嗶聲後留言，然後有個機械化的聲音切進來，告訴我帶子已經錄滿了。

好吧，這就清楚解釋了他為什麼沒有回電給我。顯然他所有的來電都沒回。應該是到外縣市去了，根本沒有察看留言，而且——

我立刻衝出房門。我跑上街時，正好有輛往東開的計程車在對街那棟公寓大樓前方放下一名乘客。我大叫一聲，穿梭在川流的車陣間奔向對街。

「不要命啦，」司機說，「什麼緊急大事趕成這樣？」

∞

我不記得他的地址。我只知道位在第一和第二大道之間的九十九街，而且是在街區正中靠北的那頭。一連四棟大樓外表都一樣，不知道到底是哪一棟，不過我首先試的是右邊數來第二棟，而且我在一排按鈕旁邊看到他的名字。我摁了鈴但沒有回應——如我所料。

這一排按鈕的最底端旁邊標出「官里員」三字，看得出大樓雇來的管理員有讀寫障礙。我按了那鈴，沒人應聲，我再按一次。沒有反應。

我按了三樓幾戶公寓的鈴，終於有人應答了，他想知道我是誰，我想幹嘛。我想起老鼠的氣味。「除蟲公司。」我說，他便嗶一聲讓我進去。

我爬上樓梯。老鼠味很淡，如果不是想起他先前提過，也許我根本不會注意到。老鼠、高麗菜，還有發出大蒜味的潮濕狗兒。到了三樓樓梯口，我看見一個女人站在一扇門前，皺眉看我。如果我是除蟲公司的人，怎麼兩手空空？我的工作服呢？

我在她開口以前，拉出皮夾甩開來。我戳出食指，指指樓上。她聳聳肩嘆口氣，回到她的公寓，而且我還聽到她上鎖後再上一道門閂的聲音。

我又爬三段樓梯，到了葛瑞的門口。我按了鈴，裡頭傳來音樂鈴聲。靜音之後，我敲敲門，好像能起什麼作用一樣。

我轉轉門把。門上鎖了。嗯，當然要鎖上啊。如今已過了夏天，所以他不會是跑到火海島度假（譯註：Fire Island是位於長島南方外海的島嶼，是紐約人度短假的勝地），但紐約人想逍遙一個禮拜還有其他多種選擇啊，如西嶼、南灘，或者開曼群島及巴哈馬一些平價但講究排場的度假別墅。他遠行前當然要把門窗鎖好，所以這會兒我在這裡是為哪樁呢？有通電話我還沒回，且該通電話搞不好不是街頭遇害的馬克打來的，而是另有其人，可現在我卻因為良心不安一路急驚風似的跑到城北這裡，還說謊耍詐闖進他的大樓。瞎搞半天，現在我總該打道回府了吧。

我往門鎖插了信用卡碰碰運氣。如果門沒閂上，如果是彈簧鎖在擋路的話，也許我可以靠著萬用卡闖關。我花了幾分鐘確定此路不通。門上了鎖；除非破門而入，我休想得逞。

我覺得彷彿可以感應到什麼。隱隱然我覺得不太對勁。

我一腳跪在地上，低下臉湊向地板。門底露出約莫四分之一吋的空隙。如果公寓開著燈的話，光線應該會透出來。

我沒聞到老鼠味，也沒有高麗菜的味道。或者帶著大蒜味的潮濕狗兒。我嗅到的氣味把我薰到了大樓外頭，一路往街頭跑。我在找一台沒壞的公用電話。

31

「看到那等景況，」瑞蒙說，「首先我就是想放他下來。讓他那樣懸著，怎麼說都不人道。可動了慈心的話，鑑識科那群人肯定要破口臭罵。光是打開窗戶，他們就可以唸上老半天，但不開窗的話誰受得了啊。」

他已經把所有的窗子都打開了——確實是小有助益。先前我在走廊聞到的些微異味，在管理員打開門時，變成撲面而來的惡臭；我們走進薰鼻的臭氣時，我很慶幸自己還沒吃午餐。

除了氣味以外，客廳和我的記憶一樣，井然有序。廚房無可挑剔——只除了那杯喝剩的咖啡。

臥室裡，葛瑞．史帝曼身上只套了件藍白相間的條紋內褲，一條黑色皮帶環住他頸部，寬面的銅釦已大半陷入他腫脹的喉嚨裡。皮帶的另一頭消失在衣櫃門的頂上，門關上是為了把皮帶固定在一端。一張折凳倒在櫃門邊，想來是他雙腳一蹬，踢倒在那兒的。

「媽的如果搞清楚上吊以後會是這副死相的話，」瑞蒙說，「一定不會有人選擇這種死法。何況還會發出這種惡臭。」

頭顱腫大，脖子拉長，臉孔黑紫。大腸和膀胱清出內容物。薰臭的氣體從內臟發散出來並找到出口排掉。肉體腐爛。

「可憐的婊子養的，」瑞蒙說，「真不想讓他繼續這麼吊著，媽的把他放下來會對他好很多。」

∞

法醫室派來的人覺得這種自殺法非常糟糕。「因為你要捱很久才會死掉，」他說。「而且還都一直意識清醒呢。你會像魚鉤上的鱒魚一樣甩來甩去，但又來不及改變主意。你們瞧見這門上一條條痕跡吧，就是他的腳亂踢出來的。大可以服藥自殺啊，只是進入睡眠狀態，永遠不用醒來。而且吞下藥丸後如果反悔的話，通常都還來得及可以送到急診室洗胃的。」

「要不就是舉槍自殺，速戰速決。」

「不過會留下很恐怖的爛攤子，」法醫告訴他。「反正不需要你收拾，所以你就無所謂對吧？」

「我？」瑞蒙說。「請不要把我扯進來好嗎？我可沒打算舉槍斃掉自己。」

∞

他說：「你不抽菸，對吧？我多年前就戒了，不過每次走進那種現場，我都好想抽。抽根雪茄，一呎長一吋寬的雪茄，香味撲鼻臭氣逸散。」

此刻我們坐在綠寶星——這家第二大道的酒吧我於頭一回造訪葛瑞公寓時就注意到了。酒保是西班牙裔，面容憔悴，留著長長的鬢角，以及人中一道細鬚。先前我和瑞蒙在吟遊男孩碰面時，他點的是威士忌加水，而現在他點的則是雙份Cutty Sark威士忌，不加冰塊不加水。

我覺得他的選擇很明智，不過我自己點的是可樂。

「我頭一個搭檔，」我說，「好愛那種長得像細絞繩的小根義大利雪茄，癮頭大得很。一盒五、六根吧，牌子好像叫迪諾比（De Nobili），不過馬哈菲給它們取了個小名叫義佬臭條兒。」

「現在可不能這麼亂取名了，會被告公然侮辱的。」

「也許吧，不過他才不管呢。想當年我最怕的就是命案現場的味道，不過碰到狀況時，他一定會自己點一根也給我一根，我會點了火吸起來。」

「而且心存感激，當然。」

「不無小補，」我說。

他拿起酒杯，透過杯底朝著頭頂的燈看去。我不知道他所為何來。我自己也曾如此這般做過好幾次，但從來搞不懂原因。

「沒留遺書，」他說。

「沒有。」

「我總覺得他是會留遺書的那種人，不過你跟他應該比較熟。」

「我的感覺是，」我說，「他不是自殺型的人。」

「每個人都有自殺傾向，」他說，「怪的是，絕大多數人都沒付諸行動。」

「欸。」

「我父親就是自殺死的。你曉得其中意涵嗎？」我曉得，不過他沒要等我回答。「意思是本人前景不看好。我忘了統計數字是怎樣，總之自殺者後代的自戕機率可能要比其他人不知多上幾倍。」

「不過這可不表示你沒選擇。」

「當然，」他說，然後啜口酒。「我是有選擇。不過在有選擇的情況下，我會如何選擇呢？」他咧嘴笑笑。「把這問句在腦子裡多轉幾下，恐怕就會瘋掉，所以咱們還是轉轉別的問題為妙。你最後一次看到他是什麼時候？」

「不記得了，」我說，「不過我們最後一次講話是禮拜天。」

「我放了他答錄機的帶子聽，留言是從禮拜一早上開始。法醫說他死了多久，兩天嗎？」

「應該是。」

「聽這些留言可真要人命，你應該也有耳聞吧，我放的時候你就站在幾呎外。」

「大半都是他戒酒聚會的朋友。」

「還有個女人咕噥著在講她要他幫忙修護的珠寶長啥模樣。不可思議。她講啊講的沒個完，尺寸、材質，這個那個，然後還說她會親自送上門來，請他仔細診斷。『搞不懂我幹嘛這樣鉅細靡遺的跟你形容老半天，』她說。我真想打個電話告訴她，我也搞不懂。」

「我其實是在關機狀態。」

「我一直在等著她說點有料的話哪。另外還有好幾個人在跟他叨唸，他們不打算喝酒。今天，他們說。意思是明天可能會喝嗎？」

「會這麼說，是因為明天的事明天才曉得。你現在只消處理今天的事就好。」

「有道理。可幹嘛跟他說呢？他們主要是在跟自己講吧？」

「兩者都有吧，」我說。「想來他們應該是他的輔導對象。」

「輔導對象？輔導員的相反詞嗎？」

「以前他們都給稱做鴿子，」我說，「有些老派的人還是這麼叫呢。不過綜合大家意見的結果是，鴿子聽來有點損人。」

「因為鴿子很髒，叫聲難聽，又會四處亂飛，在人頭上痾大便對吧。」

「應該是這原因。」

「沒有遺言，」他又說起來。「而且門還上了鎖。拉斐爾進來時——他是叫這名字吧？」

「應該是。」

「他幫我們開鎖時，轉了兩次鑰匙，先是解開門閂，然後喀聲拉開門扣。所以如果有人送他走上黃泉路的話，應該不只是出去把門關上而已。」

「一定得用鑰匙上鎖才行。」

「不是沒有可能，我們無從知道對吧？這點我們無法排除。」

「還有種鎖很好用，」我說。「狐狸鎖，是大型警察鎖，地板上嵌了金屬板，銲了幾根鐵條可以門住門。」

「把全世界擋在門外，」他說，「如果他真想防止外人干擾的話，怎的不動用警察鎖呢？看來他並不想永遠擋掉全世界。時間只要久到夠他達成目的，不用再活下去即可。」

不用再活著面對所有難題。

他說：「就當是他自己下的手好了，因為這會兒我想不出其他可能。請問他是為何動手呢？姑不論他是酒鬼兼同性戀，兩者皆有可能逼死人，不過請問你能想出更具體的理由嗎？」

「傑克．艾勒里遇害，他很自責。」

「怎麼說？」

我約略解釋了修正錯誤的過程。「傑克爬梳起他的過去，」我說，「搞到後來，他的鼻子給狠命揍了好幾拳——」

「是啊，他死前七天左右給毒打了一頓，醫學報告講得好明白。請教一下，為什麼這些個鳥事我是現在才知曉呢？是誰決定知情不報警察啊，是你還是史帝曼？」

「我們沒有可報的事證。他雇我為的正是這個——找出事證。找著的話，就會通報警察。」

「結果你兩手空空？」

我其實不想講太多。不過想想，死了兩個人，也許一個是遭搶給誤殺，而另一個則是自殺——也許不是。

「傑克列了一張他傷害過的人的名單，」我說。「他打算跟他們一一修正錯誤。我看過名單，把他們的嫌疑都排除了。」
「你洗清他們的嫌疑了？」
「沒錯。」
「他名單上的人。」他看著遠方。「你曉得，你的偵探能力想必是頂級段數，不過請問閣下為什麼沒把名單交給我，好讓紐約市警局來一起決定，這些個嫌犯是否應該被排除嫌疑呢？」
「我受雇的原因不是這個。」
「而且你不想少賺一筆錢。」
「我出的力可是遠遠超過我的價碼。何況如果我要他把名單交給你的話，你會怎麼做呢請問。我看你八成會嗤笑一聲把他轟走，名單就隨手插進哪個檔案——」
「不可能。」
「大有可能。他是某人渣的戒酒輔導員，是個戴著一只耳環的死同性戀，這人手裡的名單上列出一名死人幾百年前得罪過的人——怎麼，你還真會為這個睡不著覺嗎？」
「史卡德，我為啥事睡不著覺，你可是他媽的一點概念也沒有。」
「好吧，算我多嘴，」我說。「可是如果你付諸行動的話，結果會是怎樣？你會把大批警力鎖定在無辜人身上——其中幾人或許各有不同的原因想要避開鎂光燈。」
「如果沒幹壞事的話，就沒啥好擔心啦。」
「是嗎？請問你逃不逃漏稅？」

「幹嘛啊？怎麼突然問出這種話？」

「你逃不逃呢？」

「當然不逃。我的收入都是來自紐約市政府，就算想逃稅，也沒法度。我是乖乖報稅的好公僕，百分之百合法。」

「所以這方面你就沒啥好憂心了。」

「當然。所以有請閣下選用更好的例子，可以套用在本人——」

「你的意思是，如果國稅局寄來通知說，他們打算就你這三年來的收入做個總清查的話，你也無所謂。」

「他們根本沒理由查我。我才說了——」

「只是隨機抽查，」我說，「抽中的機率很小。你高興得起來嗎？」

「好吧，」他終於說道，「懂你意思啦。」

「這些人之所以上榜，」我說，「只有一個原因。這一路走來，傑克曾經耍過他們。其中一個是毒品交易的過程被他A走一大筆錢，一個是家裡被他洗劫一空，還有一個是在自家店裡被他痛打一頓，另一個是老婆被他睡過。」

「我們在談的可是個標準的模範生哪。」

「他後來革面洗心，」我說，「至少是有這打算。我不曉得他成功的機率到底多大，也不確定一個人能改變的空間有多少，不過我必須承認，我不認為他是在浪費時間。」

「根據此人的前科記錄，」他說，「他是百分百的混蛋加三級。不過參加他葬禮的人卻是多得不得了，而且他們觀禮並不是只想確定他已經死掉。」

8

「這案子只少了一樣東西，」他說，「遺書。不過當今世上，沒有人規定自殺前非得寫下遺言。沒有這種硬性規定。」

從前從前，在我還擁有金質警徽以及一名妻子和長島的一棟房子時，有一晚我夜半坐在自家客廳，手裡摎著槍把槍口塞進嘴巴。我還記得那種金屬的味道，我應該不是真心想要付諸行動，不過我的確將大拇指扣上了扳機，而且感覺上只要輕輕一壓，子彈便會穿過我的嘴巴直抵腦袋。

而且警方不會找到遺書。我壓根沒想到要留遺書。

「除此以外，」他說，「一切看來都很正常。他的眼睛出現了煙狀血斑，證明他的確是窒息致死。椅子所在的位置也很合理，顯然他是站在上頭然後一腳踢開。公寓井然有序，完全沒有掙扎跡象，也沒有任何證據顯示，曾有旁人待在他房裡。」

「也許屍體解剖以後，可以提供什麼線索。」

「比如頭部曾經遭到重擊嗎？驗屍官是會往那個方向思考，當然。因為他的確有可能是被敲昏以後，才被吊起來，只是這麼做很費周章。何況凶手還得把他剝到只剩內褲哪，因為史帝曼讓那人進門時，應該是衣衫齊整。」他皺起眉頭。「可是媽的幹嘛要那麼費事哪？假設你是那人好了，你想宰掉史帝曼，你想製造自殺的假象。何不直接跑到他後頭，猛砸他的頭，然後他就會砰一聲昏死在地板上。」

「請繼續。」

「你會花時間幫他脫衣服嗎？而且搞不好你這廂在脫，他那廂卻醒轉過來哩。怎麼不乾脆直接把他吊起來，快快了事呢？」

「你得先解下他的皮帶才行，」我說。

「行，你就解下皮帶，讓它發揮該有的功效吧。難不成你還擔心沒了皮帶，他的褲子會掉下來嗎？」

「很多人在自殺以前，都會把衣服脫掉。」

「又或他原先就是穿著內褲在自家客廳閒坐的話，那就只是保持原樣了。不過如果是你殺的人，你會費事幫他剝衣服，以便看來更像自殺嗎？天知道，可能吧，不過感覺上好像只是增添不必要的麻煩。」

「也許吧。」

「人類所做的大部分事情，」他說，「其實都只是增添麻煩。所以也許事情其實很簡單。史帝曼早上起床，喝了咖啡，澆澆植物和花，並認真回想起自己的一生。然後便決定活著只是增添不必要的麻煩。」

32

當晚我動念要參加今日清醒聚會，亦即葛瑞固定於週四晚去的第二大道上的聚會。彷彿只要到了那裡，我就有可能踏入平行宇宙，看到他還活著。我們會在中場休息時聊天，並於會後外出共享咖啡。也許我們會到泰瑞莎小館看看他們還剩什麼派。然後我們會聊起高低傑克，還有踏入第九步可能涉及的難題，以及其他所有想得到的話題。

結果我沒去那兒，也沒參加別的聚會。我原本想著，或許該去聖保羅教堂，但我沒動身，然後我又想著，或許可以到火焰餐廳跟聖保羅會後續攤的人碰頭。但結果我還是待在房裡沒動。

我坐在窗口，然後我忽然發現自己正低著頭看著對街的酒鋪。當時應該是十點，我坐在原處沒動，然後約莫在十點和十點半之間，他們熄了燈。通常他們是十點關門，不過如果剛巧有人上門——某個熟識多年的顧客——他們還是會開門賣酒給他。然而如果燈已經熄了，霓虹招牌也不再發閃光，昭告天下「此處有酒」，那他們就是真的打烊了。

當然許多酒吧都還開著。它們會持續營業到很晚，其中某些會開到法律規定的關門時間凌晨四點才打烊。而且還有逾時營業的酒吧，為數不少——如果你知道上哪兒找的話。摩里西兄弟已經收攤不做了，不過這可不表示，想喝杯黃湯止渴的人四點過後就找不到地方買酒。

我偶爾瞥眼看看電話。我想著要撥葛瑞的號，我想著要撥馬克．沙騰斯坦的號，不過這都只是一閃而過的念頭，我沒真想找他們。我也想到我可以打電話給別人——活著的人。吉姆．法柏，比方說，或者珍．肯恩。不過我一直沒有拿起話筒。

如果鈴響了，我會去接嗎？我覺得有可能，不過感覺上我也有可能不會接。我想像著我坐在那裡，電話鈴響啊響啊響著。我會想著是誰打來的，卻沒有意願找答案。

還差二十分就十二點了。我想到午夜聚會，我只消下樓叫輛計程車就好，時間充裕得很。那裡的成員多是些三教九流之輩，也常有醉醺醺的酒鬼跑去參一腳，而且也曾聽說有人在那兒動起拳腳或者丟椅子，但清醒的人也不算少，我自己也曾在那兒度過幾個難熬的夜晚。

搞不好佛陀也會在。也許他會跟我解釋說，我所有不快樂的源頭都是來自我的不滿現狀。是喔。我待在原處沒動。

33

我得勉強自己出門吃早點。昨天我免了晚餐，也想不起是否吃過午餐。我覺得應該沒有。不要讓自己太餓（hungry）、太生氣（angry）、太過寂寞（lonely）或疲憊（tired）。把這句話每個形容詞的起頭字母拼在一起便是HALT（停）；這是給戒酒新人最最經典的忠告，而且不管你滴酒不沾的歷史已經多久，這個四字真言還是非常好用。如果不謹記在心的話，你的腦子就會開始作怪，然後沒兩下你的手裡就會多了一只酒杯。

昨晚我就歷經了那所有的禁忌，飢餓生氣而且寂寞疲憊，不過我還是很神奇的撐過了一晚沒事。這會兒我點了一盤培根炒蛋，外加烤土司和薯條，等我咬下第一口後，我的胃口就回來了，我把餐盤清空，還喝下三杯咖啡。先前來晨星餐廳的路上，我買了《紐約時報》，而餐廳裡又有某人留下他看過的日報，於是我便把兩份報紙都仔細讀過，主要是想追索暴力死亡的新聞。這種故事多得很，每天都一樣，不過至少今天這些新死的人我都不認識。

我回到旅館房間後，翻閱起電話本，開始打電話。我打到杜卡斯父子聯營店，對方接聽時，我認出是老闆的聲音。不過我還是得確定一下：「杜卡斯先生嗎？」

「是，請問哪位？」

我切斷連線，打到克斯比・哈特的辦公室。他拿起話筒說：「哈爾・哈特。」「撥錯號碼了，」我說，然後掛斷電話。

我的第三通是打給速克達・威廉斯。鈴響了又響，我正想著這會兒趕去露特羅街會不會是過度反應。然後他便接聽了。他氣喘吁吁，我忍不住問他是否還好。

「喔，還好啊，」他說。「我剛在淋浴，得衝到電話這兒來。請問是哪位？」

我報上名字。

他說：「馬修・史卡德。馬修・史卡德。噢，對！是傑克的朋友。」

「對，」我說，心想算是吧。

「對，我記得你。我本來還想打電話給你呢，老兄。」

「噢？」

「想不起原因。動念要打，你知道，可又忘了打。是關於你問我的一個問題，不過千萬別問我是什麼。哈哈，你問了我，不過現在別問我。」

「想不起是什麼事嗎？」

「安啦，那個問題既然找過我一次，一定還會再回來的。就像燕子固定都會去找卡匹斯塔諾一樣啊（譯註：加州聖卡匹斯塔諾教堂每年三月十九號聖約瑟節時，都會聚集許多村民與來自全球各地的遊客，迎接大群燕子返鄉在教堂重新築巢），是吧？可以再給我一次你的電話嗎？你給過我了，不過不知寫在哪裡。」

我又跟他說了一遍。他說：「馬修・史卡德。好，記下了。嘿，你發現了沒？你叫史卡德

（Scudder），我叫速克達（Scooter）耶，發音有夠像。」

「想想竟然還有人不信上帝呢。」

「嗄？噢，是。其實已經好多年沒人叫我速克達了。幾百年囉。嘿，我一定會再想起那個問題的，等我電話啦。」

「謝謝，」我說，終於可以掛上電話了。

總之他們都還活著，三個人都沒死。

∞

我參加了中午的爐邊談話。回旅館時，我的信箱有個口信。紅人（Red Man），上頭寫著，旁邊有個號碼。我花了一分鐘思索，這才想起應該是丹尼斯．瑞蒙（Redmond），於是我便回房撥電話給他。

「我本以為禮拜一才會收到解剖報告呢，」他說，「想來他們最近很清閒，要不就是史帝曼插隊。頭部沒有鈍器重擊的跡象，而且說起來，他身體其他部位也都沒有。」

「所以看來是他自己幹的囉。」

「沒錯，」他說。「當然也有可能是誰下了藥，再把他吊起來，不過事實並非如此。他體內測不出藥物反應，血管也沒有酒精。」

所以他是腦筋清醒死去的。

「總之，」他說，「遺體所有的證據都指向自殺──窒息而死。政府應該立個法才對。」

「針對自殺嗎？好像已經有這個法了吧！」

「針對皮帶，」他說。「皮帶強韌到可以撐住男人的體重不斷掉，請問製造商能不負責嗎？這不等於把上了子彈的槍交到小孩手裡嗎？」

「沒有皮帶，那男人的褲子不是都要垮下來了嗎？」

「不會穿他媽的吊帶褲嗎？要不也可以採用釣魚線法則。只要壓力大到某個程度，魚線就會斷裂，好讓魚兒得個生還的機會。製造皮帶也可以套用同樣的模式吧。超過一百磅重的話，皮帶就啪個斷掉。這一來，很多人的命都可以撿回來了。」

「可是小孩怎麼辦？。」

「這我倒沒想到，」他說。「你說的沒錯，這一來會引發一連串的青少年自殺潮。看來只有一個辦法可行。」

「敢問是什麼？」

「警告標示。香菸就是來這套。馬修，總之我留話是想告訴你，你的朋友應該是自殺。雖然我看你大概高興不起來。」

「噯，」我說。「當然高興不起來。不過至少可以省得我絞盡腦汁想著下一步要幹嘛。」

8

電話鈴響時，我正在看電視。ESPN在轉播一場愛爾蘭的蓋爾式足球賽，我坐在客廳，盯看一大群穿著長袖運動衫和短褲的年輕男子，精力充沛煞有其事的不知在幹嘛。他們奔來跑去又是傳球又是踢的，而且比數不斷的以在我看來是莫名其妙的方式改變著。

我按了靜音拿起話筒，是珍打來的。她說：「我覺得我們需要談談。」

34

蒂芬妮（Tiffany）是第五大道一家有名的珠寶店，如果我跟友人說我這就要去第凡內跟女友碰面的話，他搞不好會以為我們打算選購婚戒。不過第凡內（Tiffany）也是一家位於雪瑞登廣場的咖啡店，全天候營業，珍之所以選在這裡碰頭，是因為它離我倆的住處幾乎是同樣距離。

我緩步走到地鐵站搭車，即便如此，我還是早到了。她出現時，身邊有個同伴，是個五官突出五十幾歲的女人，頭髮黑得不自然。她們走到我的雅座來，兩人各提一個購物袋。珍介紹說，女人名叫瑪麗·伊莉莎白。我們彼此點個頭，然後我便示意她們坐下。珍看看瑪麗·伊莉莎白，她搖搖頭。

「我們不會久待，」珍說。她把購物袋擺上桌子，瑪麗·伊莉莎白把她的袋子擱在那旁邊。「東西應該全在裡面了。」珍說。

我點點頭，有點茫然，然後因為她們都沒有動作也沒出聲，我才想起我在這個過程需要扮演的角色。我把手伸進口袋，掏出一圈鑰匙。我把鑰匙放到桌上，鑰匙只在檯面上停留一下子，然後珍就拿起它們，掂掂重量，再放進皮包。

她轉頭要走，瑪麗·伊莉莎白也跟著轉身，然後珍又回頭再次面對著我。她匆匆說道：「我很不想這樣，真的，尤其是選在這個時候，就在你快要滿週年的時候。」

「還差幾天。」

「禮拜二，是吧？」

「對。」

「我本想等到週年過後，」她說，「不過我想到那樣或許更糟，而且——」

「算了吧。」我說。

「我只是——」

「放下吧。」

她一副就要哭出來的模樣。瑪麗・伊莉莎白說：「珍。」於是她便轉身跟著她離開，朝著門口走出去。

我坐在原位沒動。兩只購物袋豎在我那張桌子上，連同一杯我點來但是還沒有碰的咖啡。一只購物袋是百貨公司的，另一只是來自某家銷售藝術用品的公司。兩只袋子不過裝了個半滿，珍大可獨力提來沒問題。我想著，瑪麗・伊莉莎白跟過來只是要提供她精神支持。

∞

當晚我到聖保羅教堂參加聚會。之後我跟著大夥人一起到火焰餐廳續攤，我一直待到大家都回家時才離開。我從第九大道走到五十七街，然後又走過我的旅館，一路穿越城區到了萊辛頓大道。我從萊辛頓轉到三十街，抵達會場時，正好趕上幫忙排放椅子，準備午夜場的聚會。

房裡有幾張熟面孔，不過沒一個稱得上認識。他們沒有演講人，主席問我戒酒是否已經滿了九十天。我說我最近才發表過一次演講，現在沒有心情再來一次。她找到了別人代勞。總是找得到人的。

我在那裡坐了一個鐘頭，喝了兩杯爛咖啡，吃了幾片餅乾。演講我沒專心聽，討論時也沒舉手發言。近尾聲時，我想著要找人一起到外頭喝咖啡，然後又斷然決定媽的算了。我走到五十二街，叫了輛計程車回家。

我的兩只購物袋並排立在床邊的地板上。我上床睡覺，隔早起來時它們還在原地。等我吃完早點回來時，女僕已經整理好房間，鋪上乾淨的床單，清掉字紙簍。購物袋仍然豎在我原先擱置的地方。

我拿起話筒，打給吉姆。「我的地板上有兩只購物袋，」我說，「可我實在想不出該拿它們怎麼辦。」

「空的購物袋嗎？」

「差不多半滿。」他靜靜等著，於是我說：「裡頭是我的衣服。原本放在珍那裡的。」

「我就欣賞你這點，」他說，「你總是開門見山不繞圈子。」

於是我就回溯起昨天的事，他默默聽著。本以為他會質問我怎麼憋到現在才講，不過他卻絕口不提。他等我講到沒話時，才開口說：「你心裡早有個底了。」
「大概吧。」
「所以比較能面對現實了？」
「還好。」
「嗯，如我所想。請問你有什麼感覺？」
「很受傷。」
「還有呢？」
「得到解脫了。」
「正常。」
我思量一下，然後說：「我一直在想，是我蓄意造成這種結果的。」
「因為你跟唐娜上了床。」
「噯。」
「當然你也曉得啦，想歸想，錯歸錯——你想錯啦。」
「是嗎？」
「用用大腦，馬修。」
「她根本不知道唐娜的事。」
「沒錯。」

「她也沒感應到什麼，因為我們已經好一陣子沒碰頭了。我們連電話都沒怎麼聊。」
「是啊。」
「所以我是自找罪惡感。」
「嗯哼。」
「昨晚我去參加了午夜聚會。」
「應該沒壞處吧。」
「應該沒有。這個週末我打算專攻聚會。」
「點子不錯。」
「蘇活區今晚有聚會。我想改去別處。」
「好主意。」
「吉姆？我不打算喝酒。」
「我也一樣，」他說。「很棒，不是嗎？」

∞

我整個週末都在聚會中度過，不過週六下午我在房裡多待了一會兒，正好就接到一通電話。是喬．德肯。「不知這話有無必要傳遞給你，」他說，「不過我記得葛瑪西搶案你一直耿耿於懷，所以我想還是要知會一聲：其實案情就是表面那樣簡單，是個下手不知輕重的搶匪留下的爛攤子。」

「逮到人了嗎？」

「當場活逮，」他說。「呃，不過不是在搶你那個朋友的現場，當然——名叫沙堤斯坦是吧？」

「沙騰斯坦。」

「沒差啦。他不是那一帶頭一個被搶的人，不過倒是頭一個送死的人，所以他們就派了個街頭重案組的警員去當誘餌，讓他穿上便服，往他身上澆了黃湯，然後要他在那附近晃蕩，裝出一副醉到不行的模樣。」

「怎的我從來沒給分派到這種任務。」

「親臨現場目睹那隻鳥廝的反應一定很爽，」他說，「最佳受害人突然掏出警章和手槍。據我所知，這一來約莫就順道解決了十到十二個案子吧。他們手頭的搶案，那人差不多都認了。」

「包括沙騰斯坦嗎？」

「『你是說那個遇害的可憐蟲嗎？沒，那人我沒搶。』不過他上法庭時，應該會認下那樁。他的律師會搞定的，律師會把所有他可能該負的刑責都列在認罪協議書裡頭，免得日後旁生枝節更麻煩。」有時候，事情就是表面看來那麼簡單。葛瑞．史帝曼是上吊自殺，馬克．沙騰斯坦是被搶匪誤殺。

我走出房間，去參加下一個聚會。

8

週日下午我到七十六街一家猶太會堂參加聚會，會堂離百老匯大道只有幾家店面。我從沒去過那裡，而我才踏進門裡，登時便想扭頭開溜，因為唐娜赫然就在現場。結果我還是待下來了，而且我倆相處和樂。她再次感謝我上個週末拔刀相助，而我則回說樂意之至，我們你來我往彷彿壓根兒沒有一起上過床。

我和吉姆照例共享每逢週日必吃的中國菜，而且我們完全沒有提到珍或唐娜或者我現下戒酒的進度。這一餐他幾乎霸住了所有發言權，從他過往喝酒的輕狂歲月，追溯到他的第一杯酒，然後往回推到久遠前的童年時光。我聽得入神，直到後來才醒悟到，他是刻意避談新近發生在我生活裡的種種。我不太確定，他是不想逼我太緊，還是想放自己一馬。總之我是心存感激。

餐後我們一起去聖克萊爾教堂，聚會結束後我陪他走回家，然後再回我自己的家。雅各坐在櫃檯後頭，一臉疑惑。我問他是怎麼了。

「你弟弟打電話找你。」他說。

「我弟弟？」

「要不也許是你表弟吧。」

「我表弟，」我重複道。我是獨子，雖然有幾個表兄弟，但早就失聯了，我想不出哪個會要找我。

「是個男人，」他說，「當然是男的囉，如果他是你弟弟的話，對吧？」
「他說了什麼？」
「他說他要找史卡德先生。我請他留下大名。史卡德，他說。是的，先生，我知道你要找史卡德先生，但請教你的大名是？於是他又說了一遍史卡德，然後我就開始覺得我們好像變成了那兩個人。」
「哪兩個？」
「你曉得嘛，那兩個。」
「艾柏和考斯堤羅〔譯註：Aabbott和Costello是風靡美國四〇及五〇年代的喜劇搭檔，他們最經典的劇碼誰是誰，笑點就是愁眉苦臉的考斯堤羅永遠搞不清一派酷樣的艾柏到底在講誰〕。」
「對，就這節目。於是我便問他，你也是史卡德先生嗎？然後他就說，我正是史卡德本尊。」
「我正是史卡德本尊。」
「對啊，是那麼說的。所以我就說，那你和史卡德先生應該是兄弟囉。然後他就說起什麼四海之內皆兄弟，搞得我七葷八素開始覺得有點詭異了。」
「喔，終於感覺到詭異啦。」
「嗄？」
「噯沒事。他留下號碼沒？」
「他說你有他的號碼。」

「我有他的號碼。」

「他是這麼說的。」

「四海之內皆兄弟，他是史卡德本尊，而且我已經有了他的號碼。」

他點點頭。「我已經盡了本分，」他說，「不過碰上那種人還真是沒轍。」

「你表現得很好。」我告訴他。

35

我搭電梯上樓，覺得飄飄欲仙。我已然推斷出是誰打電話給我——上一回動腦推理應該是八百年前的事了。

我查看他的號碼，撥號過去，他接聽時我說：「下次路過我家時，麻煩跟我們的櫃檯先生道歉。你把這位可憐蟲捲進艾柏和考斯堤羅的劇碼裡出不來啦。」

沉默蔓延到後來，我開始懷疑自己的推理是否出了岔。然後他說：「請問哪位，先生？」

「史卡德。」

「噢，哇噻，」他說，「我打電話過去的時候，以為接的人一定是你。哪曉得是家旅館！」

「噯，只差不是喜來登。」

「那位跟我對答的活寶，就是旅館櫃檯嗎？」

「沒錯，他名叫雅各。」

「雅各，」他說。「鴉。哥。挺棒的名字是吧，這年頭難得碰上叫雅各的人哪。」

「欸。」

「不過這位雅各你應該是天天要見的。我是跟他鬧著玩的，你知道，因為那人有一滴滴口音。

他是西印度群島的人吧？」

「應該是那一帶人沒錯。」

「總之哪，我說要找你，他就重複了你的名字。要留口信嗎？他的母音怪兮兮的，史卡德變成史克德，聽來有點像速克德，你懂了吧？」

「當然。」

「他問到我的名字時，我其實剛好有那麼一點點酣。」

「難以置信。」

「亦即處在於人大有助益的藥草之良善影響下，你懂吧？於是我就想著，好吧，我是速克達打電話要找速克德，然後我倆就繞起了圈子沒個完。」

「如我所想。」

「艾柏和考斯堤羅，」他說：「劇名叫誰是誰對嗎，你說的是那兩個活寶？」

「正是那兩位先生。」

「不過我永遠搞不清誰是誰。艾柏和考斯堤羅，留八字鬍的是哪個？」

「兩個都沒留。」

「兩個都沒？你確定？」

「確定，」我說。「噯，速克達——」

「你想知道我幹嘛打電話。」

「沒錯。」

「高低傑克，」他說。「你人還在吧？」

「我還在。」

「因為有那麼一忽兒你沒了聲氣。當初你找我時，就是問這個對吧——在我們談過露絲爾以後？」

「對。」

「你提起他的綽號。問說意思是什麼，來由又是什麼。對吧？」

「對。」

「這跟牌戲有關。高、低、傑克。可是為什麼要那樣叫他呢？咱們有微笑傑克（譯註：這是一九三三年於《芝加哥論壇報》開始連載的太空人漫畫，在美國風行了四十年，主角的綽號叫笑臉傑克）、獨眼傑克（譯註：這是一九六一年馬龍白蘭度生平唯一導演過的片子）、托力多傑克（譯註：Toledo Jack，一種去勢的賽馬）。為什麼傑克・艾勒里偏要叫高低傑克呢？」

他遲早總會講出答案的。

「情緒起伏，」他說。

「情緒起伏？」

「心情變化超大的，那個人。情緒一會兒高昂，一會兒低落。這會兒一派悠閒，過會兒又緊繃得嚇人。對人哪，是一下子猛摟，一下子狠揍。嘿！」

「嘿什麼？」

「押韻呢，」他說。「摟跟揍。總之，他叫高低傑克，要不是有個撲克牌戲叫這名稱的話，綽號應該不會撐太久。比方如果他名喚泰德的話，你總不會叫他高低泰德吧，因為沒意義。又或假設他叫強尼而不是傑克好了——這也很有可能，因為兩者皆為約翰的暱稱，對吧？可以取個綽號叫高低強尼嗎？不可能。」

「高低傑克，」我說。

「沒錯。情緒起伏。前一分鐘還挺歡樂的，下一分鐘就掉到不知哪裡去。」

好吧，算是有點趣味性吧，也許還有些道理，不過這項資訊唯一做不到的就是告訴我是誰殺了他，以及為什麼殺他。

「他小時候是這樣嗎？」

「什麼意思？」

「你們從小就認識，對吧？他打小就那樣嗎，忽冷忽熱？」

「這我不記得了。」

「也許他有躁鬱症吧，」速克達說。「其實誰的日子不是時好時壞啊，心理醫生老愛往所有人身上貼標籤。」

我對這種談話開始有點厭倦了。說來說去，就是在講傑克是個很情緒化的人，而這點我看對案情並沒有任何幫助。不管這人有過什麼千變萬化的情緒，進了墳墓應該就統統沒了吧。

「這個世界原本就很殘酷，」我說，速克達馬上接口說他再同意不過，還向我保證，我說的可真是至理名言。他安慰我說，我們同是天涯淪落人。

「高低傑克，」他說。「奇怪頭一回你問起他綽號的來由時，我一點概念也沒。這會兒一想，覺得真是再明顯不過。」

「因為現在你想起來，他的情緒一向就像在坐雲霄飛車。」

「沒錯，千真萬確。這會兒他還冷靜如同小黃瓜〔譯註：英文成語 cool as cucumber，這裡是直譯〕，五分鐘不到他就火爆如槍啦（hot as pistol）。哇噻！」

「哇噻？」

「想想看，老哥，我脫口而出根本不用想哩。」

「脫口而出了什麼？」

「成語啊，老哥。而且還可以顛三倒四繞著玩哩。比如你也可以說冷靜如槍，你知道。」

「或許吧。」

「或者火爆如同小黃瓜。哈，老哥，你了嗎？『那馬子還真是火爆如同小黃瓜哩。』媽的懂吧？哇噻。」

「哇噻。」

「只消調換一下就行，是吧？另外還有喔，大家都說什麼聲東擊西。繞著玩一下，變成聲西擊東，意思根本沒兩樣，可是從沒聽人講過。」

「了不起。」

「就這句話，老哥。幹嘛每次一定都要說『天羅地網』呢？從現在開始，我一定要特意改成說『天網地羅，』你了吧？」

「我明白。」

「白面桃花、人面書生。」

「呃——」

「平穩傑克、高低史第文。」

我正要掛斷時，他最後這句話點醒了我。我把話筒移回耳邊。「再說一次，」我說。

「嗄？」

「你剛那句話，關於傑克還有誰？」

「噢，我只是再把形容詞來個代換而已，老兄。比方大家都說高低傑克，還有平穩史第文，我只是倒過來說啊。」

「噢，只是調換形容詞。」

「對啊，把傑克和他的夥伴對調一下——純屬好玩。」

「他的夥伴。」

「是啊，史第文。」

「史第文。」

「你怎麼成了回音箱啦，老哥。史卡德和速克達，聽起來也像是回音哩。」
「跟我談談史第文吧。」我說。

∞

他沒辦法講多少。
傑克是有過這麼個同夥。如果傑克是情緒變色龍的話，史第文就是他的反面，情緒永遠平穩，永遠冷靜永遠從容。所以才會被稱做平穩史第文，剛好是高低傑克的另一個極端。
不過他不清楚他們有多親，不曉得兩人有否靠著某些共同興趣鞏固彼此的友情。其實說穿了，連結他們的恐怕就是天造地設的名字搭配吧。
「就拿傑克來說吧，」他說：「叫他高低傑克，是因為牌戲的關係。泰德就算情緒起伏，也不會得個高低泰德的綽號嘛。」
「是。」
「史第文也是同樣道理。沒押韻的話，誰會把平穩的標籤貼給他哪。平穩史第文頗順口，但是平穩泰德就沒意思了。」
「可以叫他太平泰德。」
「噢，哇噻！」

我的聰明才智讓他感動得飛上天，不過拉他回到凡間並非難事。他不知道史第文的姓，但他覺得不是他記性太差，因為他神智清楚，確信他從來不知曉史第文的姓氏。而很可能和史第文上過床的露絲爾呢，好像也不知曉他姓什麼，搞不好也不記得世上有過這號人物，不過講這些其實全是廢話，因為露絲爾早就消失到不知哪裡去了。

然而如果不是因為傑克給冠上「高低」，也沒有人會在史第文前面安上「平穩」，這兩個綽號搭配得完美無間。名字挺好玩的，速克達說。

「比方我有台偉士牌你知道，其實我才騎不到十分鐘，」他說。「迷你型的摩托車你知道？不過十分鐘就夠了，對某些人來說，從此以後我就叫做速克達．威廉斯。我指的是那些在我擁有那台小車時，還根本不認識我的人呢。」

「比如雅各。」

「雅各，」他說，「噢，你那位雅各！史卡德和速克達！」

「沒錯。」

「對，」他說，「比如雅各。挺有趣的，是吧？」

這我同意。不過，他又開始納悶起，他嘰哩呱啦倒出來的這些資訊，到底有無幫助？提到傑克的綽號及其來由，還有平穩史第文？

我說這還有待觀察。

8

我打電話到普根酒吧，丹尼男孩前來接聽。「且聽我快快問你一個問題，」我說，「平穩史第文。」

「這不叫問題，馬修。」

「也對，」我說，「受教。請問平穩史第文這個名字——」

「我聽過嗎？」

「就是這個問題。」

「你得提供我一點來龍去脈才行吧，有來龍去脈吧？」

我跟他說了大概。

「傑克・艾勒里的舊識，」他說。「高低傑克和平穩史第文。你也曉得嘛，這人情緒穩定，無需仰仗鎮靜劑防止自己大動肝火——這種特質講了等於放屁。」

「了解。」

「嚴格說來，這叫非特質。且聽：『噯，你知道我在講誰吧，就是那個沒裝義肢的人啦。』」

「總之，等你傳話了。」

「再說吧，」他說。「想來你還在追蹤這個案子囉？」

「算是吧。」

「也好，如果你的客戶還繼續散財——」

「我的客戶已經死了。」

「噢。」

「他自殺了。」

「噢。」

「拿了自己的皮帶上吊自殺。而且他跟我滿談得來的。」

丹尼男孩久久沒有出聲，而我也因講話過多停了嘴。終於，他說如果有消息的話，他會通知我，我告訴他說，沒消息的話也無需煩心。這個話題於是暫時打住。

36

隔早我出門吃早點前，先打了幾通電話，讀報用餐之後，我又打了幾通。我有個名字可以在眾人身上試用——平穩史第文——所以我就把名字講給所有我想得到的人聽，包括林邊區的比爾·羅尼根和澤西城的范恩·史蒂芬。有誰知道一個曾經跟傑克·艾勒里鬼混過的史第文嗎？平穩史第文這個名字誰有印象嗎？我電話撥得很勤，不過全是白費。

我自問幹嘛如此費神？我手頭連個案子都沒有，而且我的客戶已經死了。他自殺了。也許是有人將他敲昏，然後用皮帶吊起來——但證據確鑿，這並非事實。

除非——

除非他家來了個訪客，一名沉著且貌似可靠的傢伙，而且還編了個良善的造訪名目。這人或許假扮警察也有一套，他有可能還跑到傑克·艾勒里的租處，跟管理員索取了他所有的遺物。

這人擅長取信於人。他有可能冷不防溜到葛瑞·史帝曼的身後，彎手扣住他的脖子阻斷血液流向頭部，造成他昏迷不醒。還沒掐到他斷氣，但力道足夠讓他失去意識，可以輕易布置出自殺的假象。把他脫到只剩內褲，再用皮帶纏上他脖子，而皮帶的尾端則以衣櫃門緊緊夾住。

下一步呢？抽開椅子讓他吊死？或者等他恢復意識以後再讓他死，這就可以好整以暇的看著他舞著腳猛踢合上的門，掙扎著要呼吸，要求生。

扣住他脖子應該會留下痕跡——某種具體證據。不過皮帶的壓痕應該會蓋過所有痕跡。

平穩史第文。

∞

傑克租處的管理員名叫弗迪．帕度。弗迪應該是弗迪南的簡稱吧，我想。他穿了件暗藍色長袖工作服，袖子捲起來，上衣口袋裡塞了盒Kools香菸，耳後夾支鉛筆。這人看來像是對今天完全不抱希望。

「約莫一個禮拜前是有個人跑來這兒，」他說。「問了我同樣的問題。他問我是怎麼處理艾勒里的遺物。」

「你怎麼說？」

「跟我現在告訴你的一樣：先前有人來過，我已經給他了。」

「他有簽收嗎？」

他搖搖頭。「沒啥大不了的東西，」他說。「還不就是些垃圾，你曉得？這人活了幾十年，走時只留下一些舊衣服和幾本書。」

「沒別的了？」

「還有一雙鞋、一冊筆記本和一些文件。我想應該不會有人要，就把東西全塞進帆布袋裡收到地下室。不是我說喲，那只帆布袋已經舊到不行，不過它比起裡頭塞的東西還值錢。」

「所以你覺得根本沒必要請他簽收。」

「其實再過一個禮拜呢，」他說：「我就會把東西丟到外面讓清潔隊收走，而且我也不會要求他們簽收。但是那人是警察，他拿遺物是要查案用的，所以我就給了他。」

「你說他是警察？」

他蹙起眉頭。「難道他不是嗎？」

「提問的是我吧。」

「噯，這會兒是我在問你。」行，不過他沒打算等我回答。「我想他應該有說自己是警察。那人長得一副條子樣。」

「他給你看了證件嗎？」

「你是說警徽？」他皺起眉頭。「夠聰明的話，我應該直接說，對啊當然有，他給我看了警徽和證件。巡警張大華、警探李小明什麼的。」

「不過我運氣好，你是打著燈籠也找不到的誠實老百姓。」

「媽的，」他說。「說起我啊，我這人就壞在啥都慢半拍。這會兒一想——不過我沒法保證——他好像有掏出皮夾，朝我晃了晃，一副本大爺是警察，我可沒時間拿證件給你這種人渣仔細看喔。就是那個意思。」

「不過你的印象是，他是警察。」
「對啊，他一副標準的條子樣。」
「能形容一下嗎？」
「老天，」他說。「真希望你是要我形容另一個找上門的人。瘦巴巴的個同性戀，只戴單隻耳環。媽的他就絕對不是條子。」
葛瑞的訃文這下又多了一句讚美詞。我說：「麻煩你講講那位警察的長相好嗎？」
「搞半天他還真是警察囉？好吧，說正經的，那人的身高和體重都跟你相當。」
「多大年紀？」
「不曉得。你多大年紀？」
「四十五。」
「嗯，他應該也差不多。」
「所以他約莫是四十五。」
「嗳，四十，五十，就這範圍啦。加起來除以二，不就四十五嘛。」
「搞不好他就是我，」我提議道。
「嗄？」
「跟我同齡，身高體重和我一樣——」
「他也許比你重一點吧，」他咕噥道。「壯實的身材，挺著個不小的肚腩。」

「他的臉呢？」

「臉怎麼樣？」

「能描述一下嗎？」

「就是一張臉啊，你知道？兩隻眼睛、一管鼻子、一張嘴巴——」

「噢，是一張臉。」

「嗄？」

「如果你再看到他的話，認得出來嗎？」

「當然認得出，可是機率多大呢？紐約市的人口有多少呢倒是，幾百萬跑不掉吧？請問我要到公元幾年才會見到他啊？」

「他的穿著如何？」

「OK啦。」

老天。「你還記得他穿什麼樣的衣服嗎？」

「西裝吧。穿西裝打領帶。」

「就像警察的打扮。」

「是吧。還有眼鏡，他戴了副眼鏡。」

「總之他拎了艾勒里的帆布袋就走了。」

「沒錯。」

「你說他沒講名字，想來他也沒給你名片囉。」

「當然沒有，幹嘛給我名片呢？我哪來的生意給他做？難不成打電話通知他，四〇九號那個撇條的傢伙硬是不沖馬桶嗎？讓他知道我有個老拖欠房租的房客半夜突然搬走，如果他動作快點房間可以租給他不成？」

「總之艾勒里所有的遺物，」我說，「都裝在帆布袋裡了是吧？」

「只除了他下葬時穿的西裝。」

他不是土葬。他們把他火化了，不過我這位新朋友沒必要知道。

「於是你就把房間轉租給別人。」

「人都死了，」他說，「應該不會回來了吧，我把他的垃圾全清出去。請問我會怎麼處理空房呢？這會兒當然已經有人在裡面了。」

「就在我們講話這當口嗎？」

「嗄？」

「這位新房客現在在家嗎？」

「這人不是新房客，」他說。「他搬進艾勒里的房間，是因為他原來那間稍嫌小了點。其實他在我們這兒已經住了——噯，差不多三年了。」

「我剛是要問——」

「噢不，他不在家。現下他應該是在第二大道離這兒兩個路口的地方進行場外賭。上那兒找他準沒錯，他天天都去那兒報到，賭上癮啦。」

「很好，」我說。「那你就可以帶我去他房間瞧瞧了。」

「嗄？我才跟你說過，房間租出去了。那裡已經有房客進駐啦。」

「他進駐我不反對，」我說。「我只需要在裡頭晃兩下。」

「這是哪門子鬼笑話啊。你不能進去。」

我掏出皮夾。

「嗄，要給我看證件嗎？不管你秀出幾枚警徽，我都不能讓你私闖民宅。」

「我另有高招。」

∞

我搜查房間時，帕度覺得他應該隨侍在旁。我跟他說，他站在走廊才能發揮最大功能，因為現任房客隨時可能現身。

「我跟你說了，」他說，「這人整天不在家。只要簽賭的窗口開著，他就不會離開。」

「天下事很難說的。」

「不成，」他說，「我得在這兒盯著看才行。」

「因為我有可能展開一場精心設計的大騙局對吧？」我說：「因為先前我才付了五十大洋，為的就是要闖進貧民窟大撈一筆是吧？」

他面露不悅之色，不過還是邁步走向甬道。我把門關好，並拉上門扣把他鎖在外頭，然後我便展開行動，尋找傑克有可能精心掩藏的某樣東西——想來要花點心思才能上手。

地板大半都給地毯蓋住了。這是賣場切剩的地毯拼湊而成的，並沒有黏合，所以搬開幾件家具後，就可以輕易捲起來收放。等我確定地毯底下並沒有藏私後，物歸原處也是很輕鬆。

我下一個進攻的目標是梳妝檯：鏡子底下是暗木五斗櫃，櫃面可見不經意留下的菸蒂燒痕。我一一拉出抽屜，將內容物堆放在地板上，每個空抽屜我都翻轉到底面察看，然後又把所有東西擺回抽屜。有一只抽屜的層板因為卡得很死，一直拉不出來，我左右搖啊晃的，終於把它抽出來，卻跟前一只一樣沒什麼收穫。不過下一只抽屜，亦即倒數第二個，倒是順利抽出來，而且開了大獎。有一封九乘十二的牛皮紙袋用膠帶黏貼在它的底面。先前看到傑克的第八步報告便是裝在類似的信封裡。

我撕開膠帶，撈起牛皮紙袋。打開信封時，金屬夾砰個斷裂，如果內容物是新房客挑選明牌的神奇公式的話，原物歸位可是會搞得我焦頭爛額。還好我無需擔心這點。

信封裡有三張無格線的筆記紙，上頭布滿了傑克小心翼翼的筆跡。另外還有一份新聞剪報，我在閱讀傑克的文字之前，先瞧了瞧剪報內容。

這是《紐約郵報》剪下來的，報導的內容占了大半版面，我從頭讀到尾——雖然讀完第一段其實我就可以停了。

因為我還記得這件案子。

看完剪報後，我瞄了傑克寫的第一段文字，覺得剩下的大可以後再讀。我將梳妝檯的抽屜一一推回原位，然後把所有東西放回信封，再以殘剩的金屬夾固定封口，並將信封塞進我的襯衫。雖然我的衣服並沒有因此較為合身，但扣好釦子以後，應該還不至於露出異狀。我離開傑克的老房間時，和我進門時一樣：兩手皆空。

我踏出房門。帕度站在甬道上離我幾步的距離。

「什麼也沒有，」我告訴他。

「我就說嘛。這夥人如果有啥值錢物品的話，還會住在這裡嗎？」

37

我走到城中區，想找個地方邊喝咖啡邊讀傑克的自白。結果我一路走到了泰瑞莎小館。我繞過吧台，避開坐在吧台椅上、正全神貫注於一碗湯的法蘭基．杜卡斯，找了個他只能瞧見我後腦勺的雅座坐下。

我不想吃午餐，我想起上回來這兒時，點了一塊派和一杯咖啡。他們沒有草莓／大黃派，但有胡桃派，我決定試一試。

這則新聞剪報的主角是一對男女，兩人在珍恩街一個《郵報》稱之為波西米亞愛巢的處所遭人槍殺。套上波西米亞的形容詞是因為該處位於東村，而且是暗巷裡一處簡陋的寓所——久遠前是面對熱鬧大街的聯邦時期豪宅附屬的馬車房。稱做愛巢是因為兩名受害者全身赤裸躺在床上，而且男方已婚。

他是紐約金融圈裡呼風喚雨的人物，名叫G．戴克．雷恩斯，G是高登（Gordon）的起首字母，這人的名字經常出現在報章雜誌上企業併購和融資合併的新聞裡。她名叫瑪西．康薇爾，來到紐約是為了想當演員，結果她卻成了女侍，不過她倒是上過一些表演課，也曾跟著某些小劇團以及表演坊登台演過戲。

某天晚上她負責為雷恩斯的桌子上菜。他對她一見鍾情，隔晚便獨自跑到那家餐廳用餐。打烊時間他還沒走，一路護送她回到她當時住的福音之家。這是位在西十三街的女生宿舍，男性訪客不能上樓進寢室，不過他倆可以肩並肩坐在大廳講話。

一個禮拜以後，她就搬到珍恩街的住所了，而且再也沒回到餐廳端盤子。幾個月以後她死了，而他也是。

8

這些資料我不全是靠著剪報或者傑克的相關記錄得知的。我把新聞從頭到尾細細讀了幾遍，然後移步到圖書館的微卷室，調閱了《紐約時報》所有關於該案的報導。這起事件延燒許久，是因為記者不可能輕易放過這種題材：她是美女而他則是億萬富豪，他的妻子是社交名媛，小孩都上名貴的私校，更妙的是案子一直沒破。案情或許很單純，只是私宅行搶擦槍走火的結果，但也無法排除其他可能。或許是雷恩斯的敵手安排殺手幹掉他，也可能是嫉妒引來的殺機：雷妻打翻醋罈子，或者瑪西某名前男友妒火燒身。她有過好幾個男人，包括一名登記在案、有施暴史的酒保。警察敲了許多扇門，問了許多問題，但他們仍無所獲。

或許該說我們，而不是他們，因為命案發生當時，我還在紐約警局的第六分局服務。案子雖然由我們承辦，但我並沒有分派到相關任務，而且沒多久後因為新聞炒得沸沸揚揚，案子便改由重案組接管。

這是許久以前的事了。那之後，一顆殺死艾提塔・里維拉的子彈把我拉開了原先的軌道，拖走了我的工作以及婚姻，把我送進了西北旅館的一個房間；那之後，傑克・艾勒里因為別的案子吃了官司被送進黑牢，並於出獄後戒酒成功。雙屍案是整整十二年前的事了，案子早已冷卻並且積了厚厚的灰塵。有些懸案你知道凶手是誰，但苦無證據抓人。另外也有不少懸案警方毫無頭緒可尋，而這件案子便屬此類。

不過我心裡有數。凶手是傑克。傑克和史第文。

∞

「這份自白書不能公開，」傑克的敘述如是開頭。「由於這是我第四步的一部分，我會於第四步進行期間添寫細節，並於第五步進行期間和葛瑞交換心得。由於另有別人介入此事，我提前寫下自白只是為求心安。當然這也是為我的更高指導靈寫的——祂時時守護我，祂知道我最隱密的心思。」

接著便是關於更高指導靈亦即上帝之本質的思考。這我還讀得下去，但沒什麼特別之處，說穿了只是傑克自說自話而已。

接連幾段類似的文字之後，他才回到主題。他講述起一名舊相識跟他提及瑪西・康薇爾，說她以前是演員兼女侍，後來因為找到了一名荷包滿滿的老不修，所以便空出大把時間可以參加試鏡並上表演課。「我姑且稱他為S好了。」他補充道，這份報告然後便一直是以這個代號稱呼這個人，完全沒有描述他的長相、特色，或者任何相關資訊，從頭到尾就只給了這個字母。

傑克沒說他們是怎麼查出地址的，只說他們拿到鑰匙打開上鎖的大廳，然後穿過長長的甬道抵達兩人的寓所。他們是在近黃昏時私闖入門的，衝進臥室時，這對戀人還在混沌中，沒有知覺。「我手裡攥了把槍，」他寫道，「男人作勢抬手時，我想都沒想就開槍打去。當時他光著身子，伸手其實是要抓褲子遮羞。搞不懂怎的我誤以為他是想抓槍。我一槍打中他胸部，他往後倒下，我說我們得採取行動，打電話找人才行。然後S就取走我的槍，要我閉嘴。他要我冷靜下來，他說她已經看到我們的臉，可以指認我們的身分。當時她兩手遮著身子，哭喊著求饒；我趕緊說不行，千萬別動她，但他一如往常冷血無情，一槍便打到她雙乳正中，她彎身倒在男人身邊。我無從判斷她是死是活。然後ES便把那槍塞回給我，他的手包住我的手，一邊說開槍吧你非開不可。於是我就將手指搭上扳機，他的手指蓋上我的，於是我們便一起開槍打向她的前額。之後他抽走手槍，往男人的頭再補一槍，以防萬一。」

這便是整起事件的始末。

8

他把事件轉述給葛瑞聽時，改動了內容。場景從東村移到了上西城，角色也改頭換面，大富豪和女伴成了毒販及西班牙女友。S把槍壓進他手裡，強逼他殺死女孩的關鍵影像，也沒有進入他改編的版本。

他苦心剪輯這段故事，是擔心葛瑞看出端倪。他成功了，而且連我也無法根據葛瑞的轉述聯想到任何案子。此外，我想他改編故事也是因為不願意給葛瑞太大打擊。傑克雖然一心向善，但他無法立刻成佛百分之百吐出實情。他還有很長的一段路得走。

我離開圖書館時，天色轉暗。我全然忘了時間，這會兒一看錶，才發現已過了五點。雖然還沒完全暗下來，但太陽已經下山，灰濛濛的白天即將抵達終點。每一天太陽都比前一天更早消失，這點其實並不稀奇，因為年年都是如此，然而有時候我卻會有些感傷，因為想到了這可憐的一年是一天又一天的走向消亡。

再過一天，我戒酒就滿一年了。

在這忙碌的一天，我已忘卻此事，然而此時我又想起來了——我站在圖書館前的石階上，夾在兩頭石獅子之間，沉沉的暮色壓來，先前讀到的資訊是幽黑不見底的重擔。高登．戴克．雷恩斯、瑪西．安．康薇爾、約翰．約瑟夫．艾勒里——他們全都死了。另外還有一個人，名叫S或者史第文或者平穩史第文，他是他們死亡的元凶。而我則頭腦清醒處於存活狀態，並且再過一天戒酒就滿一年了。

我知道我該去參加聚會。中午太忙沒有參加，另方面也是因為中午的曼哈頓聚會場所極少，不過晚上五到七點之間城中那一帶倒是有好幾處——為的是可以網羅眾多下了班的上班族吧，我想。我去過幾次一個叫快樂時光的聚會，另有一個叫做通勤者特會，就在賓州火車站附近，還有一個是在中央車站附近的轉角。我目前位在四十二街和第五大道的交口，離中央車站約莫幾個路口遠。也許不用走那麼遠就可找到一處聚會場所，問題是我忘了帶聚會簿出來。通常我都是把本子塞進褲袋，但今早出門前我顯然忘了將本子移轉到新換的長褲，所以現在是哪裡都去不了。

我決定乾脆回家算了，沖個澡刮刮鬍子，或許還能悠閒的吃點東西，也可以順便把牛皮紙袋收好。此時袋中除了新聞剪報以及傑克針對十二年前發生的珍恩街命案寫下的報告以外，還添加了我在圖書館手寫的筆記。之後我打算到我慣常去的聖保羅教堂報到，並舉手向眾人宣布明天就是我的一週年紀念日。

或者等到明天再去宣告也行。

無論今天或明天，大家總是會鼓掌的。他們會拍手叫好，彷彿我做了多偉大的事一樣。也許我還真做了呢。

不對，其實我還沒做到。宣言可以等，我想著，等到我確實滿一年的明天。

我很累，一心想叫輛計程車代步，然後才想起現在是交通尖峰，塞車會很嚴重。我可不想坐在一輛動彈不得的計程車裡，看著號誌燈的顏色變來變去，然而我卻也沒有心情面對尖峰時間地鐵洶湧的人潮。

早先下了一點雨。我覺得有可能下更大，但也可能會暫時止住吧——至少在我走路回到家以前。

∞

雨開始下時，我離我的旅館還有四五個路口遠。察覺到頭幾滴落雨時，我正好走過一家藥妝連鎖店，但我覺得雨勢不大，沒理由花那三四塊美金買傘。我的房間已經擺了四五把這種傘，如果再買一把，等於就有了五六把，而通常離開房間時，除非已是傾盆大雨，我絕對不會拿傘出門。我走過一兩個路口以後，雨勢變小，我正因自己判斷正確而洋洋得意之際，天卻開了口。我趕緊奔進一家修鞋的鋪子，老闆僅有的雨傘叫價卻是高達十塊美金。我買了一把，可是等我出了店門撐開傘時，雨卻倏然停了，我一路走完回程都沒再落下半滴雨。

碰到某些日子，這類遭遇是會引動我大笑兩聲，要不至少也會咧個嘴。不過今天不是那種日子。我很想摔個什麼，比方手上這把傘，或者是賣傘給我的傢伙。不過我沒動手。畢竟我現在是戒酒模範生，離週年慶只有一天，我提醒自己這點時一邊收了傘，並將它攜回我的旅館。

沒有留言。我搭電梯上樓，穿過甬道走向我的房間。我拿出鑰匙，突然我彷彿有種感覺，不祥的預感吧。也許我還真的感應到了什麼，也許我是透過鎖孔或者門縫聞到不知是什麼的氣味。

但或許什麼也沒有。人的記憶會搞鬼，我也許只是神經過敏，把過去在別處的經驗搬到這裡來補白。我也許感應到了什麼，也許什麼也沒有，無論這樣或那樣，我都還是得把鑰匙插進鎖孔打開門。

38

起先我聞不出那是什麼味道。氣味撲鼻，我一打開房門它就迎面襲來，我很確定，這個味道跟先前瀰漫於葛瑞．史帝曼公寓的惡臭一樣，有它自身特殊的含意。我想著，這味道好可怕啊，聞起來有害健康，我最好趕緊打開窗戶通通風。總之我認出了這個味道的本質，但我沒法判定它是什麼。

然後霎時間我卻又認出來了。這是黃湯的味道，是乙醚酒精，而且更精確的說，它是波本。整個房間都充塞著這個氣味。它真在這裡嗎？還是我的腦子在作怪吧？是我的腦子針對我工作面臨的壓力，以及戒酒滿一年的前夕所感覺到的焦慮，在做回應嗎？感覺上，好像是清潔婦在我房裡打破了一瓶酒，問題是我的房間半瓶威士忌也沒有，所以不管是她或者別人都不可能有個酒瓶可以打破啊。何況這天是週一，而她則是週六才來打掃房間，所以她沒有理由進來，同理別人也一樣，何況出門時我上了鎖，而且剛才進門時也還是鎖著的，因為我得轉動鑰匙才進得來，所以老天啊，老天在上，這到底是怎麼回事？

然後我便瞥向我的書桌。我的椅子拉到了桌子旁邊，調到面向門的角度，彷彿是在邀請我坐下。而書桌上則是一只昔時人們慣稱為老式杯的平底玻璃杯——不是因為它長得老式，而是因為這種杯子是特別設計來盛裝一種叫做老式酒的雞尾酒。

時下還有人會點老式酒來喝嗎？我這輩子喝過這種酒嗎？我覺得好像有，應該有。我覺得好像只要稍微費點力，就可以想起它的滋味。

我自己是沒有這種杯子。我買過兩只平底杯。其中一個是鐘型，長得跟以前藥局還在販賣汽水時，可口可樂會使用的那種曲線瓶一樣。另一只根本還不是玻璃杯，它是塑膠材質，買來是為了以防我手滑，一砸在浴室地磚上就碎了。

我無法把眼光移開。以前還跟安妮塔以及孩子們住在西歐榭時，我擁有過尺寸及形狀都和它一樣的杯子。當時的我和所有模範郊區住民一樣，窩裡配有全套酒吧設備，也備齊了宴客時可能需用的所有杯子。而且，雖然從來沒有人要我調配過老式酒，但供應加冰塊的酒卻一定要用那種杯子。桌上這只肯定不是來自我那一套，因為它們此刻應該還躺在西歐榭的地下室裡沒移走，不過長得倒還真是像。

總之我敢發誓我見過眼前這只——應該就是吉米．阿姆斯壯用來盛裝加冰塊的酒的那種杯子。或者盛裝雙份波本，原汁原味，不加冰塊——假使顧客如是要求的話。

這只杯子，這只放在我桌上的杯子，內含晶瑩剔透的琥珀色液體，只差約莫半吋便要滿到杯緣。我可以認出這種波本的牌子叫獨家馬克〔譯註：原文為Maker's Mark，Mark的意思是標記；將這種波本翻譯為獨家馬克而非獨家波本，是為了配合小說後續的情節發展〕。世上或許有某些天賦異稟之人能夠單憑顏色和香味便推斷出這酒的身分，但我不是其中一員。我其實沒有認出牌子，我是推理得來的，我推理的根據則是離杯子只有幾吋距離、一瓶標明為獨家馬克的波本。

我無法移動，我的眼睛無法移轉，只能定看原來的方向——盯著書桌，盯著那只杯子及那酒瓶。

千百種念頭襲向我的腦來。

這一切都是幻象。沒有酒瓶，沒有酒杯，沒有威士忌的味道。

這是一場夢。我回到家來，躺在床上小睡一下，這會兒我是在做個生動鮮明的酒鬼夢。

我自以為清醒，但這只是假象，我告訴自己這其實是幻象。我幾個月來四處遊蕩到處喝酒，卻跟自己以及所有人宣告，我不再喝酒了。

這全是自欺欺人，是一連三百六十四天鬼扯出來的漫天大謊，而證據目前就擺在我眼前，顯然一早出門時我倒了杯酒，而現在它就立在桌上，等著我回來。

我眨眨眼，酒還是在那裡。我強迫自己移開視線，然後又往那個方向看去——酒還在原位。我覺得有股吸力要把我拖過去。我想走上前去，但不是要拿起酒杯。噢，老天我可不想碰它，我只是想讓它消失。我必須讓它消失。我不能讓它待在原處。

我不知道自己在那裡站了多久，我沒有挪向書桌，但也沒有遠離。好不容易我才狠命把自己拔開，啪一聲打開門刷個關上，把威士忌鎖在門後。我衝下甬道，沒等電梯。我啪啪跑下樓，往街上直奔。

39

在我喝酒的時日裡，宿醉不是最糟的事，失去意識還要更糟，醒轉時才發現自己的記憶出現巨大缺口，原來腦子一直缺席，只是靠著我身體其餘的部分在東奔西跑，開車辦事還有踩煞車。喝過量導致全身抽搐則又更糟，我會在醫院醒來，發現自己給套在約束衣裡。而更加微妙的改變則是我整個人生日復一日的消蝕——那絕對要比宿醉來得更糟。

但宿醉本身就已經夠糟了，而其中某些的後果又更加嚴重。不過我印象最深刻的倒不是宿醉的景況，而是某一回宿醉的結果。

我躺在我旅館的房間裡，渾身不對勁，而且很清楚唯一能解除我痛苦的就是黃湯一杯。當然，我的房間沒有酒。有的話，我前一晚應該就喝掉了。於是我便快快換上衣服衝下樓，繞過路口跑進阿姆斯壯酒吧，當時想必是十一點左右，因為阿姆斯壯已經開門了，只是午餐的人潮還沒湧進。事實上，店子當時等於是空無一人，只有比利．奇根站在吧台後面。他朝我看一眼，馬上明白一個字都不要說。他砰個往吧台擺上一只杯子，注入半滿的酒，免得我的手萬一發抖酒會灑出來。

他倒酒時，我站在一旁——當下我吸了口氣，馬上就覺得好些了。我還沒來得及擎起酒杯湊向嘴，更別提注入我的血管了，然而單單因為離它很近，我整個人的感覺便已大不同。酒在那裡，我想喝就可以喝到，而喝到了我便會好過一些——正因為知道這點，我已經覺得好些了。

想到這裡時，我終於聽到吉姆．法柏的聲音。

∞

首先我得找到一台沒壞的公共電話。然後我得撥他的號，鈴響時要等著，而他的妻子接聽時，我得表示我要跟他說話。她說：「他人不在呢，馬修。店裡在趕工，他走不開。你需要那裡的電話嗎？」

「號碼我有，」我說，「而且我有很多銅板可用。」

我不知道這話她聽了有何結論，因為我在得知答案以前，已經掛斷電話。我在眾多銅板裡掏出一枚，鈴響時等著，然後便聽到他的聲音。當下我立刻覺得好些了。

∞

「我覺得那不是幻象，」他說，「當然不能完全排除這個可能，不過聽來應該不是。我覺得你的桌上是有酒杯沒錯，而且也真的有瓶酒放在旁邊。你說是獨家馬克嗎？」

「沒錯。」

「好吧，我承認如果打定主意要做夢的話，確實應該來個頂級的。那種酒我只喝過幾次，我覺得獨家馬克非常適合細細品嚐。」

「我認識一個偏好這種酒的女人。」

「你覺得會不會是——」

「她已經死了，」我說，「很久以前就走了。」

來自加羅林的凱若琳。我心想著，如果我活得久到可以開列第八步清單的話，這個名字可以上榜。

「酒不是你倒給自己的，馬修，而且你也不是在做黃湯夢。今早你出門辦事，之後你回家時撞見它在等你。你應該知道是怎麼回事。」

「我離家前鎖了門。」

「嗯。」

「但是要偷我的鑰匙備份沒那麼難，而且就算沒鑰匙也不難把門打開。」

「然後呢？」

「然後有個人溜進我房間，」我說，「而且他還隨身帶了瓶酒。」

「連同一只阿姆斯壯的酒杯。」

「也許是來自別處。紐約差不多一半酒吧都有那種酒杯。」

「總之他是拎了瓶酒跟一只杯子過去。」

「並且打理好舞台背景，」我說。「他倒了杯酒，把酒瓶留在桌上，而且沒有蓋回蓋子。」

「才擺一個杯子哩。好個不懂體貼的狗雜種，是吧？也不想想你有可能帶了朋友回家。」

我說：「吉姆，他是要我喝酒。」

「不過你沒喝。」

「沒錯。」

「你其實連喝的意願都沒有，對吧？」

這我想了想。「沒錯，」我說，「我是沒意願，不過當時我卻也沒辦法移開視線。我覺得自己很像是被毒蛇催眠的小鳥。」

「正常。」

「想到有可能喝下我就全身發毛。我覺得那酒有可能會跳下桌子，自動灌進我的喉嚨。我覺得它好像有特異功能。」

「嗯哼。」

「它的磁力甚大，」我說，「我不想要它，但還是被它深深吸引住了。」

「畢竟你是個酒鬼。」

「噯，這已經不是新聞了。」

「沒錯，而且我們又得著新的證據了——趕跑了原先也許還有的那麼一絲絲懷疑。」

「我想把酒倒進水槽裡，」我說。

「總比把它留在原處好。」

「可是我又不敢靠近它。我不想朝那個方向移動半步，更不想拾掇起杯子。」

「你的想法是對的。」

「是嗎？想想可真瘋狂，把那鬼玩意的魔力渲染成那樣。」

「它本來就是魔力無邊啊。」

「也許吧。」

「如果不想加添它的魔力，」他說，「那就不要舉杯飲酒，而不要舉杯飲酒的第一步就是不要舉杯。」

「所以我才置之不理。」

「而且還把它鎖在門裡。老天，現在幾點啦？」

「怎麼了？」

「這起鳥事你絕對沒法兒自己處理，」他說，「聚完會後我會跟你一起去解決——前提是我可以在聚會前把工作趕完。不過接下來的幾個小時裡，我可不想讓它一直待在你桌上，或者放任你於聚會前坐在某處發呆，給鎖到自己房外，又無處可去。我很想現在就上你家，不過——」

「不可能，你有工作纏身。」

「現在離開的確不方便。你帶了電話本對吧？戒酒無名會的會員，有些就住你附近。」

「是。」

「而且你有很多銅板。」

「以及地鐵車票，」我說，「不過我很懷疑哪一樣能派上用場。」

「難講喔。你目前人在哪兒？離你旅館一個路口的地方嗎？」

「離了五個路口遠。要找個沒壞也沒人占用的電話，還真是煞費工夫。」

「打幾通電話吧，找人陪你去。把酒倒掉以後，一定要馬上打給我。可以嗎？」

「沒問題。」

「從你房裡打給我。沒人陪的話，可別回去。」

「當然。」

「果真找不到伴的話，要再跟我聯絡，我們會想出個法子來的。馬修啊？」

「嗯？」

「我跟你講過對吧？戒酒滿週年以前，什麼怪事都有可能發生。」

∞

有幾個號碼我熟記在心。當然了，其中兩個是吉姆的，亦即他家裡和公司的號碼，而珍的號碼我也知道。我已跟吉姆講過話，現在我並不想打給珍。

其實如果真有必要，我應該已經打給她了。記得當初我開始一天天串連起清醒的日子時——在我倆發展出男女關係前——她就要我答應她，舉杯飲酒前，一定要聯絡到她。在我倆共享的世界裡，滴酒不沾是人生最高的指導原則，所以就算已經分手，我們為了保持戒酒狀態，還是可以互通電話尋求撐持。

但目前的時機不對。我還有很多人可以找，而他們住的地方也比利斯本納德街要近很多。不過，我通話的對象此時卻受限於我皮夾裡收納的號碼。偶爾會有人遞來一方名片，或者一張紙條，而我則會在皮夾裡騰個空間來置放，待日後得空時再謄上本子裡。我這電話本約莫是名片的尺寸，專門用來登錄AA會員的號碼，本子我習慣擺在房裡的電話旁邊，以便於聯絡會員。但我幾乎從沒打給他們過，AA會員我唯一固定撥打的對象只有吉姆，不過有個本子挺好的，因為如此一來，我就可以定期登錄新的號碼，清空皮夾。

總之問題是，這會兒我需要聯絡別人，而我也有一缸子的號碼存了檔，不過它們全在本子裡。如果我想找人陪我回旅館的話，手邊有的號碼就像限於皮夾的內容物——所幸尚有幾個號碼存留，而我頭一個瞧見的則是飆車馬克。我撥號過去時，他正要出門，不過他說沒問題，反正他要做的事又不急。我打算跟他約在哪裡碰頭呢？

我說我們就約在我的旅館大廳好了。等我走過四五個路口抵達時，他已經到了，機車就停在旅館外面。穿過大廳時，他說他路過這家旅館不下幾百次，心裡常想不知裡頭是何長相。看來還不錯，他說，我也同意確實不壞。

我的房門上了鎖，一如我離開時的模樣，但當我把鑰匙插進鎖孔時，腦裡突然現出的影像竟然和今早出門時大不一樣，因為桌上並無酒杯、酒瓶，也沒有威士忌的濃冽味道。馬克——踩著皮靴穿著皮夾克、腋窩緊夾安全帽——若有所悟的點個頭，對我柔聲細語把我當成逃院的精神病患。他在好言相勸，要我千萬千萬別跳樓。

這幕影像生動逼真，搞得我實在不想開門。不過我還是開了，當然，結果東西全都還在：沒上蓋的獨家馬克、斟到幾近全滿的酒杯、擺放角度彷彿是在邀我入座的椅子，以及瀰漫整個房間的純波本味道。

「老天在上。」馬克說。

「今早我一進門就是撞上這個。」

「天哪，這味道！媽的簡直像釀酒廠嘛。單單一杯絕不可能製造出這種效果。」

「氣味撲鼻是吧？」

他走過我旁邊，往床鋪移行。「過來瞧瞧，馬修。」

味道如此強烈這就有了解釋。我的枕頭和床墊都濕透了，我的訪客往我床上灑下整整一瓶波本。

我轉身離開，走向書桌。開著的酒瓶只少了幾盎司液體。想來他是拿了個酒杯和兩瓶酒進來，倒了杯酒，然後又開另一瓶往我床上灑，賜予我足夠的波本可以大醉一場。

「不可思議，老兄。誰會耍出這種把戲呢？」

「史第文。」我說。

「你認識這人？」

「只聽過名字。」

他搖搖頭，我倆在原地站了好一會兒，消化眼前所見。

然後他說：「事有先後，馬修。酒瓶跟酒杯。」

「噯。」

「你要我——」

「不用，我自己來，」我說，然後拿起杯子走向浴室。我伸直手臂跟它保持距離，因為我覺得它彷若毒蛇，隨時有可能甩頭咬我一口，我翻轉杯口朝向水槽，打開水龍頭將其內容物沖下出水口。我將杯子放在水龍頭底下沖乾淨，然後將它丟進垃圾桶。這是很棒的酒杯，而且安全無虞，因為我已將裡頭殘剩的波本徹底清掉，但留下它來於我又有何益呢？

我轉身去拿酒瓶，將內容物倒進水槽，並讓自來水加快它流入下水道的速度。我把酒瓶沖洗乾淨之後，馬克把瓶蓋遞給我，我先將蓋子放在水龍頭底下，然後才把它蓋回酒瓶。之後我將這物丟進垃圾桶，和杯子作伴。

「這就好多了，」他說，「現在你想喝都喝不到了。得爬進下水道才找得到，不過鱷魚應該已經捷足先登了。」

「真是一大解脫。」我說。

「下一步就是要處理那張床了，否則你根本沒法睡覺。」

「的確。」

「這兒有沒有門房或誰可以幫忙把床抬出去？」

「這個時間沒有。」

我們站在那裡，思考起來。然後馬克說：「你知道，那張床墊非丟不可。濕成那樣，根本救不回來，這輩子都少不了酒味。」

「我知道。」

「枕頭也一樣，無藥可救。」

「是。」

他走向窗口，盡可能把窗戶開到最大的角度。「還好是單人床，」他說，「雙人床的話絕對行不通。」

「喔？」

「這還用說嗎？」

我完全交給他作主。他比我整整小了十五歲，我戒酒的資歷雖然比他久一點，不過他好像知道自己在幹嘛——我則不然。我們一起把床罩掀開，然後馬克要我幫他把光禿的床墊拖到窗口。我們合力將墊子扛到窗上，一半在外一半在內平衡好，然後他便要我下樓守候：在他把床墊推下窗口之際，我得確定沒有人從下頭走過。

我走過雅各，往外踏上人行道。我抬頭往上看，床墊就在窗口。有個穿西裝打領帶的老頭剛從麥高文酒館出來，他的步態小心謹慎，是知道自己喝醉了酒的模樣，我等著他走向我來。他停腳瞧瞧我在專心看什麼，並決定那跟他無關，於是便又舉腳繼續走下去。人行道現在已經淨空，所以我便朝馬克叫一聲，接著我的床墊便順順當當的墜下來，落在我腳邊。

我抓住床墊，拖到路沿。我走進旅館，詢問雅各旅館有沒有空房。我的樓層有間單人房，就在大樓的後側。他給了我房間鑰匙。

房間在前一名客人退租後已經打掃乾淨。這個房間比我那間要小，不過鐵床倒是長得一樣，床墊也是同樣尺寸。馬克和我扛起包覆著床罩的床墊，一路走過甬道到了我房間，然後將它放上我的空床架。

「完美的組合，」馬克說，「只是少了一樣東西。」

我從空房捧來枕頭，放上我的床。我們將我的枕頭以及床單移開，裹成一團放進儲藏室，那裡頭有個大垃圾桶，於是乎我垃圾桶裡的空酒瓶及杯子便移轉到那裡頭。我鎖上空房，兩人一起下樓將鑰匙交還給櫃檯。

「說來還真奇怪，」我告訴雅各，「那間空房的床上竟然沒有床墊。」

「真的假的？」

「假不了，」我說，「不過我想門房一大早來上班的時候，應該可以從儲藏間拎個備用床墊過去吧。」幾張紙鈔從我的手移轉到他的手。「謝謝他費心，」我說。「也要謝你。」

「沒問題。」他說。

到了外頭，馬克看著我的舊床墊，滿意的點點頭。「我以前老在想，把床墊丟出窗外不知會是什麼滋味。」

「結論呢？」

「前一秒還在，」他說：「然後一晃眼它就不見了。滿有成就感的，說起來。製造的噪音比我原先想的要大。」

「街上好像沒人注意到。」

「嗯，紐約啊紐約，」他說，「櫃檯那位老兄，叫雅各是吧？整起事件我看他根本沒放在眼裡，挺酷的。嗑了藥嗎？」

「他酷愛咳嗽糖漿。」我說。

「唷，媽的，」馬克說，「誰不愛哪？」

40

離聚會還有一小段時間，可以快快用個餐。馬克提議到百老匯大道的一家熟食店。「騎摩托車去吧。」他說。

急行八九個路口後抵達目的地，我們坐下來點了燻牛肉三明治，然後我便起身去打電話。

吉姆還在店子裡。「抱歉，原本說了處理好狀況後，馬上會跟你聯絡，」我告訴他，「結果我忘得一乾二淨。」我把事情經過跟他說了一遍，他問我現在感覺如何。「好多了。」我說。

他說聚會他有可能遲到，不過他一定會到。我回到餐桌，告訴馬克我這輩子還是第一次騎摩托車。「開玩笑吧，」他說，「以前從來沒有過？」

「至少記憶裡沒有，」我說，「騎過的話，應該會記得。就算騎的當時醉茫了，那種經驗應該也可以劃破濃霧衝到意識層。」

「你該買一台的，老兄。說真格的。」

燻牛肉三明治美味，薯條香脆。我很滿意這家店，奇怪怎麼從沒來過。其實離我的旅館不遠，多年來應該路過幾十次了吧。

進餐時，馬克零星跟我講了他的故事。海洛因是主角，而且他曾開車浪遊全美許多回。他長年住在奧克蘭以及舊金山，有時頗懷念西岸。「我會聽到加州的呼喚，」他說，「但話說回來，我也會聽到針頭的呼喚——都是同一個聲音發出來的，你知道？所以我決定目前我還是待在這裡別走。」

∞

多年來，我曾做過幾次飛翔的夢。夢中的我飛越重重屋頂，還會升騰、下降、輕鬆翻轉出漂亮的弧度，沉沉陶醉在單純的飛行之樂裡。餐後我再次坐上馬克那台哈雷的後座，一路從熟食店騎到聖保羅教堂時，有點超現實的感覺——那些飛翔的夢又回來了。今早我踏入我旅館的房間時，彷彿掉進了一個不真實的世界，在這個全新的空間裡，一張張床墊飛出窗口，摩托車在夜空下飆行。

之後我們踏進聖保羅教堂的聚會，於是世界又回到原來的軌道。

∞

吉姆不在那兒。我拿了杯咖啡，找個位子坐下，一名來自山脊灣區的講者敘述起發生在他四歲那年的事。有一晚他們家舉行派對，隔早他起床後開始在客廳遊蕩，品嚐起散落在四處的各色殘酒。「當時我馬上醒悟到，」他說，「我將來的日子是要怎麼過。」

我於討論時間舉手發言，告訴大家我今天頗為難捱，因為面臨到極大的戒酒挑戰。所幸我戰勝了，而最讓我高興的是，我在緊要關頭違反本性主動求援。我得到了我需要的幫助，並於過程當中結交到新朋友，最後錦上添花還得了場小小的冒險之旅。還好陣仗不大，我說，因為太大了我可消受不起。總之，我補充道，如果今晚上床前我能保持不醉，隔早醒來時，我戒酒便算是滿了一週年。

我話一講完，便贏得掌聲。中場休息時，有幾個人過來跟我道賀——包括吉姆。他應該是在討論近尾聲時進來的。散會後，我們跟著大夥兒一起去火焰餐廳，不過我們沒加入眾人的大桌聊天，而是另找一張小桌子私下談心。他點了套餐，因為他是從店裡直接跑去聚會的。我則點了杯咖啡。

「電話上你沒講細節，」他說。

「稍嫌戲劇化了些，有些事不說也罷。不過全盤托出的話，應該是個好聽的故事。總之，最後我們是合力把床墊扛到窗口去。」

「丟的剎那肯定很過癮吧。」

「我沒參一手。馬克要我下樓守候，免得床墊砸到過往路人。我想想也對，第八步清單要列的人名已經夠多了。」

「想得好。」

「事實上，」我說，「負責想的人是馬克。整個過程都是由他主導，這人是天生當執行長的料。不過是我想出法子找到替換的床墊。」

「你從一間空房摸走了一個床墊。」

「我是幫它重新安排住處，」我說。「不過老天啊吉姆，今早我打開房門的時候……」

他讓我盡情發洩。等我講完後，他皺皺眉頭說：「這不只是某人的惡作劇，對吧？」

「他再認真不過，」我說，「我無法提起告訴，但這根本就是蓄意謀殺。」

「他覺得你很可能會擎起酒杯一飲而盡，然後你就會死掉。是有可能喔，不過應該要花幾年的時間才能如他所願。」

「他知道我就要發現真相了，」我說。「他不希望有人發現真相。他殺了傑克・艾勒里，是因為他確信如果傑克修正錯誤沒個完的話，他的罪行肯定會曝光。他殺了馬克・沙騰斯坦是要他閉嘴，而他殺了葛瑞・史帝曼則是為了要我停手不再調查。其實他大可不必動手，因為我原本其實已經交了差，不過每回他一攪和，就有新的事證浮上來，搞得我又得從頭調查起。所以史第文處理我的唯一辦法就是叫我死。」

「你知道他的名字？」

「但是不知道他的姓。大家都叫他平穩史第文——相對於高低傑克而來的綽號吧。因為傑克情緒起伏很大，而史第文顯然不會。這人冷靜如槍。」

「應該是說——」

「火爆如槍，冷靜如同小黃瓜。有個認識他倆的傢伙靈感大發，把成語都來個顛倒用，天天吸食大麻的結果是他只花了二十五年時間便練就出這等功夫。」

「印度大麻，人類之友。」

「如果他誘我上鉤得逞的話，」我說，「我八成就沒辦法查案了，而且就算繼續查，也沒什麼公信力了。我會變成口沫橫飛滿腦子妄想的酒鬼，警察見怪不怪根本不會理我。而如果我跑去飲酒狂歡的話，搞不好我會立刻死在現場，要不也會變成不堪一擊的軟腳蝦——醉鬼太容易出事了。他們會跌下樓梯或者地鐵的月台，要不便是一腳絆到路沿，摔到馬路正中央。他有辦法讓沙騰斯坦的死看來像行搶，讓史帝曼的死看來像自殺，當然他也可以找個辦法殺了我，又布置出別的假象。」

「再下來呢。」

「我看他是正在精心設計別的殺法。」

「你的下一步呢？」

「想辦法找到他，」我說，「在他找上我以前。」

這話他想了想。

「你知道嗎，」他說，「有時候我整天坐在店裡沒事幹，可到了最後一秒鐘，卻跑來一個案子得趕工，搞得我沒法和老婆共進晚餐，而且聚會也會遲到大半天。」

「今晚就是碰到這種狀況。」

「沒錯，」他說，「每回都搞得我咬牙切齒想罵人。不過從來沒有人為我斟過高檔波本，也沒有人想送我上西天，所以其實我應該沒什麼好抱怨的吧。」

∞

我們離開火焰餐廳時，他說，「每次你都特意繞路先陪我走回家，明天是你的戒酒週年慶，我想這回也該換個口味，由我送你回家吧。」

我們抵達西北旅館時，他說，「咱們聚餐聊天好長一段時間了，我卻從來沒到過你房間。」

「你想進去看嗎？」

「既然我人都到了這裡。」

我說，「吉姆，我沒問題的。」

「這我曉得。」

「馬克和我是把房間打理好了才離開。原先還有那麼一點波本的怪味，不過走前我們把窗戶打開透氣，現在應該已經沒味道了。」

「也許吧。」

「而且那人不會再來的。他原先的伎倆失效，他得想個新的花招才行。」

「有道理。」

「不過你還是想上樓看看。」

「有何不可？」

我們一起上樓，我打開房門，裡頭原封未變，只是比先前冷很多。我關上窗戶。吉姆環目四顧，然後走向窗口。「景觀挺棒的，」他說。

「景觀是不錯，」我說，「在我有心情觀賞的時候。」

「人生夫復何求呢？這房間很適合你。」

「同意。」

「而且明早醒來的時候，」他說，「你就滿了一年。」

「有時候我覺得這是很大的成就，」我說，「有時候又覺得不然。」

「你知道明天你還要面臨什麼嗎？又一個需得保持清醒的日子。其實光做到這點就是很大的成就。」

「我知道。」

「說穿了，戒酒靠的就是過一天算一天，無需做長遠打算，不過如果你天天都做到了的話，就可以達到長久清醒的目標。你知道要怎麼做才能體悟這當中難以捉摸的差別嗎（譯註：原文achieve this elusive distinction有另一層意思：得到這份難以企及的榮耀）？」

「怎麼做？」

「別喝酒，」他說，「而且也別死掉。」

我告訴他我會看著辦。

∞

他離開後，我覺得單是沖澡絕對不夠。我放了一大缸熱水，在裡頭泡到水都涼了才起來。泡完澡後，我全身的肌肉以及頸背的壓力都解除了，不過還是沒有達到昏昏欲睡的目的。我關了燈躺在床上，新裝的床墊感覺有點陌生，當然；枕頭也是。兩者其實都沒什麼問題，而且我很清楚，輾轉難眠與它們無關。我睡不著是因為大腦太過活躍。

我爬下床，打開燈。吉姆曾告訴過我一個治療失眠的處方：閱讀《十二階段與十二傳統》裡有關第七步的章節。「連鬥志高昂的犀牛都會被它打敗，」他說。「幾年前我用的辦法是閱讀《在斯萬家那邊》的第一章，普魯斯特先生的大作我也只有幸接觸那麼多了（譯註：法國作家普魯斯特所寫的經典名著《追憶似水年華》共有七本，每本都厚如磚頭，第一本為《在斯萬家那邊》）。結果屢試不爽，每回我都睡得異常香甜。第七步的催眠效果頗有拚場的味道。」

我讀了前幾段後把書擺回架上，並將傑克·艾勒里所寫的珍恩街雙屍案自白書翻出來閱讀。我從頭到尾看了一遍，然後把它擱在一旁反芻起來，一邊想著我其實並沒有比先前更愛睏——我是根本睡不著。至少目前是這景況。

我想到飆車馬克，想到他其實有些面向我原先根本沒看到。某些人確實是真人不輕易露相，尤其是不喝酒的族群。我會打電話給他其實純屬巧合：一通別人打給我的電話，讓我誤以為打者是他，我於詢問後發現只是誤會，但他卻因此要了我的號碼，並把他的號碼給我，而我之所以收下其實是純屬禮貌。今早碰到緊急關頭時，我身上沒帶電話本，而我的皮夾裡又剛好還留有他的號碼，所以我才會找他幫忙。這真是最最明智的選擇。

一連串的巧合帶來最好的結果。

我決定將他的號碼抄錄到我的本子裡。以我目前的身心狀態來看，謄錄皮夾裡各色人等留下的號碼對我來說應該不無小補。我掏出皮夾的內容物整理一番，集結了一堆發票塞進我慣常用來塞發票的雪茄盒，並找到一支細頭原子筆抄下馬克的號碼——連同我上一回強迫自己進行這項苦工以後累積下來的其他號碼。

工作進行到一半時，有個什麼彷彿當頭甩來。我瞪眼看著手中的名片，把號碼抄上本子，再瞪看了一會兒，然後把名片塞回皮夾。

我拾掇起傑克的自白書，再次複習一遍，這回我注意到頭一回閱讀時略過的細節。「我姑且稱他為S好了，」他提及他的同夥時如是寫道，S顯然是史第文（Steven）的縮寫。接著他描述起殺人的過程時，他開始稱呼這人為ES，顯然這是平穩史第文（Even Steven）的縮寫。

獨家馬克，我想著。我碰到了馬克．沙騰斯坦，另外還有飆車馬克，而這會兒則是獨家馬克。

他為什麼要選這個牌子？

這種波本不是很好賣。我真的想不起何時看過這種品牌的廣告；但話說回來，我古早前就告誡自己別再注意烈酒打的廣告。這種酒價位頗高，但比起Dickle或野火雞又要好些，名聲自然也沒有它們響亮。我並不常點這種品牌。

我上酒館時，其實並非次次都指明要喝某種品牌。我或許只會說聲想喝波本，要不就是看看吧台架上的各色酒瓶，隨口點個外觀醒目的品牌。Old Crow, Old Forester, Jim Beam或者Jack Daniel's。我點某些波本，是因為我喜歡該品牌發音的感覺，要不便是酒瓶的設計搶眼。而如果我到旅館對街的酒鋪買酒的話，通常我帶回家的不是早年時光，便是古老世代，或者J.W. Dant——價位中等且又合用，亦即順口容易下肚，但又濃烈得足以發揮撫慰的功效。

我想起偏好獨家馬克的是凱若琳·曲珊。她是湯米·狄樂瑞的女友，有一晚她獨自跑到阿姆斯壯飲酒。她住在附近的五十七街，離第九大道只有幾家店面，她那棟樓的外觀是裝飾藝術的風格，客廳有個大凹口，天花板很高，當晚我們倆一開始只是相互撫慰，然後便進展成共享她的床，連帶也共飲了獨家馬克五分之一瓶的容量。

她在那間公寓裡自殺，凶器是湯米送她的一把槍。自殺前她打了電話給我，我趕到時已經太晚，不過我還是有足夠時間使壞：我布置好現場製造假象，所以湯米·狄樂瑞雖然殺掉老婆可以輕易脫罪，但卻因殺掉女友而進了監牢。

陳年往事我一邊想著，一邊換上衣服，包括內褲、襯衫、長褲、襪子，以及鞋子。我抓了件夾克走出房門上了大街。我往右轉，走到轉角，然後再往右轉。

我一路走到先鋒，或說先峰吧——隨便。這家黯淡的小店還在營業，而它隔壁的酒鋪自然也還沒關門。我大可走進去，湊向吧台坐下來，而那後頭的傢伙想來應該可以回答我特地上門要問的問題。

而且天曉得我還會問出旁的不知什麼來。總之，我要問的問題，他應該會有解答。

41

但結果我卻轉身回家去了。當時是深夜，位於第八大道和四十七街交口的書報攤已在販售早版的《紐約時報》，但我抵達旅館時，卻任由雙腳很明智的把我帶進旅館沒往路口走。我上了樓再次更衣然後把椅子拉到窗口，我坐了一會兒但沒有特意在看什麼。

我先前到阿姆斯壯酒吧，是因為有個問題想問；而我決定轉身離開，則是因為我這一年偏巧便是這一天是最最接近黃湯，而當時又是我戒酒滿一週年的前夕。我並不想喝酒，我沒有這個需要，但過去三百六十四天習得的經驗告訴我，目前我有多脆弱，而那間酒吧對我來說又有多危險。

嗯，我是可以打電話求援，找個滴酒不沾的朋友陪我進門提問。但我覺得沒必要。我可以回家上床睡覺。我的問題明天還是會等在那裡。

我不知道我能否睡著。我上了床，關了燈，在陌生的床墊上伸展四肢，並把我的頭放在陌生的枕頭上。

我恢復意識的時候，已經是隔天早上了。

8

早餐後我首先便是打電話給丹尼斯・瑞蒙。他人在警局，我打去時他正要出門。我告訴他，我很確定自己掌握了新的線索。他說：「你是說艾勒里的案子嗎？因為史帝曼的案子擺明了就是自殺，想翻案怕是難上加難。」

「戴克・雷恩斯，」我說。「還有瑪西・康薇爾。」

「怪怪，這兩個名字好像滿耳熟的。」

「幾年以前，」我說。「發生在西村珍恩街的雙屍案。據《郵報》描述，是波西米亞式的愛巢，而且——」

「那個案子我記得。還是懸案，如果我沒搞錯的話。怎麼？難不成你知道凶手是誰嗎？願聞其詳。」

「傑克・艾勒里。」

「搞屁啊。」

「他已經承認了。白紙黑字。」

「而且你還讀過了。」

「就在我手裡。」

這話他想了想。他說：「想來他不是孤軍奮鬥一手包辦吧。」

「他有個同夥。」

「而且艾勒里找到了信仰，或者隨你怎麼稱呼的什麼好了，於是同夥便整天擔心他會大嘴巴。媽的，我得出去透透氣才行。你還記得先前我跟你碰過頭的那家店吧，叫吟遊男孩。今天下午兩點行嗎？還有，馬修，自白書請你帶去好吧？」

∞

我掛上電話後，鈴聲幾乎馬上響起。是珍打來的，她想祝賀我週年快樂。我們之間的談話有點奇怪，因為沒說的話把說了的話都淹沒了。她說她很為我高興，還說我這一年用心戒酒非常辛苦，我則告訴她，她打從開始就意志堅定持續給我支持，我感激不盡。她掛上電話以後，我突然很想立刻回電給她。但我能說什麼呢？

我還有幾通電話得打，不過鈴聲馬上又響起來，這回是吉姆。他粗嘎著聲音問我頭腦是否清醒，我說沒錯，算是個奇蹟吧，然後他便說媽的這就叫奇蹟沒錯，我要永遠銘記在心。接著他便跟我賀喜，告訴我頭一年最是艱辛。「只除了接下來的歲歲年年。」

「昨晚你離開以後，」我說，「我翻來覆去一直睡不著。」

「所以你就倒出三顆思康眠，混上一品脫的伏特加吞下去。」

「我換上衣服，出門走到阿姆斯壯酒吧。」

「真的假的？」

「我有個問題想請教酒保。」

「然後呢？」

「我決定問題可以等，而且我好像不該晚上去。重點是，這會兒我又要過去了，因為搞不好輪日班的酒保可以回答我的問題。如果他沒辦法的話，今晚我就只好三度上門了。」

「打電話四處問問吧，得找個人陪才行。」

我說我再看看。

∞

阿姆斯壯酒吧通常十一點左右開門，我到的時候約莫已過了二、三十分鐘。我先前電話講了一陣子，並匆匆跑到中城北分局的命案組待了一下。繞行轉角以前，我並沒有打電話求援，所以我是獨自一人踏進酒館的。空中瀰漫著一股還不算壞的菸酒味道。

有兩張桌子已經坐了人，吧台一端有個傢伙手裡護著杯啤酒，正在細細閱讀日報。路西安站在吧台後頭調配血腥瑪麗，我一湊近，他全身立刻僵住。他看到我很驚訝，可是又想掩飾。

「顏色調得很美，」我讚美起他的手藝，「不過我來這不是為了酒。我只是路過，想順便問個問題。」

「請說，馬修。如果我不知道答案的話，也會隨口編一個。」
「請問最近有人上門打聽我的事嗎？」
「打聽？沒有吧。打聽什麼樣的事呢？」
「比方我以前愛喝什麼酒。」
「哪有人這等無聊？不過，幾天前你倒是有個老友跑來這兒逍遙。」
「哦？」
「他就坐在這裡，點了兩杯。酒一送上他就付錢了，還擺擺手不收零。『甭找了，給你自己買一杯。』你曉得吧，這種客人點下一杯的話，我們一定斟得更滿。」
「當然。」
「這人第二次來的時候，還是一樣。『甭找了，給你自己買一杯。』然後他就誇起我們來，還說他有個老友以前是常客。」
「而且他還點出我的名字。」
他點點頭。不過現在他已走完調配血腥瑪麗的流程，正用濾網把酒倒進高腳杯。我原以為是顧客點的，沒想到他卻啜了一口。「漫長的一晚，」他解釋道，「得給自己打氣才行。」
「明智之舉。」
他再啜一口。「我有個印象是，」他說，「你們一起當過警察。」
「他是警察嗎？」

「曾經，我猜。」
「想來你不知道他的名字囉。」
「對，而且他也不知道我名字。我們還沒進展到那地步。」
「他長什麼樣？」
他攢起眉心。「你曉得，」他說，「我其實沒怎麼注意看。中年人，不胖也不瘦。中等身材吧應該。他喝的是蘇格蘭威士忌，這我記得，好像是紅標的約翰走路，不過我沒法兒打包票。」
「而且他還提到我名字。」
「只問了我見過你沒，又問說你目前處於戒酒狀態，還會上門光顧嗎？他說你以前狂愛波本。」
「喔，這點他還記得啊。」
「不過他想不起你最愛哪種波本，」他說。
「是嗎？你怎麼回答的？」
「我不記得你偏好哪種，不過他還是想知道，說是如果要慶祝什麼的話，你會點哪種波本。一副他以前曉得，現在只需提點即可。」
「你怎麼說？」
「我覺得你沒特別挑過，」他說，「何況你已經滴酒不沾了，問你以前喝啥幹嘛呢。可他非要個答案不可，這位慷慨先生，於是我就想起有一回有人拍著胸脯大聲說，全世界最棒的波本便是某某品牌云云，他說的好像是野火雞，但也有可能是Evan Thomas，不過你馬上提起另一個牌子，說它比起來可一點也不差。記得嗎？」

我搖搖頭。

「想不起來是對的，好幾年前的事囉。不過當時我印象深刻，一兩天以後還親口嚐了一杯，我覺得你是對的。你猜得出是哪個牌子嗎？」

「請說。」

他默默的從最上排的架子上拿下答案。獨家馬克。

他猶疑了一兩秒鐘，沒再拖更久，然後又把酒瓶擺回架子上。

「總之我給的就是這答案，」他說。「你知道那人是誰嗎，馬修？」

「我原先就有個底了，」我說，「聽你這一形容，我更清楚啦。」

「不好意思，我最不會形容長相了。噢對，他戴著眼鏡喔——希望有幫助。我跟他講的話沒害到你吧？」

「無傷。」

他猶豫了一下，然後說，「你知道嗎，說也好笑。剛才我手拿那瓶酒的時候，還以為你會要我幫你斟一杯哩。」

「真的麼。」

「就那麼一瞬間。你戒多久了？」

「差不多一年了。」

「當真？有這麼久？」

「老實說，今天剛好滿一週年。」

「不是蓋的，老天。你知道我剛差點想說什麼嗎？『喝杯酒慶祝一下吧。』不過行不通，對吧？」

∞

我趕上了爐邊談話的中午聚會。我於開場時宣告我滿週年時，照例得了所有人的掌聲。

我坐在那裡喝咖啡，聽著某人的喝酒史，突然想起路西安舞動著那瓶長頸波本的模樣。噢，去他奶奶的，我的腦袋裡出現一個聲音：咱們何不嚐嚐滋味是不是跟我記得的一樣呢。

42

我頭一回在吟遊男孩跟他碰頭時，是我先到的；等他的時候，我點了約翰・麥高梅的本店招牌歌〈吟遊男孩〉。這回我早到了幾分鐘，我放了同一張唱片的反面：

她如同夏日的玫瑰般清麗引人
然而贏得我心的並非只是她的美。
啊不，是她眼裡柔情綻放的真與善
讓我愛上了瑪麗——璀麗的玫瑰……

瑞蒙於最後一次副歌時走進來。他在吧台停步點了杯酒，然後走過來坐下。他帶著敬意等著歌曲劃上休止符。「天籟美聲，」他說，「你知道他死多久了嗎？」

「沒概念。」

「我只曉得，在我知道有他這號人物時他早就作古了。我媽買了他所有唱片——噯，總之加起來一大堆，七十八轉的黑膠，全收妥在封套裡。我好像還可以看到那些個玩意兒堵在我家客廳架上的模樣。別問我那些唱片如今是何下場，總之這位先生目前還藏身於這台點唱機裡頭，而且聲音仍舊清亮如鈴——都已經過了這麼多年囉。」

他喝下一口酒，將杯子放回桌上。我面前擺了瓶可樂，但我沒有多大意願喝它。他說：「你手上有啥好貨色哪？」

∞

「真不是蓋的，」他說。他把傑克的自白書捲成一個卷軸，拿著它敲敲他現在已經淨空的杯子的頂端。自白他已仔細讀過兩遍，我們也聊了一陣子了，而現在他則又再讀一遍。「看來咱們大致可以確定，寫的人是他沒錯。局裡應該有他的筆跡檔可以拿來比對。當然地檢署總是可以找到一名鑑定專家信誓旦旦的宣告說，這不是他的筆跡，因為各位看官請瞧瞧，所有右撇的角度是如何不同吧。而且這還是假設咱們可以讓這份文件通關當成證物哩——這點我可不敢打包票喔。你是在他房裡找到自白書的嗎？」

「用膠帶黏在某抽屜底端。」

「當初如果我們知道有這玩意兒可找的話，應該是會發現的。不過我們不知道。你怎的如此神通廣大？」

「史帝曼去找傑克的管理員要他的遺物，但發現已有人捷足先登。」

「你以為是我。」

「我想應該是你吧。」

「如果當初我們把這案子列入較高順位處理的話，」他說，「你搞不好就說對了。不過那時我已經翻遍了整個房間，啥也沒瞧見。」

「嗯。」

「所以那人不是我，」他說，「也不是我的搭檔，也不是任何戴著警徽的人。應該是凶手，進房察看他有否漏拿什麼。」

「沒錯。」

「果真有嗎？」

「我想那裡應該有傑克的第四步報告。」

「你說了他跟史帝曼已經討論過。」

「對，當時他說了他曾失手殺人，」我說，「但他沒講明死者身分，也沒說發生在哪一年。我覺得他為了讓良心過得去，也許曾寫下一份更詳實的自白書，所以我才會到他房間試運氣。」

「如果找到的人是我，」他說，「對案情的發展會大有助益。」

「問題是，你根本不知道有那東西可找，何況——」

「如果你有揪我結伴去，」他說，「而我們果真也一道去了他的房間，一起發現自白書的話，對案情會大有幫助。可是搞半天，你卻是單打獨鬥，賄賂管理員睜隻眼閉隻眼，跑到於法你不可出現的場所，還搜走了一份你說你於某特定時間在某特定地點發現的文件。當然，你講的話我是全部買單，不過決定文件能否當成證物的人可不是在下我。」

「我知道。」

「所以從證據的角度來看——」

「我明白。」

「不過說穿了，那份文件又能證明什麼哪？我們也只知道有個人生前寫說他和他的同夥殺了兩個人。他連同夥的名字都沒講呢。」

「的確。」

「平穩史第文。所以是個叫史第文的傢伙。」

「我找了個朋友幫忙，查到幾份檔案列出的假名和綽號，不過沒斬獲。」

「是有可能列在某份名單上，」他說，「不過那又怎樣呢？比方說，總有大筆現金或毒品或者高價贓物擺在哪個證物櫃裡頭，但是全都有可能永遠不見天日啊。平穩史第文，」他搖搖頭。「想來你知道這人是誰囉。」

∞

他仔細研究起我遞給他的名片。「上頭寫說他是你在澤西城的朋友。」

「只對了一半。」

「不是朋友？」

「我跟一個認識他的記者談過。他常在法院閒晃，很懂得做人情，幫忙打點。」

「這種人多得很，」瑞蒙說。「絕對不是瀕臨絕種的動物啦——尤其在澤西城。上頭說他叫范恩，跟史第文有啥關係呢？」

「他母親給他取名叫艾范恩德，」我說：「他把名字切到只剩范（Van），然後又多加了個N變成范恩（Vann），免得別人誤以為他姓范史蒂芬。」

「是啊，要不人家會以為他是荷蘭裔，姓范史蒂芬。」

「印象裡，在他把名字切到只剩范之前，好像先是只去掉恩德變成艾范（Evan），」我說，「不過我不很確定。」

「艾范．史蒂芬（Evan Steffens）。」他緩緩點著頭。「從這個名字變成平穩史第文（Even Steven）倒是挺合理的——發音夠像。」

「傑克寫到這段往事時，」我說，「先是說姑且稱他的同夥S好了，於是整篇自白他就一直沿用這個代號。不過到了結尾，他卻稱他為ES。」

「有可能代表平穩史第文（Even Steven）。」

「問題是綽號哪有人會用縮寫呢？我一想到這點——」

「嗯，你的疑慮我完全理解。暫停一下，我得再點一杯酒才行，因為剛才那杯已經船過水無痕了。待會兒就要請你把來龍去脈全攤在桌上講清楚。」

∞

我講完以後，他的第二杯差不多喝光了。我已從可樂轉為咖啡，現在杯子也空了。

「艾勒里戒酒以後，」瑞蒙說，「想要帶著無虧的良心面見上帝，所以他才會想到要自首，打算把愛巢命案的罪一肩扛下。」

「未必是這樣。他連自己的輔導員都瞞住了，不過他想找個辦法彌補他犯下的大錯倒是真的。」

「史蒂芬怎的會發現呢？」

「在他們兩人活動的那種圈子裡，話可是傳得飛快，」我說。「『喂，你聽說了高低傑克的事吧？這位先生想去找他多年前惡搞過的所有笨驢哩，打算跟他們一個個彌補過犯。』又或他搞不好是親自登門造訪史蒂芬呢。『我只是想告訴你，咱們在珍恩街犯下的案子可能會曝光，不過甭擔心，你的名字我絕對守口如瓶。』」

「如果我是史蒂芬，晚上一定還是不得好睡。」

「當然囉。萬一他跟哪個戴著警徽的人告解的話，請問全盤托出豈不是指日可待嗎？」

「其實就算他沒找警察告解，史蒂芬還是難逃曝光。如果案子落在我桌上的話，我首先就是要清查他所有的同夥。史蒂芬的名字雖然不一定會浮現，不過如果你是史蒂芬的話，你怎曉得自己不會栽進火坑裡？」

「只有一個辦法可以自保。」

「如果史帝曼沒插手的話，他應該可以逍遙法外。落魄潦倒的出獄犯人，獨身住在一房，你也曉得這種人的日子是怎麼過的。總有一天會因為喝多了酒胡言亂語害死自己。史蒂芬得跟珍恩街劃清界限，也絕口不提高低傑克。」

「那當然。」

「所以囉，他原本是可以全身而退，雖然我會不快樂，但問題是漏網之魚太多啦，很多命案都成了懸案，包括那些根本沒被當成命案的命案——葛瑞．史帝曼的案子便是其一。而在他之前也還有過一個對吧？叫沙騰斯坦嗎？」

「那案子確是謀殺沒錯，」我說，「不過會有代罪羔羊受過的。」

「亦即那位因多次攔路行搶給抓起來的鳥廝。他口口聲聲說，沙騰斯坦不是他的傑作。不過其他搶案他全推脫不了，所以等他放出來的時候，應該也是老到沒法兒再犯案了，沙案算不算在他頭上也沒差了。但對警方來說，沙騰斯坦其實已經歸到他名下等於結案了。」

「沙騰斯坦打過電話找我，」我說，「我先前問了他高低傑克的典故，但是他沒答案。」

「後來他想起來了嗎？」

「無從知曉，因為我沒有及時回電給他。我覺得他應該是不知道，但想起了有誰可能知道。」

「史蒂芬。」

「沙騰斯坦做過贓物買賣，」我說。「如果他認識傑克，想必也會認識他某些同夥。『嗨，請教傑克那個綽號是怎麼來的？我猜你應該曉得，因為你叫平穩史第文，跟他的綽號很搭。』」

「史蒂芬要跟沙騰斯坦在他家附近約見應該不難，而要進史帝曼的房間想必也很簡單。『嗨，葛瑞嗎？我是警察，奉派調查你一個朋友的命案。我跟他的管理員接收了他的遺物，裡頭有幾樣東西我想轉交給你。』要不就是說傑克有這麼本筆記簿，他在裡頭寫的某些話我想跟你談談。史帝曼應該會請他進門的。」

「毫無疑問。」

「之後他便來個絞頸功吧，應該行得通，而且不會留下痕跡——因為可憐的狗雜種頸子纏上一根皮帶吊了好幾小時哪。之後這婊子養的還神來一筆，買了好酒請你喝。」

「由此可證，人如果犯下一樁簡單的殺人案之後，」我說，「會墮落到何種地步。」

「你說是叫獨家馬克？」

「他也許是在我那家旅館對街的酒鋪買的。果真如此，瓶底應該貼有標籤，註明店家的地址和電話，提醒酒客別忘了酒的來處。請再惠顧的意思。」

「不過你沒特意去找標籤。」

「沒錯。我閉著眼睛把酒全倒光，把瓶子連同杯子一起摜進廢紙簍，簍子的內容物則全進了運貨電梯旁的大型垃圾桶。門房一天會清個幾次，所以現在肯定已經找不到了。」

「也無所謂了。」

「當然。標籤又能證明什麼啦？證明有人在對街買了瓶波本嗎？他也許買了兩瓶，一瓶留給我喝，一瓶用來倒在我床上。我很懷疑對街的店家連賣兩瓶獨家馬克給同一個人的機會有多高。他們應該記得他，但那又怎樣呢？他已經是成年人了，想買多少酒誰都管不著。」

「艾勒里的管理員見過他，」瑞蒙說，「他自稱警察。是干犯了法律，不過很難證明，因為他也只不過甩開皮夾，讓對方自下結論。」他意味深長的看我一眼。「這是很多人都犯的毛病。」

「他沒在阿姆斯壯酒吧亮出皮夾，」我說，「不過輪日班的酒保也覺得他是警察，或者曾經當過。他到那兒是要問他我愛喝什麼酒。不過這也搆不上犯罪。」

「沒錯。這位先生獨挑大梁，製造出一波波命案。他多年前在東村殺了一對男女，可是唯一的人證已經死翹翹了。死了，是因為這位先生開槍宰了他，不過這樁命案就跟他後來為了遮掩艾勒里命案殺掉的兩個人一樣，我們既無證據也無人證可以把他揪送法辦。依我看哪，我們連他犯過法都證明不了。」

「他破壞私物，」我說，「往一面優質床墊灑了瓶上好的威士忌。」

「稱得上小罪一樁，」他說，「而且他還得先違法私闖民宅才能進行破壞，算一算搞不好稱得上某種程度的重罪，只是我可能還得惡補一下犯罪法的條文才行，不過我看應該不用了，因為這事兒其實我們手裡沒有半點證據。」

「沒錯。」

「頗為惱人，」他說，「因為我真想一腳把這婊子養的踢進死牢。我想為艾勒里討回公道，是因為正義總要伸張吧；我更想為史帝曼討回公道，因為他是個堂堂正正的男子漢啊。」

「的確。」

「而且如果他懂得不要多管閒事的話，現在應該還有脈搏在跳。總之，我很想為史帝曼將史蒂芬揪送法辦。而且啊，如果能將東村雙屍案算到他頭上的話，我真不知會有多快活。那檔子事兒想當初是多麼的火紅，可是之後卻冷到結冰不知多少年——老天在上，如果能把那樁案子結掉的話，我真不知會有多痛快。」

「依我看呢，」我說，「他從來沒有戴罪坐過牢。」

「這人沒有前科記錄？不可思議。他跟艾勒里勾搭在一起，同樣的鳥事肯定幹過好幾樁，可是他從來沒吞過苦果。」他拿著艾勒里的卷軸自白書敲敲桌子。「事發經過應該是跟自白裡講的一樣，因為艾勒里沒有理由對自己亂編——」

「沒錯，他是實話實說。」

「所以史蒂芬當時就是冷血宰殺女人，而且強逼艾勒里也發一槍。你說這像從沒殺過人的人的行徑嗎？」

「應該不是他頭一回殺人。」

「而且我們也曉得那不是他的封山之作。問題是，你覺得在那之間他到底幹過幾票呢？這人解決問題的方法只有一種。你說多年來他倒是碰過多少問題呢？」

這問題懸在空中。無法回答，而且餘音不散。我說：「你覺得有可行的辦法嗎？我是說，將他定罪。」

這話他想了想。「沒有，」他說。「我看是沒辦法。而且你跟我應該是英雄所見略同吧，你不可能還抱著希望。所以可否請教一下，馬修，我們在這兒碰面倒是幹嘛？你幹嘛打電話找我？」

「我覺得他還沒收手。」

「你是說殺人嗎？他永遠不會收手的——如果他解決問題的辦法就是殺人封口的話。不過他暫時應該沒有問題了吧。難道還有誰礙著他了嗎？」

「嗳，」我說，「正是在下我。」

43

當晚我去參加我固定會去的聖保羅教堂聚會，還好我去了，因為前不久我曾報名要講述我的週年感言。我坐下來，想著我應該會用老方法講我的故事，然而結果我卻是從我的最後一杯酒講起，亦即那杯我想喝卻沒喝的酒，那杯我點了卻留在吧台上的酒。我從那裡講開來，花了近半個鐘頭聊著這一年來的生活——我戒酒的頭一年。

談話的內容其實並不重要。有天早上，我參加了一個叫做午間書店的聚會，地址在西三十街。他們引介了當天的講者，他說了自己名字，說他是酒鬼，然後就默默看著我們二、三十個等著他開講的人。他笑一笑，說：「這是你們的聚會，」然後便開放大家討論。

他規避責任，並沒有引發半句批評，事實上，還有好幾個人讚美他簡化了聚會的程序。後來我跟吉姆提起這件事，兩人討論了各種可能性：他新近講了太多自己的故事，已經膩到無法重複了；他行事高調，喜歡語出驚人贏取大家的注意；他最近三個月違規喝下黃湯，覺得自己沒有資格帶領聚會，但又鼓不起勇氣當眾承認。我們又編了好幾種情節，一個比一個精采可信，然後又下結論說其實無所謂。聚會順利進行，而且也於我無害。我保持了清醒不醉，不是嗎？

聚會開場的時候我沒醉，收場的時候我也依然清醒。

8

「實在很難決定下一步該怎麼走，」先前丹尼斯．瑞蒙這麼說。「根本找不著證據，鐵證或非鐵證皆然。我會再查查檔案，看看他們曾否把他或艾勒里連上珍恩街命案。不過無論這樣還是那樣，我覺得應該都沒差吧。你知道你可以怎麼做嗎？」

「怎麼做？」

「他喝什麼酒？不是獨家馬克吧？」

「蘇格蘭威士忌。好像是約翰走路。幹嘛問呢？」

「把牌子搞清楚，」他說，「每天寄給他一瓶，連寄一兩年——看他需要多久而定。」

「嗄？」

「看他需要多久才會變成酒鬼。然後他就可以跟你作伙參加聚會啦，他可以跟著去爬那十二步大名鼎鼎的階梯，等他不得不動筆寫下自白時，咱們即可大舉進軍逮住他。」

「他寫自白時，我們何從知曉？」

「你可以當他的告解神父啊，噢，不過你們用的是不同的稱呼。」

「輔導員。」

「就在我舌尖打轉呼之欲出哪。他的輔導員。你可以當他的輔導員，然後就可以把他逮個正著。不過輔導員不能當抓耙子，是吧？」

「沒錯，這是當輔導員的條件之一。」

「我就是擔心這個。好吧，這一來我就沒有點子能提供了。當然我們是可以在你身上安裝竊聽器，不過那也行不通，對吧？」

「他不可能說出咱們可以派上用場的話。」

「噯，而且就算他說了，只怕也登不上法庭。咱倆心知肚明，只要警察找他進局裡問話，他就會大陣仗請出律師對付，而且如果他跟澤西城的政治機器掛了勾的話，他肯定知道該找哪個律師助陣。就拿那樁雙屍案來說吧，他是逍遙法外多久啦，十幾年總有吧。而且這會兒又有兩三個命案他都可以不用扛。這你看得下去嗎？」

「看不下去也得看。」

「在下亦同。警局待了幾年以後，你會發現不管什麼鳥事你都看得下去了。」他的眼睛瞇起來。「不過後來你請辭了，對吧？得著金質警徽卻又退回去，所以我猜你是發現了什麼看不下去的鳥事了。」

「我請辭跟工作無關。」我說。「如果當初你問我的話，我會同意你的說法，因為那時我搞不清癥結所在。後來我參加戒酒聚會，發現很多人講的故事都有個共通點：搬家。這人搬到加州，是因為紐約帶來問題。然後他又搬到阿拉斯加，因為加州帶來問題。其實說穿了，他自己就是問題來源。他搬到哪裡，這個問題就跟到哪裡。」

「所以當初的問題就是你自己囉。」這點他想了想。「嗯，而這會兒你則成了平穩史第文的問題，對吧？而且咱倆都曉得他都怎麼解決問題的——跟搬家無關。咱們倒是要怎麼讓你逃過一死呢？」

「這點我一直都在想著。」

「走到這步田地，我連警方的保護都無法提供給你，而且搞到後來肯定會是笑話，對吧？我們指派幾名員警保護你的人身安全，他們也都盡忠職守一切平安，於是我們又指派他們別的任務，然後你就又回到眼下的處境啦，因為那人聰明機靈而且耐性十足。要他等多久，他都無所謂。你有槍嗎？」

「沒有。」

「你曉得，如果你有一把沒登記的武器——」

「我沒有。」

「總之，如果你碰巧有機會拿到一把的話，也許隨身攜帶會是個好主意。事實上……」

他的聲音漸說漸小。我看著他，揚起眉毛等著下文。

「雖然只有我倆在場聽到，不過這也只是假設性的說法喔：如果有人立意要殺我，而我又曉得，但偏偏他媽的又完全奈何不了他，嗯，那我就只能採取一種手段了——懂我意思吧？」

「這點我是想過。」

「另外，」他說，側頭看著旁邊，「如果咱們這位朋友發生不測，而警方又懷疑到你身上的話，我可不會記得這場談話。事實上，我們所有的談話我都會忘光光。」他的眼神碰上我的。「只是要給你一個可以思考的方向。」他說。

8

我沒槍，不管有無登記的都沒有。想找到一把其實並非天大難事，所以我便思索起來。結果我還是否決此案。

聚會結束後，我在火焰餐廳耗了一個小時，再跟吉姆私下聊了一陣子，然後便回到我的房間思量起來。那人正在某處逍遙，如果他目前還沒有思量起我的話，呃，再過一天或一個禮拜或一個月以後，他總會把念頭轉向我來。

我是他的問題。而且我曉得他會訴諸何種方法解決。常言道，如果你的工具是把鐵鎚的話，那麼每個問題看來都會像是釘子。

我躺在黑暗中，想著我是否心存恐懼。沒錯，我是害怕，但並非怕死，不完全是。如果我一年前死了的話，如果我是爛醉而死的話，那就真叫走得好慘。不過如今我已避開黃湯一年，雖然還沒有興高采烈到想要大肆慶祝，但這可不表示我毫不珍惜這種成就。現在我就算掛掉也無憾恨，因為那美好的勝利沒有人能夠奪走。算是小有安慰吧，我想。總比了無慰藉要好。

我在怕什麼呢。思量再三以後我才想到，我怕的其實是有個解決辦法但我卻苦思不出。

8

隔早我醒來時，陽光普照，隔壁的房間有人在聽廣播。我聽不出談話內容，不過主持人的熱情倒是傳送到了。我沖了澡刮好鬍子並換了衣服，而我的鄰居不知何時已經關掉收音機了。太陽仍在普照。我覺得這會是個不壞的日子，我知道應該如何度過。

我想吃早餐，不過首先我找到了范恩．史蒂芬的名片，撥了他的號碼。他接聽時我頗驚訝；我本以為只要在答錄機上留言就好，得留話呢。他說聲哈囉，我則說：「你也許知道我是誰吧。」

「有可能。」

「前幾天你買了酒請我，」我說，「不過我一直沒找著機會跟你道謝。」

「你的聲音好像有點耳熟，」他說，「不過你講什麼我根本就摸不著腦。」

「我講的話有時連我自己也摸不著腦。總之，我覺得我們應該面對面聊聊。」

「哦？」

「通通風（譯註：原文為 to clear the air，另有個意思是說清楚講明白）。」

「好主意。通風以後，呼吸就沒那麼困難了。你有可能以為這話我是從幸運餅乾裡抄襲來的，不過我必須很驕傲的說，這話是我自己想出來的（譯註：美國的中餐廳供應的幸運餅乾，內部中空撥開後可抽出一張印有中國名言、古諺的紙條）。」

「佩服佩服。」

「不過當然也有可能孔老夫子說過這句話就是了。你想跟我碰頭嗎？時間地點呢？」

8

我們約了下午三點在自然史博物館碰頭。我早到了，等在一座恐龍骨架的旁邊，他則是準時出現，穿了西裝打條領帶，手臂上掛了件長外套。他的眼鏡霧濛濛的，於是他便將外套遞給我，拿出一方手帕清起鏡片。

我心想，如果外套口袋裡有槍的話，感覺應該更重吧。不過我原本就沒預期他會帶槍。他應該考慮到我們會設局逮他，如果帶槍的話，到時他就得費神辯解了。

他將眼鏡戴上，透過鏡片朝我眨眨眼，並將他的外套拿回去。「謝謝，」他說。他漫步走向最近的那隻恐龍，開口道：「哈囉，老弟。過了這麼多年，你還是一點也沒變。」

「老朋友？」

「我女兒好愛這些傢伙，」他說，「可別問我原因。我每隔一個禮拜天都會帶她到這裡看恐龍，順便也看看其他單親爹地。不過這是好多年前的事囉。」

「想來她應該已經看不上牠們了。」

「原本是有機會看不上的，」他說，「可是她媽媽有一回帶她到加勒比海避寒。那裡有座島叫莎巴，你知道吧？」

我不知道。

「要去那裡，得從另外一個島搭飛機才行。我忘了是哪個島。莎巴是火山島，所以其實島就是山，山底有片海灘，而且每隔一陣子，就會有台飛往那裡的小飛機撞上火山。」

這當口我能講什麼嗎？我想不出能講什麼。

「離婚程序還沒走完，」他說，「所以名義上我是鰥夫。而且我還有個死掉的孩子，不過好像沒有一個專門的詞可以用吧。從某個角度來看，確實是慘事一樁，不過你可不想為這種事哭天搶地。因為她其實已經大到快要不愛恐龍了，所以攤在我和她前面的就是他媽一大片無話可說的未來。總之，這下子她就省了要受那種苦，我也一樣。」

「這倒是個面對死亡的新鮮角度。」

「是嗎？如果你戴了竊聽器的話，不妨逐字把這感人的小故事寫下來，拿給心理醫生看。天知道他們可以推出什麼結論來。」

「我沒戴竊聽器。」

「哦？也許你有戴，也許沒有，而如果你年輕一點又標緻些的話，我可是會搜身的。我是說，如果你是女孩兒的話。老范恩可不是怪叔叔喔。」

「聽了叫人好放心。」

「不過搜身對我有啥好處啊？那又能證明什麼呢？如今搞諜報的，新發明的小玩意可是愈來愈多也愈妙，比方可以藏著迷你通話器的原子筆。而且前幾天我還聽說，有種錄音器只有阿斯匹靈片的大小。你吞下藥片，然後它就會把方圓二十碼內的談話連同你的腸道咕嚕聲一起錄下來。當然到頭來你得在自己痾的大便裡翻撿字句呈報上級，不過那些個小丑原本就是在做類似的狗屁事不是嗎？來，咱們出去吧。這兒講話不方便，而且又不許抽菸。難不成他媽的雷克斯龍會在意嗎！」

我們一踏出門外，他便點上菸。我們穿過中央公園西沿大道，再走了幾百碼路進入公園。史蒂芬研究起三張板凳椅，然後一一否決，但原因不明。之後他找到一張他喜歡的，便拿起先前他用來擦眼鏡的手帕抹起來。他一屁股坐下，我沒費事擦拭便往旁邊坐下來。

「你找我是有話要講，」他說，「我就聽聽你要講的話吧。我打算坐在這裡洗耳恭聽。」

我從外套口袋掏出三張紙，攤開來交給他看。

∞

我已走到閱讀時戴上眼鏡會比較舒服的年紀了，尤其是字體很小或者光線太暗的時候。史蒂芬剛好相反，他整天都戴眼鏡，但閱讀時卻要摘下來。我將傑克的自白交給他時，他已拿下眼鏡，但讀完後他並沒有立刻把眼鏡戴上。他只是默默看著遠方。

對面可以看到樹，但葉子大半落了。荒涼的唱詩壇，某詩人曾如此寫道，但我想不起他的名字，也不記得這首詩的全貌。

他說：「這是影本。」

「沒錯。」

「有原稿嗎？」

「藏在隱密處。而且我們還有備份影本。」

「藏在另一個隱密處，我敢說。」

不再有好鳥歌唱的荒涼的唱詩壇。整句應該是這樣，不過之前或者之後到底是什麼呢，而寫的人又是誰？

我注意到他已經戴回眼鏡了。有那麼一下子，我以為他打算把傑克的自白書還給我，不過我搞錯了。他把文件折起來放進自己口袋，然後再點一根菸。

荒涼的唱詩壇。到底是好鳥還是好鳥兒們？不管一隻或者一群其實都說得通。然而他用的是好字嗎？

「任誰都難免質疑，」他說，「這份自白的真實性到底有幾分。」

「難講。」

「難講？根本不可能曉得嘛。文字倒還不錯，這點不容置疑。我是說他的遣詞用句他的文筆，敘述還頗通暢——我可不是在講他的筆跡。」

「當然。」

「因為除了修女以外，媽的又有誰在乎筆跡來著了（譯註：美國某些教會學校的修女對學童字跡端正的要求非常嚴苛）。文筆通順易讀，不過讀著讀著還真會納悶，到底他有沒有加油添醋或者胡思亂寫。」

「這點確實難說。」

是鳥兒們，我定案了。一定是。如果一燕無法成夏（譯註：One swallow doesn't make a summer，英文俗諺，意思是單單看到一隻燕子，並不表示夏日已到），那麼要湊成一組唱詩壇當然需要多隻鳥兒。

「這位同夥他稱為S。果真有這個人嗎？搞不好只是傑克想像出來的人物。」

「有可能。」

「搞不好S代表的是自我（Self）吧？是他自己決定要讓那個女人斃命，因為她是目擊者。說什麼S雙手環住他的手逼他開槍，聽起來是很像典型的精神分裂症。傑克當時立刻分裂成兩個人，壞人要好人做出他不恥為之的事兒。」

荒涼的唱詩壇。是濟慈嗎？我得查查巴雷名人語錄大辭典才行。巴雷一書只消翻閱兩分鐘，便可得知是哪個詩人哪首詩，之後我會再花幾個鐘頭查閱許多我只記得片段的詩啊詞的以及其他很多有的沒的。

珍有一本巴雷，有時她在廚房忙碌，或者興致一來摸弄起她的「進行中」作品時，我會信手翻閱一下打發時間。

或許我該到舊書街去買一本自己用，這總比再找一名擁有這本書的女友來得容易些吧。

「而且就算真有這麼一個S，」他說，「我看他也沒什麼好擔心的。如果自白的人還在人間，可以印證自己寫的句句屬實，那又另當別論，不過眼下這份文件只是自說自話完全沒有支撐，所以我看應該沒有人會因它入獄，您說是吧？」
「呃，」我說。「你這結論的前提是這份自白沒有後盾撐持——你錯了。」
「哦？」
「因為我們有份或許可以稱之為有解讀功能的文件，白紙黑字指認S先生的身分，並告訴我們打從雙屍案以後他所有的行蹤。」
「執筆者另有其人。」
我點點頭。
「是手稿嗎？還是拷貝？」
「筆跡跟你剛看的那份文件落差很大，」我說，「不過誠如你所說，誰管他媽的筆跡啊？」
「只有修女在乎。」
「沒錯。」
「而且在乎的修女其實不多。總之，你說了筆跡並不怎麼樣，而內容呢應該大半都是猜測吧。如果執筆人能夠證明自己所言，他應該不必大費周章寫出一堆垃圾吧。」
「其實S有可能關在大墳（譯註：The Tombs是曼哈頓許多處監獄的俗稱）的某間牢房裡。」
「假設有這麼個S的話。」
「沒錯。」
他又點根菸，吞雲吐霧幾分鐘，然後朝對面的群樹吐起煙來。也許他的腦子也在反覆的鏗鏘著同一詩句吧。荒涼的唱詩壇。也許他曉得那首詩的全貌，還有詩人的名字。有誰知道別人的腦袋裡頭在轉什麼呢？

「你想要怎樣，馬修？」

「繼續活下去。」

「那就活下去啊，難道有誰阻止你不成？」

「S也許想小試身手。」

「如果他動手的話，那兩份文件——主題神似然而筆跡不同——應該會落入具有官方身分的人士手中。應該是這樣沒錯吧？」

「對。」

「不過如果你沒出事的話——」

「文件就會待在原處，而S也可以繼續活下去。」

「活著其實不壞。」

「我有同感。」

「話雖如此，」他說，「但是沒有人能夠長生不死。」

「這我聽人說過。」

「我倒也不是在詛咒你啊什麼的，老天在上，但你有可能死於什麼疾病之類。」

「希望如此，亦即壽終正寢是吧。」

「果真如此的話——」

「還是跟有人朝我的嘴巴和前額各打一槍的結果一樣，」我說，「那兩份文件會轉交出去。不過到那時你可能已經沒什麼好擔心了。」

「怎麼說？」

「你比我大三歲，你扛的體重比我多，而且你又愛抽菸是吧？一天三包有沒有？」

他才從菸盒裡掏出一根，這一聽他又擺回去。「我考慮過減量。」

「這輩子試過嗎？」

「試過幾次。」

「運氣如何？」

他把菸盒塞回口袋。「也許以後會比較走運吧，」他說。「請問你的重點何在？」

「你體重過重又抽菸，而且你還喝酒。」

「喝得不多。」

「比我多多了。我的重點是什麼？我的重點是：你有可能比我早死；如此一來你就沒什麼好擔心了。但如果到頭來你活得比我久的話，你應該會有足夠的時間用來擔心某些在法庭裡想必站不住腳的指控。」

「天老爺，」他說，「如果你開始破戒喝酒的話，結果會是如何？」

「這種事最好不要發生，」我說，「因為對我倆都不好。所以下一回如果你忍不住又想買一兩瓶獨家馬克的話，務請自個兒喝下為妙。」
「我就知道媽的波本是個爛主意。問題是這點子好神奇，我擋不住誘惑你知道。你走進門，桌上放了個杯子，旁邊是一瓶酒。我覺得應該可以造成衝擊。」
「這點你是對的。」
「對你有影響嗎？你受到誘惑囉？」
「你有懼高症嗎？」
「懼高？媽的這又跟啥扯上關係啦？」
「我只是想知道。」
「搭飛機我是不怕。反正躲在密閉空間裡，沒什麼好擔心的。不過如果在戶外什麼高樓的陽台，或者懸崖邊——」
「那就不一樣了。」
「很不一樣。」
「我的狀況差不多。你知道我怕的是什麼嗎？我擔心自己會想跳下去。我不想跳，但我怕我會忍不住。」
這話他聽進去了。他點點頭。
「當時我並不想喝，可是酒擺在桌上，我怕我會想去喝。我擔心自己會起了克制不住的衝動。」
「可是你沒有。」

「對。」

「如我所說，那天我出了你的房門思量起來，馬上想到那個主意還真爛。不過咱倆都還在，對吧？咱倆都存活下來了。你知道，墨西哥人有個詞兒來形容這個。」

「噢？」

「形容咱們的情況。不過我不曉得英文是怎麼說的。媽的墨西哥人會把這稱做僵局（譯註：譯者遵照作者在書中半開玩笑的指示上Google查詢，Mexican standoff照字面翻是墨西哥僵局，和僵局standoff的差別在於，前者特別強調攸關生死的戲劇內張力，尤指持槍對峙的兩人，殺機一觸即發，所以兩者都不敢輕舉妄動。不過這個詞當然不是墨西哥人發明的，據劍橋辭典指出，典故是來自十九世紀末的澳洲）。」

他掏出他那包菸，甩出一根放進嘴裡。「媽的減量哩，」他說，「老子幹嘛要減量啊倒是？」

∞

我跟吉姆談到這段對話，他仔細聆聽並想了想，然後說：「看來問題已經解決了。」

「應該。」

「你不用再擔心那個鳥廝了？他知道沒有理由要殺你？」

「而且有很多理由不能殺我。」

「所以天下從此太平囉。」

「想來如此，」我說，「如果我們閉眼不想那婊子養的殺了五名同胞卻能逍遙法外的話。」
「就算逃過法律制裁，也逃不過良心的制裁吧。」
「我不覺得他會良心難安。我不覺得那人有良心。不過業報總是逃不了吧。」
「據說如此。」他伸手拿起茶壺，再次為我倆的杯子斟滿茶。「茉莉花茶，」他說。「啜第一口時覺得驚喜，不過喝到第三杯時，就會懷念起喝慣了的綠茶。馬修，不管這鳥廝為什麼要跟你保持距離，總之只要你安全就好了。希望你對這個結果還算滿意。」
「滿意，」我說。「如果能把他繩之以法，我會更舒坦些。而要是他能再試一次，並於過程中遇害，我也會很高興。總之我還算滿意就是。這一提，我倒想起了一件事。」
「哦？」
「這事我常擺在心裡，」我說，「我覺得佛陀講的全是屁話。不滿現狀是人類和禽獸唯一的分際。」
「你是什麼時候得著這個啟示的？」
「刮鬍子時。」
「你刮傷了自己，所以——」
「不對，但重點正是在於我沒刮傷自己。我用的是新式的雙刃刮鬍刀，可以刮得更俐落更清爽。這玩意兒就像鴛鴦大盜一樣，一刃負責壓鬍子，另一刃負責刮。」
「你很像在寫廣告的台詞。」

「我還真得說這玩意比我的上一把要好用，而上一把又比上上一把棒。記得多年前我看我父親刮鬍子時，他用的是安全刮鬍刀——原始初級版吧。而他的父親用的想當然耳是普通刮鬍刀。請問你知道刮鬍刀為什麼每隔幾年就會往前跨一大步嗎？還有汽車，以及所有現代生活裡用到的各種便利小用品？」

「願聞其詳。」

「不滿現狀，」我說。「每隔一陣子，就會有人鬍子刮到一半受不了，一把甩掉刮鬍刀，嘟囔著應該會有更好的。於是他就會四處搜找並且果真找到了。」

「這麼說來，不滿現狀便是發明之母囉——而我卻一直以為需要才是發明之母呢（譯註：英文俗諺，原文是Necessity is the mother of invention）。」

我搖搖頭。「沒有人會需要一把雙刃刮鬍刀。沒有人會需要一輛時速六十哩的汽車，或者坐飛機橫過天空。」

「你的推理好像有點問題，」他說，「不過我還不至於不滿到想要研究問題出在哪裡。總之下回碰到佛陀的時候，我會當面糾正他的錯誤。」

「呃，如果你想找他的話，」我說，「參加莫拉維亞教堂午夜時分的聚會準沒錯。」

某天清晨……

「墨西哥僵局，」米基．巴魯說。「我老搞不清他們用這個詞兒是怎麼回事？你搞得懂嗎？」

「不懂。」

「如果克莉絲汀在這兒的話，」他說：「她就會拿出她的iPhone上Google查，只要眨巴眼的工夫她就會找出落落長的答案。這是個光怪陸離的世界，而且一天比一天怪。二十五年前沒有Google，也沒有iPhone。可是人類從有史以來，就愛講故事，你剛那故事實在精采。他後來有再惹麻煩嗎？」

「你是說史蒂芬嗎？就我所知，他一直都待在河對岸沒過來。聽說聯邦調查局後來派出專案小組清查哈德遜郡政府裡的幫派勢力，結果一大票澤西城的政客都坐了牢，不過報上沒登他的名字。後來——應該是十幾年前的某個聖誕節吧，我收到一張沒署名的聖誕卡。聖誕老公低頭看著一盤泡在牛奶裡的餅乾，一邊從他褲子的口袋掏出一瓶酒來。蓋的是澤西城的郵戳，我覺得很可能是他寄的。」

「他還活著嗎？」

我搖搖頭。「他已經走了差不多十年吧。澤西城出的車禍，凌晨三點，他直衝衝撞上某個橋頭，時速七十哩。沒有煞車痕，所以他根本沒試著減速。而且他還撞穿了擋風玻璃，想必根本沒有繫上安全帶。」

「是自殺？」

「很難排除這個可能。他肺氣腫的毛病已經許多年了，後來醫生又診斷出他得了肺癌。他家裡應該擺了槍，而且這人當然也懂得怎麼開槍，不過也許他只是出門開車兜個風，突然起了衝動去撞橋。猛踩油門，狠很往左一拐，然後留個爛攤子給警察收拾去。」

∞

不知何時，他已將他那瓶酒拿回吧台，捧著沛綠雅回來。我們就這樣坐著，兩名老人聊著天喝著水，過了上床時間還不睡。

「總覺得凡事應該都有個完滿的結局，」他說，「鬆脫的線頭修剪整齊，然後打上美麗的結。抓到凶手，繩之以法，大快人心。」

「就跟電視節目一樣。」

「其實連電視節目啊，」他說，「偶爾都會來個意想不到的收尾，讓壞蛋脫逃。不過你那位給查出身分了對吧？依你看，他後來到了澤西城時，有再出手殺人嗎？」

「已經無從知曉了。」

「其實無知有可能是一種幸福對吧？誰曉得他在東村犯下雙屍案以後，又做了什麼見不得天日的壞事呢？他搬到河對岸，並在政治圈裡找到新生命，問題是，在那個新生命裡他是否又為他的槍找到了用途。」

「不得而知，」我說，「總之到了需要的時候，他還記得怎麼用。」

他又喝了些水。「所有那些逝去的時光，」他說，「到底是去了哪裡？」

「乾脆問那些時光是從哪裡來的好了。」

「不過我們從來不問這種問題，對吧？明天永遠等在那裡，就在地平線上方——直到所有的明天都用盡了。你提到的人，有一些已經過世了。」

「沒錯。」

「吉姆．法柏。中彈死的，對吧？」

「被當成了我給誤殺的。」

「嗯，那是一段黑暗期。那陣子好多人都在這間房裡被殺。」

「沒錯。」

「你會為法柏的死怪罪自己嗎？」

「難免。不過我的腦子裡會浮現他的聲音安撫我，要我省省。」

「喔。還有那個女人——把紅褐色頭髮剪短了的那個。你倆有再續前緣嗎？」

「兩次，或許三次吧——在珍和我最終確定分手以後，在我和伊蓮重逢以前。唐娜和我聊得盡興時，空氣裡若是碰撞出火花，我們會爬上她的四柱床溫存好一陣子。後來她嫁了人搬到外地，但聽說好像離婚了。」

「而珍則離開人世了。」

「欸。」

「我記得她希望你能找把槍給她。她用上了嗎？」

「沒有，」我說，「她決定讓癌症把流程跑完。只是手邊有槍她會比較安心，覺得隨時可以主動了結。」

「說來最後她還是找你求助囉。我記得你們其實早就分手了。」

「她把我的衣物送來，」我說，「我把她的一串鑰匙還她，不過其實我們的緣分還沒有盡。我們仍然互相關愛，所以還是力圖挽回——不過到後來我們明白確實是行不通。」

「噢。」

「還有哪些舊人呢？我和丹尼斯偶爾會小聚一下，吃頓飯或者喝杯咖啡。有幾回接到案子時，我覺得他或許幫得上忙，也打過電話找他。不過後來我們就失聯了，想來他現在應該已經退休了吧。」

「和另外那人一樣。」

「喬·德肯。我們相處多年後培養出感情，不過他一直在警界工作，而我沒有，所以我們熟識的程度是有限的。目前他在華爾街一家公司當警衛，月薪再加上市府給的退休金，生活無虞。」

「可是你們不常碰面。」

「不常，沒錯。瑞蒙喜歡的那家酒吧，叫吟遊男孩你知道？上回我去的時候，發現已經關了。」

「眼看他樓起了，眼看他樓塌了。」

「是啊，而且葉子總要落的。『荒涼的唱詩壇』——這是莎士比亞的詩句，出自他的十四行詩。」

「噢。」

「不知道以前我怎的以為是濟慈。吉米．阿姆斯壯已經死了。他租約到期無法再續，所以他就搬到一個街區以外的地方，之後他死了，有人接收了他的店也改了店名。這家新開的酒吧有一樣我很愛的餐，是愛爾蘭式早餐，全天供應，可是後來他們換了菜單，所以我愛吃的東西也沒了。泰瑞莎小館結束營業，所以草莓／大黃派已是昨日黃花，而隔壁的杜卡斯父子聯營店也收攤了——遺下的空間已由杜安理藥局還是CVC投顧取代了，我忘了是哪一家。我不曉得法蘭西斯．杜卡斯後來怎麼了，不知他是死了，或者只是租約到期。」

「或許他搬到加拿大海邊的新斯科舍省，」他提議道，「而且開始吃起素來。」

「不無可能吧我想。比利．奇根不再幫吉米照顧吧台以後，搬到加州開始製作手工蠟燭。飆車馬克娶了個來自傑克森高地山莊的印度女人，然後搬到紐約州北。普特南郡吧，好像，兩人在那兒開了家育兒中心。他保持滴酒不沾，每隔幾個月就會出現在聖保羅的聚會裡。哈雷機車他還留著，不過這陣子他主要是開休旅車出門。」

「另外那個也騎機車的人呢？」

「另外——噢，速克達．威廉斯嗎？上回聽到，是說他還住在露特羅街享受六〇年代的歡愉；信不信由你，那個地段如今是炙手可熱。派柏．麥雷許幾年前出獄，他們提早放他出來是要讓他死在家裡。克斯比．哈特去向成謎，不過Google應該可以找到他——在它告訴我們墨西哥僵局這種詞兒怎麼會冒出來以前。還有什麼呢？蒂芬妮多年前就倒了。我說的是雪瑞登廣場的咖啡館，不是那家珠寶店——只要日本觀光客繼續捧場，他們的生意應該不會斷。」

「自然史博物館呢？那是你和史第文本尊碰面的地方對吧？該館還在營業嗎？」

「聽說還在。怎麼？」

「因為，」他表示，「總該還有個地方可以收留兩隻老恐龍吧！」說著他便拿起杯子。裡頭只剩下水了，不過他還是高高擎起杯子，透著玻璃看著光。